孤独传

一种现代情感的历史

A Biography of Loneliness

Fay Bound Alberti

[英]费伊·邦德·艾伯蒂 著　张畅 译

译林出版社

图书在版编目（CIP）数据

孤独传：一种现代情感的历史 /（英）费伊·邦德·艾伯蒂（Fay Bound Alberti）著；张畅译. -- 南京：译林出版社，2024.9. -- ISBN 978-7-5753-0261-6

Ⅰ.Ⅰ561.65

中国国家版本馆CIP数据核字第2024K5V730号

A Biography of Loneliness: The History of an Emotion,
First Edition by Fay Bound Alberti
Copyright © Fay Bound Alberti 2019
This edition arranged with Oxford Publishing Limited
through Andrew Nurnberg Associates International Ltd
Simplified Chinese edition copyright © 2024 by Yilin Press, Ltd
All rights reserved.

著作权合同登记号　图字：10-2020-230 号

孤独传：一种现代情感的历史　[英国] 费伊·邦德·艾伯蒂 ／ 著　张畅 ／ 译

责任编辑	黄文娟
装帧设计	尚燕平
校　　对	蒋　燕
责任印制	单　莉

原文出版	Oxford University Press, 2019
出版发行	译林出版社
地　　址	南京市湖南路1号A楼
邮　　箱	yilin@yilin.com
网　　址	www.yilin.com
市场热线	025-86633278
排　　版	南京展望文化发展有限公司
印　　刷	苏州市越洋印刷有限公司
开　　本	850毫米×1168毫米 1/32
印　　张	11.625
插　　页	4
版　　次	2024年9月第1版
印　　次	2024年9月第1次印刷
书　　号	ISBN 978-7-5753-0261-6
定　　价	78.00元

版权所有·侵权必究

译林版图书若有印装错误可向出版社调换。质量热线：025-83658316

这是一本非常及时的译作。孤独是当下青年人普遍的生存感觉，它弥漫于物质繁荣的表层之下，给人自由，又让人焦虑。这本书像深海灯塔的一道强光，将宗教时代衰落以来的社会生活形态演变与个人生命历程相互辉映，照射出当代"孤独"错综复杂的成因。如今的中国正经历着世界历史上最壮观的文明变迁，漂流在碎片化、数字化、匿名化大潮中的当代人，读这本书如同进入古希腊阿波罗神殿，赫然看到那永恒的箴言："认识你自己。"被思考的人生才值得一过，被理解的孤独方能迸发出非凡的创造力。面对孤独，读一读这本文辞畅美的译作，也许你会释然一笑，既珍惜孤独的必然，又打破孤立的局限，让生命更加独立自由，以雨后初晴的心境，融入伟大时代推陈出新的价值变革中。

——梁永安（复旦大学人文学者，文学创作专业硕士生导师）

正如《孤独传》中所说，孤独，没有反义词。如果有，那必定是人类最需要的东西。如果你一定要找到反义词，那么在你勉强罗列的词语中，你首先感受到的竟然还是孤独。本书通过具体的事例，如此深入地讨论了我们的共同处境。人类，不是百年孤独,是千年孤独。现代社会中,它确实又逐步加深了。现在面临的问题是,我们该怎么办?

——李洱(作家)

我们如此熟悉"孤独"一词,但不知道它的生命这么短暂。直到19世纪初,人们才开始经常需要表达"因为没有陪伴而心情低落"这个意思,在此之前,我们可能只在漂流孤岛长久没有人说话的鲁滨孙这里才能看到类似的情感。也就是说,19世纪以来的现代人都如同生活在孤岛上一般岌岌可危。这本著作始于这个领悟,始于对当代孤独流行病的描摹,追溯现代早期崇尚独处的传统如何逐渐被孤独感受所取代。我们了解的许多作家和名人都出现在这部孤独传记中,让我们在严谨而平易的学术散文中与一众孤独的灵魂对话,培育起一些抵抗孤独的力量。

——金雯(华东师范大学比较文学教授)

读罢此书,我们发现孤独不光是真实的匮乏,更是由世俗婚恋观、性别刻板印象、阶级年龄差和社交媒体共同豢养的巨大矛盾体。本书通过诸多案例具体而微地刻画出这样一只怪物的面貌,再试图驯服它并与之共处——事实上,每个人都曾感知过那咻咻靠近的鼻息。

——文珍(作家)

本书横跨观念史、社会学、文学等领域,深入考察了关于"孤独"的话语自近代以来的形成和嬗变,反思孤独与性别、种族、年龄、环境、政治、经济的关系,是一部详实、生动、有温度的文化史佳作。

——包慧怡(作家,复旦大学英文系副教授)

谨以此书献给米莉·艾伯蒂和雅各布·乔治·艾伯蒂，一如既往。

献给珍妮·卡尔可茵，一直以来你都是我的知心闺密。

以及桑德拉·维根，总为我留一盏灯。

序言　没有人是一座孤岛

为什么要写孤独？每当我和人说起要写这么一本书的时候，对方的第一反应都是这个问题。当然，也不是每个人都会这么问。那些从来不曾与孤独为伴的人，可能也从未在黑暗之中体尝过孤独的边界。仅仅在一年的时间里，孤独就似乎不再是一个奇怪的话题了，它变得无处不在。报纸和广播节目在讨论它；它成了全国性的流行病，我们有了"孤独部长"。在21世纪之初，我们发觉自己置身于"孤独流行病"之中，同时对孤独的担忧让这场流行病更加防不胜防。我们谈论着如传染病一般肆意蔓延的孤独，直到它成为社会结构的一个组成部分。诚然，它已经成为某种方便我们将一连串不满悬挂于其上的挂钩。孤独有时会成为一个情绪的收纳箱：一种表达快乐缺乏、断裂感、抑郁与疏离，以及社交孤立的简称。也有例外情况。人们偶尔也寻觅与渴望孤独；不光是有其历史的独处（solitude），同样还有孤独（loneliness）——这种痛苦的感受可以是身体上的、情感上的、象征意义上的、感官和态度上的断裂感。

那什么是孤独呢？为什么孤独看上去似乎无所不在？作为一名文化史学者，我耗费了大量时间去思考情感化的身体。我感兴趣的是：一种人们能够感知到但并未精准定义的情感状态能以多快的速度引起这样的文化恐慌？和其他诸如愤怒、爱、害怕、悲伤的情感状态类似，孤独是如何依据不同的语境而呈现出不同的意涵？孤独在多大程度上关乎身体，又在多大程度上关乎精神？以及，作为一种个体体验，孤独如何反映了更宏大的社会问题，比如性别、种族、年龄、环境、宗教、科学甚至经济，并被这些问题所塑造？

为什么孤独和经济有关？孤独的成本不菲，这就是它引起政府密切关注的原因。在西方，由于人口老龄化加剧，和孤独相关的健康与社会保险需求不断上涨。尤其是在西方，人们并不怎么关注世界的其他地方，也没有留意孤独是如何随时间推移而变化，或是从不同的角度看孤独会呈现怎样不同的样貌。假设孤独是一种普遍现象，是人类境况的一部分，那就意味着无人需要对此负责，无论社会剥夺是如何普遍。因此，孤独同样也关乎政治。

我所关注的不单单是历史学意义上的孤独。我也曾亲身感受过孤独，以不同的方式体尝孤独，从一个孩童到青年时期，从一名作家到一名母亲，从为人妻到离婚后。无论我们怎样定义自身所处的生命阶段，我们都终将与孤独为伍。这也为我这本书的书名提供了灵感。孤独应当有一部传记。孤独并非一成不变的"事物",而是会随着时间变化的灵物。从历史上来看,孤独是作为一种"现代"情感产生的,同时也是一个有多层含义的概念。《孤独传》所讲述的,即历史上出现的有关孤独的观念,以及孤独与思想、身体、物品及地点发生关联的不同方式。

地点和人都会影响孤独的体验。我在威尔士一个与世隔绝的小山丘上长大。20世纪80年代,那里没有网络。在我青少年时期的大部分时间里,我们连一部电话也没有;距离我们家最近的邻居在一英里之外。我对于家庭的感受是贫瘠,不快乐,创伤满满。我们家的英式作风将我们同说威尔士语的村民区隔开来。我们就像是嬉皮士,绝对是他们眼中的"他者"。我当时孑然一身,与众人隔绝。即便如此,我也没有觉得自己在忍受孤独。我甘之如饴。作为一个天生内向的人,我终日独自待在森林里,编故事,暗自构想着不一样的人生。我自己创建的社区里居住着一群虚构的人物。这样就足够了吧?

当我还是孩子的时候,这的确足矣,但年龄渐长后就不尽然了。我们的需求随我们自身而变,我们对于孤独的体验亦是如此。年轻时的孤独会成为老年的习惯,所以或许我们对于老年人孤独的干预时间需要大大提前。孤独,尤其是丧失引起的慢性孤独伤害极大。当一个人在社会和情感上与他人隔绝，他可能就会得病；被剥夺了人与人之间有意义的羁绊和接触，他甚至有可能死去。慢性孤独可不会挑三拣四，它常常栖身于那些饱经折磨的人身上，他们患有精神或心理的健康问题，长期成瘾，遭受虐待。

相反，在你的人生路途中，暂时性的孤独则时有时无——离家去大学读书，换工作，离婚——有可能激发个人的成长，让一个人认清自己究竟想从与他人的关系中获得什么，不想要什么。毕竟，人群之中的孤独，或是和一个心不在焉的人相处，是最糟糕的一种匮乏。孤独也可以是一项人生选择、一种陪伴，而非一片阴影。有时，孤独有其积极意义和教育功用，能为我们留出思考、成长和学习的空间。我指的不只是孤寂，或是独处的状态，而是深刻地意识到自我的边界，这在适当的情境中，是有疗愈功效的。有的人踏入孤独的境地，而后又很快抽离，孤独于他就像是一滩浅浅的水洼。而对有的人而言，孤独是无边无际的汪洋。

有治疗孤独的方法吗？或者说，如果孤独是人们不想要的东西，那它可以被治愈吗？问题在于：我们是否有选择的余地。并没有一种高效的万全之法，没有一种适合所有人的方式。作为现代社会的困扰之一，孤独在罅隙中悄然滋生，伴随一个社会的形成而生根发芽；这个社会不那么包容，不那么讲求公共性，更信奉科学与医学意义上的个体思想，而非其他。每当个人与世界之间存在断裂时，孤独便茂盛生长。这种断裂是新自由主义[1]的典型特征,但并非是人类境况的必然组成部分。

正如诗人约翰·多恩在1624年所言:"任何人的死亡都是我的损失/因为我是人类的一员。"生而为人,我们必然是比我们自身更庞大的人群中的一员。老年人因害怕独自一人而惧怕衰老,暴力受害者在情感上孤立无援,脆弱不堪的无家可归者等待援助,这些并不是不可避免的。这种被迫产生的系统性的孤独,是环境和意识形态的产物。当然,富人也会(并且经常会)感到孤独、远离人群,金钱并不能保障一个人的"归属"。但富人的孤独与贫穷强加于人的社会孤立并不相同。自18世纪起,许多社会分化和等级制度——自我与世界、个体与集体、公共与私人——发展起来,并通过个人主义的政治和哲学被广泛采纳。有关孤独的语言也是在同一时期出现的,这难道是巧合吗?

如果孤独是流行病,那么要遏制其蔓延,就必须根除它扎根的土壤。这并不是说所有孤独都是不好的,也不是说孤独作为一种缺失感在前现代世界不存在。针对孤独的现代性之各种主张,有人会如此反驳:哦,如果只因为孤独的语言在1800年之前不存在,那并不意味着当时的人感觉不到孤独。

---

[1] 新自由主义(neoliberalism),主张维护个人自由,反对国家和政府对经济的不必要干预,强调自由市场的重要性。——译者注(本书页下注若无特殊说明,均为译者注)

xi 关于这一点，我的简要回应是：孤独这种语言的发明，恰恰反映了一种新的情感状态的形成。的确，在早先几个世纪，孤独有可能是负面的，人们也大多以消极的方式谈论独处。但两者的哲学和精神框架是不同的。在前现代的英国，人们普遍信仰某种上帝（通常是一种家长式的神，这种信仰会给人以身处世界之中的方位感），这种信仰为归属感提供了栖身之所，无论是好是坏，栖身之所都已不复存在。一个独自隐居、栖居在上帝永存的心灵宇宙之中的中世纪僧侣，与不在这个叙事框架中的人相比，所体验到的被遗弃感和匮乏感是全然不同的。在21世纪，我们被悬置于自己创造的宇宙之中；在这里，自我的确定性和个人的独特性远比任何集体归属感都重要。

这本书并不能包罗万象，它仅仅是一部传记而已。但是它试图开辟现代人想象与探索孤独的新途径，并为我们深入了解其生理与心理意义提供参照。这种心灵与身体相互分离的二元性，需要用更长的时间、更广的视角去审视。我的学术训练集中在现代早期文化，那时没有身心二分，情感（或激情）被视作一个整体。然而，现如今，我们将孤独看作一种精神折磨，尽管看顾身体和看顾心灵同样重要。

在我写作这本书的时候，我着迷于孤独的身体性（physicality），着迷于匮乏感是如何让我们感到肚肠空空。我观察孤独对我自己的身体产生的影响。因为人无法超脱于自身的体验来思考自我，于是我毋宁将自己的感受填满：我大肆挥霍那些闻起来令人陶醉的香皂和香薰蜡烛，反复听音乐冥想，爱抚我的狗，嗅闻婴儿的脖颈，拥抱我的孩子们，举重，每天走几万步，切菜，做饭，睡觉。看顾自己的身体让我重新记起它的根基，想起我曾置身其中的那个想象的社区。照顾身体，了解情感体验，远不止是思想的副产品，而更多是一种抚慰。这让我再次想到，孤独和任何一种情感状态一样，既关乎身体也关乎精神。毕竟，我们是具象的存在，我们的世界不仅仅由孤立的个体组成，还由我们的信仰体系、我们与他者，即物体、动物、人之间的关系来定义。

我不仅仅是在写作《孤独传》期间想起那些支持我的人，在我思考下一步该何去何从时，他们同样出现在我面前。感谢曾以各种各样的方式给予我力量的人：Emma Alberti、Hugh Alberti、Jenny Calcoen、Nicola Chessner、Stef Eastoe、Patricia Greene、Jo Jenkins、Mark Jenner、Bridget McDermott、Paddy Ricard、Barbara Rosenwein、Barbara Taylor 以及 Sandra Vigon。感谢 Javier Moscoso 2017 年邀请我在欧洲哲学学会情感史论坛上做基调演讲，正是这次演讲让我有机会检验这本书中的一些观点。感谢 Sarah Nettleton，在最合适的时机让我意识到她的关爱项目的重要性。感谢约克大学及约克医院的各位，他们不仅对讨论来者不拒，还提供了关于孤独的洞见，尤其是 Holly Speight、Sally Gordon、Lydia Harris、Bhavesh Patel、Yvonne Birks、Andrew Grace、Kate Pickett、

Neil Wilson以及Karen Bloor。很开心我可以成为这个集体的一员，以及成为由Sonia Johnson和Alexandra Pitman领导的伦敦大学学院心理健康网络中的孤独与社会孤立项目的一员。谢谢"结束孤独运动"的Kellie Payne邀请讨论，感谢Stephanie Cacioppo分享她的研究，以及Pamela Qualter邀请我参加经济和社会研究委员会（ESRC）的述评。感谢Millie Bound和Jacob Alberti对封面做出如此强烈的情感反应（幸运的是，结合了艺术的眼光）。最后，由衷感谢Peter Stearns和《情感评论》不具名的评论者，在我研究独处（oneliness）和孤独（loneliness）之间的过渡时，你们慷慨地提供了颇有见地的建议。

费伊·邦德·艾伯蒂

2018年5月11日于伦敦

目　录

导　论　孤独，一种"现代流行病"　001

第一章　当"孤身一人"变成"孤独"：一种现代情感的诞生　021

第二章　一种"血液病"？西尔维娅·普拉斯的长期孤独　047

第三章　孤独与缺失：浪漫之爱，从《呼啸山庄》到《暮光之城》　071

第四章　丧偶与丧失：从托马斯·特纳到温莎的寡妇　099

第五章　晒图焦虑症？社交媒体与线上社区的形成　141

第六章　一颗"嘀嗒作响的定时炸弹"？反思老年孤独　163

第七章　无家可归与漂泊无根：没有一个能叫"家"的地方　193

第八章　喂养饥饿：物质与我们孤独的身体　211

第九章　孤独的流云与空荡荡的容器：如果孤独是件礼物　241

结　语　在新自由主义时代重构孤独　263

注　释　286

延伸阅读　325

姓名及名称索引　328

主题索引　334

孤独无分好坏，它不过是一个强烈而永恒地觉察到自我的节点，一个激发全新感受与意识的开端。它最终让一个人与其自身的存在深刻接触，并和他人产生根本上的联结。

——克拉克·莫斯塔卡斯，《孤独》

你独自生。你独自死。从生到死之间的价值，唯有信任与爱。所以这一几何的轮回，只是孑然独"一"。其余一切都是他人给你的。你要能够抵达他人，否则你只是那个"一"。

——路易斯·布尔乔亚，《父亲的毁灭》

导 论

孤独,一种"现代流行病"

> 孤独是21世纪的麻风病。
>
> ——《经济学人》的推特，2018年

根据披头士乐队的说法，保罗·麦卡特尼是《埃莉诺·里格比》的创作者。这首歌被收录在专辑《左轮手枪》中。据说，麦卡特尼自幼对老人的关注让他灵光一现，塑造了"孤独的未婚老人"埃莉诺·里格比这个形象，她在自己从不曾享有的婚礼过后，独自捡拾着客人留下的饭粒。[1] 在更广的层面，这首歌在20世纪60年代英国和美国的社会变革中掀起了社会关注的浪潮。在包括民权运动和反越战的抗议活动在内的反建制情绪[1]中，社会经济结构的改变和城市化的加剧，意味着更多人脱离了原有的传统家庭单元，选择独居。[2] 在英国，无家可归和贫穷问题日益严重，随之而来的是医疗和社会问题。披头士通过讲述《埃莉诺·里格比》的故事，将人们的关注点引向了作为现代苦痛的孤独那令人不安且日益加剧的

---

[1] 反建制情绪（anti-establishment sentiment），在20世纪60年代的美国，"反建制"成为流行词，指的是成长条件相对优越的年轻群体看到社会存在诸多不合理之处，便开始质询"建制"。

趋势:"所有孤独的人,他们都来自何方?"

2　　半个世纪过后,孤独已经成了一种"流行病",正在毁掉人们的健康。根据《经济学人》的说法,孤独无异于情感上的麻风病,和麻风病一样,孤独也会传染,让人慢慢衰竭。它让人感到恐惧,不惜一切代价去逃避。这种现象显然是普遍存在的。据英国医学杂志《柳叶刀》,以及传统英国价值观的老牌捍卫者《每日邮报》报道,英国正在经历着一场孤独流行病。[3] 研究表明,在英国和北美的被调查者中,大约有百分之三十到百分之五十的人感到孤独。事实上,英国向来被称作"欧洲的孤独之都",[4] 这还是在我们自愿选择了政治上的孤独——脱欧——之前的情况。孩子是孤独的,青少年是孤独的;年轻的母亲、离了婚的人、老年人、丧失亲人的人也概莫能外,这些只是英国媒体定期挑选出来特别关注的社会群体中的一部分。[5] 可以说,我们正处于一场道德恐慌之中。

就在英国对孤独的关注与日俱增之时,政府于2018年1月宣布设立"孤独部长"。[6] 该职位由特雷西·克劳奇出任,目的是为了延续工党议员乔·考克斯的工作。两年前乔不幸被一名极右翼同情者谋杀。[7] 克劳奇到当年年底就辞职了,给出的理由是博彩业改革迟迟未进行。[8] 尽管政府就"孤独部长"这个职位进行了宣传,但并没有提及它如何服务于政府的紧缩目标,包括社会保障及福利待遇的削减是如何在人口层面造成了孤独体验上的不平等。作为留欧运动的发声代表，乔·考克斯一直致力于支持遭受社会孤立和经济动荡的少数族裔及难民。乔·考克斯孤独委员会接管了她生前所做的工作。[9] 考克斯被杀之时，恰巧是英国为欧盟公投做准备的阶段，当时英国独立党警告称，如果为留欧投赞成票，将会致使大批移民拥入英国。"这是为了英国。"杀死考克斯的人说。[10]

谋杀考克斯的凶手长期存在精神健康问题，有着孤独和离群索居的过往。报纸将他称为"独来独往者"（loner），这个词常被用于形容那些实施恐怖行动、与邻居和朋友格格不入的人。[11] 在这样的悲剧中，我们会发现存在两种不同版本的孤独：一种孤独是身在人群之中，渴望社会联结，正如乔·考克斯一样；一种孤独有着危险的反社会倾向的表征，例如"独来独往者"。这种对立恰恰表明我们对孤独所知甚少，关于它的词源、含义，关于它如何与独处产生交集，不同的人群对于它有着怎样的体验，以及最重要的，孤独是如何随时间推移而发生改变的。

《孤独传》将在社会学、心理学、社会经济学和哲学的语境之下，探究孤独的历史和意涵。本书考察了孤独作为一种流行病及情感状态在现代的崛起，以及自《埃莉诺·里格比》这首歌以来孤独的显著暴发。1966—2018年间究竟发生了什么，将孤独推至大众和政治意识的最前沿？现代意义上的孤独是如何与过去相勾连的？我们一直以来都是孤独的吗？

为什么孤独会成为一个问题?

其中一种解释与孤独的形成有关。对孤独的恐惧造成了孤独。当然这个结论已经在老年人中得到了验证,当年岁渐长,他们愈发害怕独身一人,变得越来越脆弱。然而,自20世纪60年代以来,社会、经济、政治经历的深刻变动已经将孤独推至大众和政治意识的前沿。这些变动包括:持续攀升的居住成本、通货膨胀、移民、家庭社会结构的不断改变,20世纪80年代玛格丽特·撒切尔奉行的"自由放任"(laissez-faire,法语,字面意思是"允许去做")政策,以及因追求个人主义而逐渐被抛弃的社会和社区观念。新自由主义出于多种原因备受责备,其中就包括对于集体主义价值观的拒斥,不计代价地追求个人的扩张。[12]

在社会经济和政治转型这一大背景下,人们对疾病的财政成本产生了浓厚的政治兴趣。孤独会诱发各种各样的情绪和身体疾病,因而被认为是国民经济一大负担。和孤独相关的疾病,根据病因和发展方向的不同有着不同的解释,从抑郁、焦虑,到心脏病、中风、癌症和免疫系统减弱。[13]孤独与不良身心健康之间的关联,在老年群体中尤其受到了密切的关注。国民健康服务体系(NHS)网站显示,相较于不孤独的人群,孤独人群早死的可能性高出百分之三十,孤独是老年人发生心脏问题、中风、失智、抑郁、焦虑的一大风险因素。[14]

鉴于上述原因,孤独被称作现代"流行病"就不难理解了。然而,这一术语在政治和社会上都有一定的影响力。它导致了不假思索的政治引述,而不是深思熟虑、颇具历史见地的讨论——孤独意味着什么,孤独为什么有可能正在兴起。与其把孤独看作不可避免之事(尤其是在老年阶段),或者关注孤独的生理效应产生的原因(例如体内荷尔蒙的变化),我们更应该关注的是孤独和其他生活方式之间的关联,从安慰性进食[1]、肥胖、缺乏体能锻炼(一个通常与孤独密切相关的、并不神圣的三位一体),到实际操作层面的问题,例如,独居的人可能没有同伴提醒他服用心脏类药物。孤独不会无端产生,而是与我们精神、身体、心理健康的各个方面有着深切的关联。孤独是一种全身性的痛苦,这一点毋庸置疑。然而,正如本书所显现的那样,有关孤独的故事是复杂的。

我们应该如何定义孤独这种人们常常挂在嘴边、不存在反义词的特殊状态?瑞典林雪平大学社会与福利研究系的拉尔斯·安德松教授给出了一个有用的现代定义。在调查老年人和弱势群体的健康和社会处境方面,瑞典是最开明的国家之一。他将孤独定义为:"当一个人感到与他人疏远,遭受误解,或被他人拒绝,或者(以及)缺乏适当的社交伙伴来开展他期待的活动,尤其是那些能提供社会融合感和情感亲密机

---

[1] 安慰性进食(comfort eating),指有些人在产生了负面情绪之后,为了改善心情,通过食物来舒缓情绪。

会的活动时,他所表现出的一种持久的情感困扰。"[15]也就是说,孤独并不等同于独自一人的状态,尽管人们经常会这样误解。孤独是一种意识和认知层面的疏离感,或是与有意义的他者相隔离的社会分离感。孤独是一种情感上的匮乏,关乎一个人在世界当中的位置。

孤独完全是主观的。但通过使用"UCLA孤独量表"[1]、依据个人的陈述,孤独显然也可以被客观地测量。该量表的调查问卷要求被试者按照由"从不"到"经常"描述他们对孤独的感受。这份量表曾因措辞消极而遭受批评,经历了数次修订,也做过一些调整,以帮助评估老年人的孤独感。[16]试图将孤独视作一种主观体验来捕捉必然是有问题的,部分原因是孤独在西方依然笼罩在耻辱之中,这与孤独和个人失败之间的历史联系有关。一般推荐的干预方法包括增加与他人的接触,无须考虑社交与**有意义**的社交之间的区别,也不必在意想与他人交流但因健康问题或因性格特征(如害羞)而不能的局限。

孤独很难用主观或客观的方式去界定,其中另外一个原因是,它并不是一种单一的情感状态。在本书中,我将孤独描述为一种情感的"集群",其中可能混杂了不同的情感,从愤

---

[1] UCLA孤独量表,一种使用最广泛的孤独量表,由加州大学洛杉矶分校的鲁塞尔等人于1978年首次发布,于1980年及1996年修订,用于检验被调查者的人际关系质量。

怒、怨恨、悲伤，到嫉妒、羞耻、自怜。孤独的构成因个体的看法、经验、条件和环境而异。你可以同时感觉到相互冲突的几种情感。孤独也会根据文化因素、人的期待和欲望随时间而变。

用这种方式描述孤独，有助于穿越复杂的、往往相互矛盾的情感观念的历史。这同样有助于解释，为什么在迅速发展的情感史领域，孤独的历史偏偏付之阙如。孤独的历史对于我们理解今天的孤独，以及孤独如何在不同的地点、时期、文化中滋生至关重要。如果我们不想让孤独肆意扩散，这也是关键的一步。假如像对待其他情感一样，我们将孤独也精炼为一种人类的普遍共性，那么可能发生的一个结果就是，我们会忽视那些塑造我们情感体验的关键性信念，包括个人与他人、与上帝的关系，人的能动性与欲望的关联，以及供个人经验扎根其中的社会期望。孤独就变成了一种生而为人的隐患，而不是个人与他/她生存和参与的社会结构、社会期望之间的根本脱节。

我在研究毁容和换脸手术时，被孤独史的研究所吸引。我意识到，相较于生理差异和缺陷的经历，社会性的孤立和孤独是多么普遍，又是多么难以了解：爱、愤怒和恐惧都有自己的历史，孤独却没有。有关独居现象和社会经济结构变化的研究表明，由于我们的社会从面对面的集体农业社会，向城市化、匿名化社区转变，人的孤独感与日俱增。[17]也有一些将孤独与宗教联系起来的重要研究,它们关注的是修道院生活和作为接近上帝的一种方式的独处。[18] 更晚近的作家奥利维亚·莱恩[1]探究了孤立与孤独之间的区别,认为两者自有其创造性和积极意义,指出现代西方世界有意消除这两种全然不同的状态。[19]

那么,为什么孤独并没有在情感史中拥有一席之地?原因之一是语言,另一个原因是情感类别的历史建构。孤独并不在"六大"情感列表中;这些情感至今被普遍视为基本情感,而且往往都与我们的面部表情相关。在美国心理学家保罗·埃克曼的著作中,这六种情感分别是厌恶、悲伤、幸福、恐惧、愤怒、惊讶。[20] 也有学者认为存在八种基本情感,它们形成了两极对立:快乐—悲伤;愤怒—恐惧;信任—怀疑;惊讶—期望。[21]

自20世纪90年代起,更多细致入微的情感研究方法批判了这种生物还原主义模型,包括从历史的学科角度提出批评。[22] 这类研究认识到,情感不是普遍存在的,而是在复杂的权力关系中,通过历史上特定学科的透镜发展起来的。[23] 事实上,其中一个学科——神经科学——的最新研究表明,像"愤怒、悲伤或恐惧"这类以个体为边界的情感概念,都是不

---

[1] 奥利维亚·莱恩,生于1977年,英国非虚构作家,代表作为《沿河而行:一部关于河流的历史之书》《回声泉之旅:文人与酒的爱恨情仇》《孤独的城市》,作品多探究"孤独"主题。

正确的。[24]

用巴雷特（2017）的话说，我们不必为了区分社交中可识别的情感形式（愤怒的爆发或是悲痛的事件），与一种不断变化与转变、难以确定的感觉状态，而将情感视作"自然之物"。处在这种状态的并非只有孤独，诸如"怀旧""遗憾"等其他状态（或概念）同样没有得到重视。发人深省的是，比起现代作家，古典理论学家的情感观念更为细致入微。比如，亚里士多德并没有将情感描述成单一的纯粹状态，而是"伴随着快乐或痛苦的情感"，其中可能不仅包括"愤怒、恐惧、愉悦和爱"，还包括"信念、憎恨、渴望、竞争和同情"。[25] 古典的情感观念比我们今天使用的要更广泛。受液体论哲学[1]的影响，他们对于灵魂和肉体的看法与今天的我们不同。[26]

鉴于主题的复杂性，我觉得我们需要从历史观念和经验两个角度，进一步去理解孤独是什么，以及它如何在不同的人的生命历程中留下不同的影响。与理解肥胖一样，我们需要将孤独理解成"文明之疾"；它是一种慢性的、病理性的状态，与我们在工业化的现代西方社会中的生活方式息息相关。[27] 当然，孤独和肥胖还有诸多相似之处。两者都对健康服务提

---

[1] 液体论哲学，一般被视为西方"幽默"概念的源头，可以追溯至古希腊"医学之父"希波克拉底的"液体"概念。该学说认为，人体内流动着四种体液——血液、黏液、黄胆汁和黑胆汁，体液平衡是生命健康的关键。人的精神活动和躯体活动会彼此影响，身体内和身体外的环境也会相互联系，相互影响。

出了更高的要求，都与精神和身体疾病有关，并且都与个人无力达成普遍流行的社会期望相关。此外，在这两种"状况"之下，人都被病态地禁锢在自己的边界之内——病态肥胖囚禁了身体，孤独囚禁了心灵。

《孤独传》

人向来这么孤独吗？孤独这种状态会不会一再地折磨我们每一个人，无论我们所处的时空和历史？我并不这么认为，尽管普遍主义的论调正是如此，嗯，普遍。"人类不可避免且无穷无尽的孤独，并不仅仅是人类生存的糟糕处境，"美国心理学家克拉克·莫斯塔卡斯在20世纪60年代一部源于个人经验的论著中这样写道，"它同样是人类体验新的同情与新的美善的工具。"[28] 这一论点可能比乍看上去要复杂得多。一方面，它认为孤独是人类处境不可或缺的一部分，而这恰恰是本书所驳斥的；另一方面，它承认孤独可以是积极的也可以是消极的，能够产生从前未被探索的情感体验的深度，这是本书所探讨的主题。

从开阔的历史视角审视西方语境下的孤独，本书认为，作为一个术语同时也作为一种可辨认的经验，现代意义上的孤独于1800年前后出现，是继社会交往和世俗主义观念之后，对社会和政治结构至关重要的一大观念。而包罗万象的个体意识的出现,进一步强化了现代意义上的孤独:无论是在研究精神和身体的科学领域,还是在经济结构、哲学和政治领域。语言的演化为现代性诞生以来孤独观念的逐步发展提供了线索。这一过程涉及诸多影响,从宗教的衰落到工业革命,新自由主义不过是其中最新近的、有毒的迭代。[29] 本书的每一章不仅指出作为经验的孤独之复杂性,还会涉及它同个人与社会的关系,以及它与情感和身体需求之间的关联。

既然孤独是一种情感的集群,并且在一个人的一生中不断转变,尤其是在由个人定义的"瓶颈期"阶段,那么我们需要按特定的时期去研究它。《孤独传》不仅探究了孤独在历史上是如何出现的,还考察了孤独在不同的人生阶段对人的影响。对于一些长期为孤独所困的人来说,孤独牢牢攫住了他们的童年和青年时期,正如美国作家西尔维娅·普拉斯所经受的那样。对于普拉斯而言,无尽的孤独似乎早在情绪不定的童年时期就与她为伴了,贯穿了一段据称"饱受虐待"的婚姻关系,最终所导致的长期精神健康问题让她自杀身亡。最最关键的是,童年和青年时期形成的孤独或许会成为日后生命中孤独的雏形。这个主题还有待更多更详细的调查。[30] 年轻时的孤独并不比年老时的孤独问题更小,但它必然会依据期望、能力和环境的不同而呈现出不同的样貌。

在21世纪,有关年轻人和孤独的讨论更容易集中在数字文化和社交媒体上。在维多利亚时代的英国,孤独毋庸置疑也是一大问题,例如查尔斯·狄更斯笔下的雾都孤儿。然而,自数字化革命发端以来,孤独的青少年形象已经深入人心。而关于这种技术形式在一个人一生中造成的影响,还有与更宽泛的数字化情感模式之间的关联,目前相关的卫生和政策研究尚不明确。以英国老年人为例,当他们缺乏人与人之间的接触时,有人讨论说"宠物机器人"可以陪伴他们。在其他文化中,尤其是日本,性爱机器人已经出现了一段时间,被用来缓解单身汉的孤独感,这一市场正在不断扩大。[31]

尤其是伴随社交媒体的普及,英国千禧一代[1]的社交模式已经发生了改变。[32] 新款应用和社交平台层出不穷,父母很难逐一去跟进、了解,更不用说洞察利弊了。但父母在这方面并非孤例;在全球范围内,社会和法律的基础架构正在同没有既定规则、不遵循传统价值观及惯例的知识创造、交流和传播形式展开一场猫鼠之战。无论老少,人们都奋力投身到数字媒体当中,利用这些媒体与日常生活中的自我呈现保持一致;区别在于,社交网络上的自我可能更多面、更复杂,从

---

[1] 千禧一代,指20世纪90年代初期出生、21世纪初进入成人期的一代。(也有人认为指的是2000年之后出生的一代,本书应为前者。)该词源于1991年威廉·施特劳斯和尼尔·豪出版的《代际》一书,书中阐述了社会时代阶层理论:通过重复周期可以观察美国历史,这个周期大约是八十年,也就是一个人一生的长度;每八十年有四个时期,约二十年一个周期,以情感为特征区分,分别是高潮、觉醒、瓦解和危机。这种理论后来被称为"施特劳斯-豪代际理论"。

中产生的满足感并不必然像在真实生活的情境中所获得的那样持久而饱满。

孤独之所以会在21世纪成为一大问题，其中一个关键的原因就在于，它与更广意义上的社会、经济和政治危机休戚相关。举例来说，针对老年孤独的忧虑，反映出西方社会对于人口老龄化的普遍关切，以及对于家庭分散的个人主义时代，这部分人应当如何获得支持的焦虑。由于老年孤独对社会关怀和医疗保障有着重大的影响，大多数政策干预都集中在老年群体，尤其是社会上最为脆弱的"耄耋老人"(oldest old)，即八十岁以上的独居老人。

独居是一个很重要的主题。独处(solitude)和孤独(loneliness)是有区别的。然而，想拥有某个特别的人却始终找寻不到，这对于所有年龄段的人来说可能都是一个孤独的过程。[33] 浪漫主义理想的语言和历史在这里很重要，由于找不到"那个人"(the one)，会因匮乏感而产生孤独。西方文化中的"灵魂伴侣"这种说法就出现于浪漫主义时期[1]，并且和激烈的情感斗争、同社会周遭的分离需求相关联——恰如拜

---

[1] 浪漫主义时期，18世纪晚期至19世纪初期，欧洲的艺术家、诗人、作家、音乐家、政治家、哲学家等反对启蒙理性，追求人类情感的想象力、激情和艺术人性价值。但关于浪漫主义的详细定义，直到20世纪也一直是文学史和思想史领域争论的主题。

伦式的英雄[1]主题所展现的那样。

老年人和年轻人一样,都渴望能在互联网上找到灵魂伴侣,[34]尽管前者的形象对读者来说少了些吸引力。老年人的性显然是个细分的小众市场,在健康和政策方面很少被纳入考虑。[35]老年人需要面临的另一个关键的生命阶段就是丧偶带来的孤独。寡居或鳏居,爱人的故去会让他们陷入孤独,一方面使得他们在情感上被迫分离,另一方面造成了他们在社会上的孤立。这种孤独在体验上人人平等;寡居或鳏居会带来深深的社会及家庭孤立感,无论当事人是公主还是贫民。

寡居或鳏居者孤独的核心是怀念逝去的事物。同为一种情感状态,怀旧和孤独之间有许多相似之处,并且怀旧也会影响到孤独的感受。思乡也是,乡愁加剧了无归属感,而这种感受恰恰是感知孤独的关键。[36]在那些无家可归者或是难民中间,归属感的缺乏尤为严重,他们甚至没有一个堪称家的地方。"无家可归与漂泊无根"者有着一种特殊的孤独感,他们的无家可归或难民身份所带来的,是与家、食物、家庭生活等象征意义有关的孤立感。然而,当我们谈及对孤独的理解,这群无家可归者却成为在社会上和政治上最受忽视的群体。族裔是另一个重要的变量,而同样有关族裔与贫穷、孤独这些相

---

[1] 拜伦式的英雄,指和英国诗人拜伦及其笔下人物(例如抒情长诗《恰尔德·哈洛尔德游记》中的哈洛尔德)一样的人,"高傲、情绪多变、愤世嫉俗、个性叛逆,内心悲观痛苦、忧郁孤独,找不到出路"。

关变量的研究少之又少。[37] 仇视同性恋，对不因循守旧的生活怀有偏见，关于这两种社会排斥所造成的影响，目前也没有太多研究。[38]

在孤独的经验中，阶层和性别的差异同样重要。我会试着透过这本书将这个问题一五一十地阐述清楚。相较于女性，男性的孤独指数更高。原因也许可以归结为单性别或同性社交，以及社会通常更鼓励女性谈论她们的感受这一事实。[39] 然而，上述统计数据也会受到阶层、性别、性别认同及其他变量的影响。孤独指数最高的人群似乎是社会中最为穷困的群体，这反映了我们社会支持网络的崩溃程度与经历的贫穷程度成正比。[40] 在每个像霍华德·休斯[1]这样的隐居者的刻板印象背后，都有成千上万个陷入赤贫的孤独之人，他们的苦痛同样不为人所知。

身体化的孤独

正如上文所说的那样，孤独既关乎身体，也关乎精神。本书将通过考察身体和物质文化层面的孤独，就这一主题进行

---

[1] 霍华德·休斯（1905—1976），美国企业家、飞行员、电影制片人、导演、演员。十九岁时成为休斯工具公司的董事长，二十一岁进军好莱坞成为电影公司董事长兼导演。二十七岁成立休斯飞机公司，曾驾驶自己设计的飞机创造世界飞行纪录。四十五岁选择隐居，七十一岁时在自己的私人飞机中逝世。

进一步延伸。在西方，我们更倾向于将孤独看成是一种精神折磨，通过占用大脑（谈话治疗、读书小组，以及与他人的联结）以对抗抑郁和焦虑的干预手段来提供治疗。然而，这种对于联结的需求仅仅基于理性是远远不够的，这种关注点更多是讲医学层面的身心历史，而不只是关于孤独的生活体验。[41]从古代一直到18世纪，人们都关注到了孤独的身体性，如今这一点在很大程度上被忽略了，孤独却更多地体现在和身体有关的语言中——人们会形容一个置身事外的人"冷"，形容一个给他人陪伴的人"暖"；而同样的道理，那些深感孤独的人本能地想洗个热水澡、穿暖和的衣服。孤独和联结的身体性同样也表现在我们构建物质世界的方式上——在物品中寻找一种沟通情感、免于孤独的方式。但过度的物质主义反而加剧了人的孤独，造成了更大的匮乏感。

孤独并非一无是处。的确，有大量的文学作品讲述独处和孤独是多么奢侈，特别是当这种孤独与创造力、艺术联系在一起的时候。正如威廉·华兹华斯[1]、弗吉尼亚·伍尔夫[2]和

---

[1] 威廉·华兹华斯（1770—1850），英国浪漫主义诗人，与柯勒律治合作发表的《抒情歌谣集》（1798）宣告了浪漫主义新诗的诞生。华兹华斯尤其擅长描摹人类情感与自然的关系，表达人之为人的孤独感，例如我们熟知的《我好似一朵流云独自漫游》等。本书的第九章对于浪漫主义时期的孤独观有进一步的阐释。
[2] 弗吉尼亚·伍尔夫（1882—1941），英国作家。她认为写作要摒弃物质的表象，在对自然和生命本质的探求中定格人类"存在"的"瞬间"，触探生命的哲理。

梅·萨藤[1]在他们的文学作品中所呈现的那样,孤独之于这些艺术家既是礼物也是负担。这种认识是否有助于应对21世纪的孤独呢?如果没有了孤独,我们还能不能创造伟大的艺术?孤独带来的愉悦感,与那些时常感到孤独却没有创作出伟大艺术作品的人有什么关联?

我希望能通过写作这本书,帮助读者们形成上述问题的答案,并且更多地将孤独视为一种复杂的、根植于历史的情感状态来阐发。我也希望能够以此激发出横跨历史学、人类学和地理学等学科的更为全面的分析。《孤独传》总体上聚焦于西方,尤其是英国的孤独现象。在有些个人地位不那么受重视的文化中,对孤独的反应和体验可能不一而足。有迹象表明,集体主义社会实际上可能比个人主义社会**更易**孤独,尽管我们尚不清楚这是不是因为集体主义社会的人更容易自在地谈起孤独;有可能在以集体利益为重的国家中,讨论孤独更不容易给人带来羞耻感。同样可能会被拿来比较的还有家庭的缺失和友情的匮乏。例如,在集体主义的文化中,孤独与缺乏家庭支持有关;而在个人主义文化中,孤独则意味着缺少家庭之外的联系。[42] 这就引发了更广泛意义上的疑问:在集体主义文化和个人主义社会群体中,"孤独"是否意味着

---

[1] 梅·萨藤(1912—1995),享有国际声誉的美国诗人、小说家。她的创作母题大多与人的爱、孤独、同性情感、自然、自我否定等有关。著有《独居日记》《海边小屋》《过去的痛》。

同一件事？仅举一例说明，"孤独"（lonely）在阿拉伯语中译作wahid，而wahid在英语中的意思是"一个"或"单一"。这就为我的观点提供了一个有趣的佐证：孤独之所以在英国出现，就是因为更关注个人。在阿拉伯世界中，"家庭"比个人更重要，人与人之间的联结是共同及个体身份认同的核心。[43]

或许正因为个人嵌于这些社会语境之中，才意味着孤独的话语并不存在，正如18世纪的英国那样。但是由于缺乏相关证据，对阿拉伯世界的孤独提出权威的说法是不可能的。（而且我对其中暗含的阿拉伯世界不如西方世界"发达"这一假设持谨慎态度，这与我所表述的意思相去甚远。）大多数有关健康、政策、社会科学的研究都聚焦于视孤独为问题的工业化地区，其中包括欧洲西北部和北美。研究样本往往趋同，很难呈现出文化的多样性；甚至在英国国内不同的社群之间，也都缺乏相关的比较研究。[44] 显然，在多样化但迅速变迁的各个文化之间，仍需要建立一些关键性的联系。

不过，首先，我想谈谈英国孤独的历史，以及本书提到的一个具体主张：现代孤独是19世纪的产物，是科学、哲学和工业日益关注个人而非集体、关注自我而非世界的一个产物。至此，只剩下一个至关重要的问题：几个世纪以来，一直被简单地理解成"孤身一人"（oneliness）的无情感的、身体状态上的孤独，如何转变成了现代的、病态的流行病？

第一章

❶

当"孤身一人"变成"孤独":
一种现代情感的诞生

孤独的历史对于我们理解孤独在21世纪的盛行及其意涵可谓重中之重，而这段历史却几乎被人忽略了。诚然，有不少和孤独有关的书籍、广播电视节目、自助手册都纷纷感叹，孤独的风行已经成为21世纪人类健康和福祉的一大挑战，也都对孤独成为一种现代的"流行病"而备感恐慌。那么，孤独自身的历史、意义和生命周期又如何呢？我们又能从孤独随时间而演变的方式中或者说它的英国语境中，了解到什么呢？

无论是"孤独"这个词本身，还是可能更具争议的孤独体验，都是一种相对现代的现象。我们先从语言开始谈起。在某种程度上，语言在情感的历史中是个不小的挑战，因为情感的感受（突然看见心爱的人，心跳会加快）是如何通过一个恰当的情感媒介（在这种情形下可能是欲望）来表达的，总是不够清晰；而这种表达可以是语言上的、字面上的、身体性的，或者物质性的。[1] 有些情感的痕迹比其他的更容易复原，比如，一封悲伤的情书比一方被泪水打湿的手帕留存时间更久。在情感体验和谈论这种体验的行为之间，通常也会有一段间隔空间——这是羞愧、自我否定或缺乏自我意识的结果。过去的记录者,包括写下日记的人当时做何感想,是很难被现代人一眼看穿的。但这些记录者更倾向于为未来的读者(无论是真实的还是想象的)而写,并据此塑造他们自己的故事。[2]

就算我们揭开了过去的情感轨迹,讲述这种情感的方式可能也不是我们所熟悉的。例如,过去人们通常把交换家具或家里的物品看作促成一桩婚姻的功利性的暗示,而非表达爱和承诺的深刻感受。[3]孤独也不例外,它的情感语言同样也是可以改变的。即便如此,我还是要说,目前所表现出来的孤独是最近才有的现象,至少在英国和后工业时代的西方是如此。

孤独是如何被发明的?

18世纪末以前,公开发表的英文文本中很少提及"孤独"。的确,"孤独"这个词的第一次出现几乎可以忽略不计。然而,大约从1800年起,"孤独"一词开始被越来越频繁地使用,直到在20世纪末达到高峰。

孤独的意涵在这段时间里也发生了改变。在16和17世纪,孤独并不像今天这样在思想和心理上具有如此分量;它仅仅表示"孤身一人",相较于心理或情感体验,它更多地是一种身体体验;"孤身一人"(oneliness)从"孤独的"(lonely)一词衍生而来,仅仅是指一个人独处的状态。"孤身一人"常被用在与宗教体验有关的语境中,因为这种状态意味着一个人得以与永远在场的上帝共融。

1656年,文物研究专家、词典编纂家托马斯·布朗特出版了《难词详解》一书,又名《一本解释现在用于我们文雅英语中的各种语言的难词的词典》。该书历经数个版本,是早期词典中最大部头的一部。在1661年版中,布朗特将孤独解释为:"**一个人**[原文];独自,或孤独,独身。"[1]英国词典编纂者、速记员以利沙·高斯于1676年出版了自己的《英语词典》。在这本词典中,他将"孤独"定义为"独处"或"独自游荡",并没有现代的"孤独"所具有的负面情感内涵。

虽然在19世纪以前的印刷文本中,"孤独"(loneliness)一词的含义没有那么丰富,"孤独的"(lonely)则不然。然而,后者更多地是指一个人的身体状态,而非针对情感状态的描述。这一点不仅在批评当今普遍存在、不可避免的孤独的本质方面至关重要,还挑战了认为过去之"孤独"与今日等同的观点。这些观念之所以值得推敲,是因为它们暗示了情感是静态的,不会随着时间而改变。然而,在莎士比亚的研究中,这类观念却司空见惯,例如,哈姆雷特的独白就表达了人类的孤绝处境所带来的永恒影响。[4]

如果我们不拘泥于词源上的用法,在《牛津英语词典》

---

[1] 原文为:an [sic] one; an oneliness, or loneliness, a single or singlenesss。

中，最早起源于16世纪的"孤独的"(lonely)一词有以下两种解释："1. 由于没有朋友或无人陪伴而感到悲伤。无人陪伴；独自一人……2.（某地）人迹罕至、偏远荒僻。"约在1800年以前，只有**第二种释义**——"人迹罕至、偏远荒僻"之地——被频繁使用。而在这之前关于孤独的叙述中，充满了宗教启示和对人类愚蠢行为的道德叙述，以及对发生过重大事件的偏远之地的物理描述。比如《圣经》中的孤独通常表示，由于耶稣"返回孤独之地祈祷"，弥赛亚与其他人在肉体上分离（《圣经·新约·路加福音》第五章第十六节）。就连塞缪尔·约翰逊的《英语大词典》[1]也将"孤独的"(lonely)这个形容词单纯地解释为落单的状态（"孤独的狐狸"），或是荒僻之地（"孤独的岩石"）。这个词并不一定带有任何情感意义。

独处为何重要？

在现代早期，如果一个人有意选择了孤独——身体性的独处——可能就是为了和上帝交流；而到了18世纪，人们选择孤独则多半是为了与自然共处。大量的文学作品都与发现

---

[1] 塞缪尔·约翰逊（1709—1784），英国作家、文学评论家和诗人。他历时九年编成《英语大词典》（1755）。在这部词典之前，英国仅有冷僻词或新词的汇编，约翰逊从文学著作中搜罗素材，选出例词例句，开创了英语词典学的新阶段。

新土地和"原始人"有关,在这些作品中,独处是难免的,但不一定是个问题。事实上,在丹尼尔·笛福的《鲁滨孙漂流记》(1719)中,主人公遭遇海难后在偏远的热带小岛上独自生活了二十八年。孤独并不是这部小说的特色,不仅仅因为鲁滨孙·克鲁索和星期五形成了主仆关系。小说中没有一处提到主人公感到"孤独"或是经历了"孤独"。克鲁索虽孤身一人,但他从未将自己的处境定义为"孤独",这大概是现代读者难以理解的现象和体验。

与此相对照,21世纪福克斯的电影《荒岛余生》(罗伯特·泽米吉斯导演,2000)取材自《鲁滨孙漂流记》,讲述的是美国联邦快递员查克(汤姆·汉克斯饰)流落荒岛。因为没人说话,查克就在排球上画了一个笑脸,还给它起了个名字叫"威尔逊"。(威尔逊是美国一家运动设备制造商,该公司现在在其网站上销售这种排球的仿制品。)现代的观众或许更能理解这个情节的意义:它与人类对陪伴的内在需求有关,也与认为独处对心理健康有着毁灭性影响这一观念有关。[5]

但在笛福所处的时代,独处未必有什么可指摘的。我们再来看约翰逊的《英语大词典》对"独处"(solitude)的定义:"孤独的生活;一个人的状态。"[6] 1550至1800年间,"独处"时不时会以近似于"孤独"的形态出现。到了21世纪,"独处"一词已经不再风靡,但曾一度被广为使用。"独处"这个词来源于拉丁语solitudo,意思是:"1. 一个人的状态或情形；2. 偏僻或无人居住的地方。"和"孤独"一样，"独处"未必与情感体验相关；两者都仅仅指"孤身一人"的身体经验。

从19世纪中期开始，"独处"（solitude）一词在出版物中出现得越来越少了。我认为，这种使用频次的减少，与人们越来越多地使用"孤独"（loneliness）作为独自一人的状态及孤独体验的简称相对应。因此，"独处"一词使用的减少与"孤独"的语言更加普遍是同时发生的。如今，由于18世纪末之前孤独还没有被讨论过，所以这类词也就没有出现在医学文献当中。像今天这样将"孤独"视作一种精神和身体折磨并将其病态化的现象，在当时并不存在。而在18世纪末以前，医学著作家等人**确确实实**讨论过：独处有着一系列消极和积极意涵。

和孤独一样，独处也有过一段被忽视的历史，而这段历史也是情感史一个重要的方面。独处同样未必会引起消极的情感反应。恰恰相反，孤独甚至可供享受，可堪回味。历史学家芭芭拉·泰勒就曾写过日内瓦哲学家让-雅克·卢梭[1]和英国哲学家、作家玛丽·沃斯通克拉夫特对独处的享受，尤其

---

[1] 许多国家习惯于将卢梭归于"法国思想家"之列。其实卢梭生于日内瓦，父母均为日内瓦公民。卢梭早年因生活拮据离开日内瓦，成名后返回日内瓦定居，后又因批评新教教义和政界人士被日内瓦议会剥夺了日内瓦公民权。日内瓦人对卢梭个人、思想、作品的论战一直持续至今。然而，无论是自主离开还是遭受驱赶，卢梭始终以"日内瓦公民"自称。

是当独处和18世纪对自然的热爱关联在一起的时候。将"退隐"自然作为寻找个人幸福的途径,不仅是田园文学的心理根源,也体现了"上帝寓于自然"的自然神论思想。[7]

独处并非和社交能力不兼容,因为它能让人身心更有活力,进而让一个人更好地适应社会。P. L.考蒂尔的《独处之乐》就为独处的价值辩白,认为独处并不是一个"乖戾的厌世者"的愿望,而是为了"避开众生喧嚣,呼吸树林中冷冽的新鲜空气!……因为我们深情珍惜的、热切褒扬的一切,所有那些幻想、那些能打动我们内心的事物,常常充溢着我们对繁忙生活景象的否定"。无独有偶,J. G.齐默尔曼与J. B.梅西埃在《有关孤独,及其对头脑和心灵的影响》中这样写道:

> 伟大品格的雏形只能在独处中形成。只有在独处中,英雄和圣人方可第一次获得扎实的思想、对行动的热爱,以及对惰性的憎恶。

强化独处的价值让人想起了古老的隐士理想。在这种理想中,遗世独立是通向精神完满的征途。[8]在上帝面前独身一人,对于那些有意选择离群索居的人来说(譬如身处旷野的基督),是一个极具创造性和精神反思性的主题。

对于有创造力的人而言亦是如此,独处常常蕴藏着巨大的能量,似乎回应和彰显了他们与更高精神力量的连接。[9]当然，隐士也有可能出于非宗教的原因拒斥社会。其中一例便是"丁顿隐士"约翰·比格（1629—1696年）。

比格曾是1649年判处国王查理一世死刑的法官之一西蒙·梅恩的书记员；后在王政复辟时期，梅恩因弑君罪被处决，比格从社会退隐。他退隐的原因不明，有人认为他因国王死于自己之手而懊恼悔恨，也有人认为他害怕遭人报复。他住进了山洞，靠他人的救济过活，四处讨食，索要皮革条，贴在衣服上蔽体御寒。[10]

独处、性别与阶层

相较而言，出于艺术和风雅之目的选择独处，则是有教养的中产阶层的行为，因为独处需要远离经济活动的物理空间和时间。传统上，只有生活优裕的白人男性才会做出这样的选择，惯例不适用于黑人作者和女性，因为女性向来需要通过家庭结构而非个人成就来获得社会认同。

一切情感状态和情感表达都受性别所限，古今皆是如此。这种性别化的一个重要方面就是情感的社会化表现如何证明和维护了传统的社会关系。在16世纪，女性喜欢流眼泪表明女性比男性更湿润，缺少男性身体的热量。而在19世纪，眼泪却是女性气质、女性无法适应公共生活的标志，表明女性注定以一种完全不同（但还是有影响力）的方式低人一等。[11]

与眼泪类似,孤独的女人也是文学作品中反复出现的隐喻,反映了人们对女性的消极期望,尤其是18世纪晚期以后的中产阶级女性,她们的地位越来越局限于家庭。在早期的现代文学中,独身女性——通常是不受人管教的老姑娘或寡妇——在私人和公共领域之间徘徊,扮演全然不同的颠覆性角色,威胁着父权制的秩序。因此,独身女性有可能被视作一种威胁。[12]

男性也有与独处有关的性别化角色。一种传统认为,男性会出于宗教或智识上的原因,以隐士或学者身份过一种与世隔绝的日子。事实上,卢梭在找寻孤独时也欣然采纳上述说法来描述自己。[13] 女性**有可能**因宗教而独处,后来也有可能因投身创作而独处,但在西方文学中,孤独更多是被强加于她们的,一个常见的文学隐喻就是被恋人抛弃或无视。克制和忍耐成了女性的命运,这与自我赋权的独身理想大相径庭。有关女性角色的一种夸张表述就成为《第十二夜》中维奥拉想象出来的姐妹:"她因相思而憔悴,疾病和忧愁折磨着她,像是墓碑上铭刻的'忍耐'之化身,向着悲哀微笑。这难道不是真正的爱情吗?"(莎士比亚《第十二夜》第二幕,第四场,第一百一十至一百一十三行)"被遗弃的女人"在某种程度上与"独处的男人"诗意对应,也构成了17世纪及以后个人信件与往来通信这一悠久文学传统的一部分。[14]

独处会带来健康问题吗？

26　　过长时间的独处可能会给健康带来潜在损害——正如"疾病和忧愁折磨着她"所暗示的那样，独处唤起了被遗弃女性的相思之苦。如果孤独是由外部强加的，而不是从内心寻求的，它尤其会产生问题。在前现代时期，从2世纪到8世纪晚期主导西方医学的体液论传统中，独处会影响一个人身心健康的平衡。

健康，即意味着体内的四种液体是均衡的，而激情、"非自然物"，以及睡眠和运动、进食和进水、身体的排泄和分泌都会导致体液的不均衡，进而引起一系列身心上的病痛，从抑郁到肥胖。[15] 而过少的独处就和过量运动一样，同样会耗损一个人的精神；而太多则会使他们呆滞迟缓，容易忧郁。正因如此，在18世纪，医学作者才将长时间的独处与精神疾病、忧虑、自我否定联系在了一起。

在罗伯特·伯顿的《忧郁的解剖》(1621)一书中，这位饱受抑郁症折磨的牛津神职人员，列举了引发这种疾病的诸种原因。这本书没有提到"孤独"或"独处"，却多处提及"独自一人"的状态经常让他多虑。体液论医学认为，学者尤其容易因过度沉思而患上忧郁症，伯顿在导论《忧郁症概论》中对此表示认同：

27

当我孤身一人陷入沉思，
思量未知的诸种事宜。
当我凭空建造座座城堡，
无所哀伤亦无所畏惧，
当我以芬芳之幻影自娱，
暗自思忖时间之骤逝。
我对此全部的愉悦皆为愚笨，
并不比忧郁更为香甜……
当我独自一人清醒躺卧，
回忆所做的恶劣之事，
我身上的思绪如同暴君横行，
恐惧与痛苦使我心惊，
无论我是留是走，
时间于我皆迟缓而流。
我对此全部的忧伤皆为愚笨，
并不比忧郁更为癫狂……
友人和伴侣离你而去，
一人独处乃我之所欲；
除却我思绪翩然，
除却我暗自跋扈，
孤独从未使我安好。[16]

18世纪的苏格兰医生威廉·卡伦的就诊信同样为我们提供了丰富的信息,让我们了解到孤独对人际关系以至健康的影响。[17] 到了18世纪,有足够的财富、文化程度和地位的男性或女性,写信给医生讨论自己的健康问题并寻求治疗的情况并不少见。[18] 身心健康仍然是医生和病人之间相互合作的过程,病人从与他人的谈话和指导手册中获取建议,像威廉·布坎《家庭医学》这样的指导手册至少有过八十个版本。[19] 病人和医生对体液在产生健康问题上的作用有共识;到了18世纪,他们认为体液也会导致精神问题。尽管躯体的物理结构(神经和纤维)才是疾病的根源,而体液并不是,但"神经衰弱"讲述了同样的故事:独处时间过长对身体和情绪都有负面的影响。

例如,1779年,在一封有关某位瑞伊夫人的信中,卡伦表示他的病人患有"神经衰弱,经常困乏,但没有危险"。他建议她多运动,尤其要多骑马,目的是通过身体运动,刺激神经纤维,激发精神活力。在这种背景下,卢梭和沃斯通克拉夫特寻求孤独时的轻盈脚步,颇具讽刺意味地成了一种避免消极和过度孤独的方式。[20] 在卡伦看来,不能喝茶和咖啡,因为这两样东西会让人兴奋,但最关键的是,瑞伊夫人要学会让头脑保持忙碌。卡伦这样解释道:"她的头脑和她的身体一样需要受到关注。不管她喜不喜欢见她在国内外的朋友,她都要寻求各种娱乐和轻松的消遣,同时避免沉默和孤独。"与之类似,在1777年,卡伦敦促"歇斯底里的忧郁症患者"艾伦夫人找个伴、多聊聊天,虽然他"从不知道说理"会对一个歇斯底里的女人有多大影响。[21]

在19世纪,西方医学对身心健康有了新的分类方法,并且发展出了一系列专业学科:一方面围绕情绪和心理健康,另一方面围绕身体器官、人体系统及各部位。相对于用体液论来解释孤独,现代医学对孤独的解释有着深刻的不同,那就是其积极的特质通常是不存在的。我们过于注重把一个人的社交能力当成一种精神健康的理想模型,因此不太关心独处的积极方面,更遑论独处对身心的影响了。然而,直到1945年,德国哲学界和文学界才开始重视孤独(Einsamkeit)的益处。[22] 回望前几个世纪对独处的追求,"独处"一词意味着自愿从纷繁搅扰的生活中抽身而退,这样个人便可以反思,冥想,与上帝或某个高级造物者交流。

很可能是在18世纪后半叶,独处在生理学和医学上被认为是比较有问题的;这与当时的哲学和政治背景相关,在这种背景下,社交能力(某种程度上是孤独的反义词)在英国的高知文化中变得日益重要。文学批评家、英文教授约翰·穆兰探究了18世纪中叶小说的兴起,认为这和"公共领域"一种特有的感伤情绪的勃兴,以及文学敏感度、同理心的出现密不可分,而后者则是世俗社会发展的一个组成部分。[23] 在某种程度上,这不禁让人想起历史学家威廉·雷迪的论述。雷迪认为，在法国大革命之后，法国社会出现了一种特殊的"情感"，即一种情感体制被另一种替代了。[24]通过公众集会或集体参与创造价值共识来展现一个人的社交能力，这是公民社会得以彰显和强化的方式之一。这也说明了情感语言的流行与性别、同理心以及对于他人的道德和伦理责任密不可分。[25]

社交能力关乎礼貌，关乎对举止、世故和教养的重视。18世纪上流社会的上述特征也关涉象征、身体、手势、口头所展示的规范，正是通过这些规范，社交能力得以确立。[26]约瑟夫·艾迪生和理查德·斯蒂尔创办了日更出版物《旁观者》，将哲学和礼仪传授给那些志向高远的中产阶级男性和女性。其中罗杰·德·柯福利爵士等人物的描述提醒读者：在理想情况下，自见面的那一刻起，"仁爱"就"向每个人流淌传递"。[27]斯多葛哲学也表述了类似的观点，这种哲学强调"共通感"（sensus communus，认为共同的情感将个体和社会联结在一起）的价值。还有像亚历山大·蒲柏这样的诗人也提出"自爱和社会性是相同的"。[28]

在很大程度上，上述这些哲学准则是在身体的隐喻当中实现的。人与人之间建立联系的情感就在神经和纤维中回荡，这些神经和纤维象征性地将一个人与另一个人联系在一起，与国体、政体联系在一起。[29]我认为社交和联结变得对社会结构至关重要，这一变化的元叙述或许可以帮助我们理解，为什么1750至1850年间的出版物更为频繁地提及孤独这个主题，无论是作为一种对抗文明的、社交的社会的力量，还是作为纷乱世界里个人对宁静的追求。后一种观点认为，在机械化的工业时代，寻找个体绝对是有必要的，这一观点成为浪漫主义诗人作品的内核，他们为孤独漫游赋予了追求文学和情感成就的特权。[30]

现代意义上的孤独是如何形成的？

孤独（loneliness）这种独特的情感集群如何承接独处（solitude）和孤身一人（oneliness），成为个人与社会分离的象征及与社会脱节的标志？孤独通过什么路径变得无处不在，成为一种社会和情感状态，成为当今世界的一大"问题"？人口历史学家给出的解答是，这是结构性变化造就的结果；当世界上的大多数地区都处在高度发达、全球化、世俗的社会中时，孤独就成了晚近现代性的一个不可避免的直接后果。历史学家基思·斯内尔认为，历史上，孤独最重要的一个诱因就是独居，而起因则往往是丧失亲人。[31] 此外，独居还与从传统的、面对面的农业社会（在这种社会中，几代人都生活在同一个家庭，社会流动性低，少有人迁出村落）向劳动力流动性更高的城市过渡有关。在这个过程中，新的独立家庭被创造出来。[32]

社会和人口的变化当然构成了孤独的一个成因，但并非是唯一的解释。孤独并非和空间变化有着必然的联系。作家奥利维亚·莱恩备受赞誉的著作《孤独城市》同样认为独自游荡会加剧孤独。[33]然而,她还注意到,和他人共享同一个物理空间并不等于在共同的**情感**空间共处。环境变化必然带来情感变化,这种想法预设了自我和情感是一成不变的。所以,我们不得不问:还有哪些其他因素在起作用呢?

"孤独"作为一种连贯的情感状态出现,是人口变化和城市化的产物,**伴随着**诸多其他的重要因素,造成了日益个体化、世俗化、疏离的生活方式。这些因素包括:现代关于身体和精神的科学信仰,以及灵魂作为一种解释来源的衰落。继法国哲学家勒内·笛卡尔(他最为人所知的就是那句格言"我思故我在")早期写就的神经学作品之后,人们得以将人体看作一架自动运转的机器,把包含心跳在内的身体活动视为生理冲动的反映,而非精神上的存在。心灵和身体是相互分离的领域,身体(通过大脑)处于心灵的控制之下。

继这些科学和精神变革之后,大规模的工业化和城市化肇始,传统的国内制造业被工厂规模的计件工作所取代。支撑经济和社会变革的是查尔斯·达尔文的著作和进化生物学的兴起,它们通过一系列的虚构情节和社会隐喻得到彰显和传播。[34]个人主义哲学占据主导,与社会相比,个人变得更重要了。

难怪维多利亚时代的小说里随处可见孤独的人物形象,

他们为了寻求个人的心理成长和自由,与充满敌意、冷漠无情的世界相抗衡。的确,世界文学中有很多孤独的身影,从古印度史诗《罗摩衍那》中遭受驱逐的罗摩,到17世纪法国德-思德瑞小姐遭遇绑架的故事。[35] 这些故事的内核便是个人与整个社会的对抗或者对变革的追求。然而,讲到寂寞(aloneness)以及之后19世纪小说中的孤独(loneliness),它们的共同特点就是:其一,自塞缪尔·理查森1740年出版了《帕梅拉》(又译《美德报偿》)[1]之后,越来越强调心理上的写实;其二,以工业化为大背景(以及相伴而生的社会想象和隐喻);其三,公共/私人的分界越来越明晰,这就要求女性从家庭领域中获得情感上的满足和陪伴。[36]

自18世纪起,布尔乔亚的文学形式开始拓展,目标读者是那些有相当程度的闲暇和教养、谙熟浪漫主义和个人主义文学隐喻的人群。孤独开始被用于小说和诗歌中,不仅象征主角为自身归属而战斗,还标志着他们在某种情感满足上的匮乏。多数情况下,不被社会接受和渴求浪漫伴侣是混合在一起的,正如I.D.哈代在《爱,荣誉和服从》(1881)中所写的

---

[1] 《帕梅拉》,被誉为英国文学史上第一部现代小说,出版后在全国掀起了"帕梅拉热"。作品讲述了一名年轻的女仆拒绝少东家的种种威逼利诱,坚守自己的贞洁,最终让主人为自己的美德打动,正式娶她为妻的故事。作者塞缪尔·理查森的小说多关注婚姻道德的主题,多以女仆或中产阶级女性为主人公,擅长描写人物情感和心理,被认为开创了英国家庭小说的新范式。

那样：

> 泽布站在舱梯旁，**俯视着身边正在聊天的人群，感到分外孤独**。晚餐前，那位座位离她很远的先生吸引了她的注意。他朝她走过来，在昏暗的灯光下，注视着她晦暗不明的脸，想弄清她是不是"那个黑眼睛的俊俏女孩"。（第233页，黑体为笔者自行添加）

孤独的女性角色贯穿了维多利亚时代的小说，从夏洛特·勃朗特《维莱特》(1853)到安妮·勃朗特《怀尔德菲尔府的房客》(1848)，从乔治·艾略特的《弗洛斯河上的磨坊》(1860)到托马斯·哈代《德伯家的苔丝》(1892)。很多故事的主题都是情感反抗或殉道，故事的主人公也是之前"在墓碑上忍耐，向着悲哀微笑"的女性形象的变种。诚然，女主人公能够克服孤独，但大多是通过"读者，我嫁给了他"这种对现状的默许，以及浪漫爱情的理想得以实现来达成的——否则就会像《远大前程》（狄更斯，1861）中的郝薇香小姐一样迷失自我[1]。

查尔斯·狄更斯的作品还书写了在漠然无情、机械化的

---

[1]《远大前程》中的郝薇香小姐是一位上层阶级女性，她疯狂地爱上了温培森，却不知道对方在意的是她的财产。结婚当晚即被抛弃，因无法接受这样的打击，她从此过上了痛苦不堪的生活。

工业社会背景下不同类型的孤独，尤其是儿童的孤独。因此，狄更斯小说中的男女主人公[例如《远大前程》中的匹普、《雾都孤儿》(1837)中的奥利弗]都发现自己在一个黯淡无望、充满敌意的世界中孤身一人，遭受遗弃，无依无靠。这类人物往往有意引人关注19世纪工业隐喻中的心理悖论：一方面，工人阶层必须像机器的齿轮一样运转，但另一方面，这个过程在潜在的意义上是非人性的，即便对那些肮脏、粗蛮、短暂的生命来说也是如此。[37]此外，在工业时代晚期，伴随英国和英国人的神经系统借由电和电报连接在一起，社交和社会联结的主题有了新的寓意。[38]顺便提一句，数字化时代也有其身体的隐喻：大脑就像是谷歌，无休止地与一个又一个想法、事件、人相互关联，继而又断开。孤独的隐喻也极大地被具象化了，这些隐喻往往涉及温暖的意象和程度，以此暗示与他人之间的身体接触。如此，孤独者就成了那个"被冷落"的人。

　　无论是因为错误、脆弱，还是无情的社会结构和厄运，处在社会边缘的孤独个体获得了诗意的描述。这不仅符合进化生物学的原则，还关乎在早期精神病学中作为客体出现的个人：与世界相对立的、一元的、被划定边界的自我。随着认知科学、神经学和生物学原理开始针对18世纪出现的神经紊乱（表现为过度孤独）给出解释，精神分析理论以及像奥地利神经学家西格蒙德·弗洛伊德这样的理论家的工作产生了相当大的影响。弗洛伊德并没有特别谈及孤独，但确实提到了人类对孤身一人的恐惧。他用一个孩子的逸事来举例,这个孩子怕黑,但只要他的姨妈和他说话,他害怕的程度就"减轻了"。黑暗和光亮,正如寒冷和温暖,或许都被看成孤独的具象化经验。或许更重要的是,弗洛伊德的被试者多拉[1]被诊断患有癔病,她被描述为不爱社交、被困在了对一个遥远女性的强烈渴望中,而这个女性很可能是弗洛伊德其他作品中的母亲形象。³⁹ 他认为,孤独是神经过敏症的一种,表示自我因没有得到充分的发展,而无法在逆境中适应和成长。

对于其他作家(包括卡尔·古斯塔夫·荣格在内的许多心理学家)而言,孤独无疑展现了人类的现代困境。荣格认为,人类的生命历程就是自我与他人的差异化过程。这种个性化的过程意味着个体通过参与集体无意识的宏大主题,通过参与塑造现有的语言和符号,来区分有意识和无意识的存在要素。荣格根据个体参与外部世界的方式,区分了"内倾"和"外倾"两种人格类型,神经过敏症在一定程度上与内倾型

---

[1] 1900 年,弗洛伊德刚出版《梦的解析》后,十八岁的女孩多拉在父亲的陪同下前来咨询。一开始弗洛伊德将其诊断为癔病,并以性起因及其在梦中的象征为依据对其进行分析治疗。但十一周后,多拉突然中断治疗,这推翻了弗洛伊德原先的理论。两周后,他以多拉为案例撰写了一份病理报告,开启了对心理双性恋的阐释。他分析了多拉在大师画廊的一次经验:她孤身一人,面对拉斐尔的《西斯廷圣母》,全神贯注、默默崇拜两个小时之久。弗洛伊德问她为什么那幅画让她如此着迷,她找不到清晰的理由,只是说"圣母玛利亚"。"多拉的隐喻"于是成为弗洛伊德思考女性"认同未婚生子的圣母,寻找脱离交换家庭、繁殖后代的心理"的起点。

人格及对独处的渴望相关。

到20世纪早期，现代意义上的孤独变成了一个和大脑运作方式有关的精神问题。论述社会疏离的哲学强调的是个体与个体之间的低共同价值和高度孤立。这种哲学强化了这样的观点：孤独是人类心智的功能性障碍和负面成分，它始于现代化的开端，源自个体与他人之间的深刻疏离。卡尔·马克思、埃米尔·涂尔干等人预言了五种异化的突出特征：无力感、无意义感、无规范感、孤立感，以及自我异化。[40]

德国社会学的奠基者斐迪南·滕尼斯认为，人类的群体生活有两种结合类型："共同体"（Gemeinschaft），通常译作"社区"，是基于团结和彼此联结建立起来的人群组合；以及"社会"（Gesellschaft），即以个体的利益维系的群体。情感联系很少被这样严格地定义过，然而，在21世纪，"失落的共同体"这一怀旧概念仍然被用来解释老年人的孤独感。[41]

与存在主义和现象学哲学一样，异化定义了个体和世界相连时的无助，以及孤独复杂的必然性（至少对存在主义者来说是这样）。但在德国哲学家马丁·海德格尔看来，智识上的真理和自由不仅可以从独处中发现，也可以在孤独中找寻，因为孤独是通往真正的自我认识的道路。回溯历史，早期修道院的隐士在探索他们内心的意义时，也会采取与世隔绝的修行方式（尽管海德格尔拒绝这种神学的语言）。[42] 其他人，包括所谓的第一个存在主义者索伦·克尔凯郭尔（其作品尤其影响了海德格尔），同样引证了这样的观点，正如萨特在戏剧《禁闭》中所写，"他人即地狱"。[43]

尽管弗洛伊德没有具体表述社会异化的概念，但是他关于潜意识和意识、自我—超我—本我的学说制造了个体与社会之间的空间，证实了自我与世界的断裂。我的目的并不是回顾20世纪涌现的各种哲学思潮，比如马克斯·韦伯提出的新教伦理中的个人主义是资本主义经济信条的支柱。[44] 20世纪出现的"自我 vs. 世界"与"个体 vs. 社会"观念是极为重要的，因为将这些观念纳入其中的经济、政治结构及信仰，至今仍统辖21世纪西方知识界的讨论。在这种两两对立的极端情况下，孤独不仅是人类碎片化处境中不可避免的一环，也是与一个人同他人互动的能力息息相关的独特心理状态。

上文我引用了泰勒有关现代自我的观点，说明在一个上帝无处不在的世界，要做到真正独身一人是不可能的；而伴随宗教的衰落，或者更确切地说是理性人文主义的兴起，世俗性对于孤独这种情感集群在现代的形成来说至关重要。弗洛伊德认为，"虔诚的、内在的宗教"为孤独提供了某种缓冲作用。有个问题虽然有趣，但尚未得到充分研究，那就是，究竟是孤独激发了21世纪对宗教的追求，还是上帝为今天的人们提供了慰藉？[45] 当然，我并不认为宗教已经消失，或是现代生活已经世俗得无可救赎，尽管从17世纪至今，宗教问答和圣训在日常生活中的表现已经发生了明显的转变。但这并不代表人们不像过去那样注重精神了，只是因为他们表达精神的方式不同了，并且在文化领域，这种表达未必与日常实践相关联。相反，我发现一种哲学和民间的趋势，即孤独作为社会现象之一取决于自我的形态，这种自我的发展不需要与家长式的上帝或内在的信仰体系相关，而是通过与他们共享、执行对外活动和归属仪式的同龄人群体和社区来建立外部的世俗认同。[46]

所有社会都有其仪式。在现代早期，仪式可能包括强制参加教堂礼拜，口授经文教理的礼仪崇拜；21世纪初的归属仪式可能就是YouTube网站发布的"开箱"视频，人们在这种视频中分享拆包的过程。无论是宗教活动还是世俗活动，重复和重申这些仪式是社会成员找到意义感和归属感的方式，不管这种方式的成效有多短暂。[47]我们也许会争辩说，在数字化的后现代社会这种碎片化的大环境中，以不稳定、竞争和与日俱增的消费主义为特点的身份认同和归属感表演，反而强化了"孤独是一种长期的、不稳定的力量"这一观念。

无论如何，在21世纪，我们对自我个性的追求创造了将个体置于诸多网络之中的新方式，正是这些网络在制造、再造着情感表演。社交媒体的悖论之处在于：它制造的孤独与它自身努力克服的孤独是一回事。正如自杀可以通过社会传染从一个人传播到另一个人（像法国社会学家埃米尔·涂尔干于1912年阐述的那样，他用"失范"一词解释理念的崩溃是如何造成了个体和社会的不稳定），孤独也被认为是晚期现代性社会力量的产物。在这种背景下,整个人际网络中的社会联系可能解体,导致社会结构瓦解。用神经学家约翰·卡西奥波的话说,社会网络开始"从边缘磨损,就像一件针织毛衣衣角的毛线松垮了一样"。[48]

孤独:历史力量的产物

将孤独看成历史力量的产物,有助于解释孤独为什么在21世纪的影响变得如此深远。孤独总有其"拐点",就在一个现代人意识到自己正在经历一连串过渡礼仪的数个瞬间:青春期恋爱、结婚、生子、危及生命的疾病或死亡、离婚,以及那些与他人一起经历或独自承受的重大时刻。在集体变革的大背景之下,个人活出了他们各自的生命。

我想要探究的第一个活出这一生命的人,就是美国诗人、作家西尔维娅·普拉斯。虽然有关普拉斯的作品、她的精神疾病,以及她嫁给约克郡桂冠诗人泰德·休斯等已有不少人写过,但少有人谈论她的孤独,而这种孤独几乎伴随了她的一生。在研究普拉斯的日记和信件的过程中,许多与孤独有关的主题逐一涌现:或长期或短暂的情绪状态,性别的影响,孤独可能现身的重要阶段(包括童年和青少年时期、恋爱、婚姻、为人母,后又成为单身母亲)。我下面会着重分析这些日记和信件。

第二章

❷

一种"血液病"？西尔维娅·普拉斯的长期孤独

> 上帝啊，可生命就是孤独。
>
> ——西尔维娅·普拉斯日记[1]

2017—2018年间，美国作家西尔维娅·普拉斯两卷本的信件出版了。[2]这些信件为我们了解她的精神健康、她同他人（特别是她的丈夫兼作家同行泰德·休斯）的关系提供了独特的视角，以及她于1963年2月11日自杀身亡时的精神状态。第一卷聚焦于普拉斯的童年和青少年、她的大学时光，还有她同休斯相遇时的情形；第二卷则更为媒体关注，因为该卷收录了普拉斯在去世前寄给精神科医生的十几封信。在这些信件中，她声讨休斯对自己动手导致自己流产，信中还提到了休斯希望她去死。普拉斯和休斯的关系备受媒体关注，从普拉斯的墓碑被污损、他的名字被抹去，到他们尚健在的女儿弗里达言辞激烈地维护父亲。[3]

可以理解，普拉斯和休斯的女儿可能因对她父亲的指控感到痛苦，她也可能会通过参照这对夫妻的生活方式——混乱、文艺、富于激情，来理解和原谅父亲的暴力行为。弗里达意识到这些信件让书中的其他内容黯然失色；书中讨论的也大多是与普拉斯和休斯有关的绯闻,唯独没有谈及艺术。弗里达表示,最终的最终,重要的还是艺术,正是艺术贯穿了普拉斯的信件,也是她在这些信中反复重申的:休斯是个"天才",她很感恩自己结识了他,哪怕她厌恶自己必须为此付出代价——经济、心理,还有情感上的代价。

要将艺术家从生活中拆解开,从来都不是件容易的事,我也无意指摘普拉斯的婚姻和休斯的暴力,或去权衡普拉斯体会到的巨大的不平等:休斯在思想和实践上均拥有自由,而她却不得不三头六臂地抚养孩子,辗转于家庭和艺术之间。我感兴趣的是,孤独是以何种方式在她被记录下的生命中蒙上阴影的。她不单单是在最终死去时被孤独缠身,从她的童年到青少年再到成年之初,从她与休斯结婚、斗争,到休斯离开她,孤独都如影随形,常伴左右。孤独不仅在普拉斯的小说写作中清晰可见,她还在日记和信件中公开谈及身份认同和心理健康方面的相关主题。她在写作中所书写的悠缓的孤独,在品质和音色上都和偶发性的孤独(短期的、与生命中发生的桩桩事件相关联的孤独)不同,这提醒我们:时间以一种重要却习焉不察的方式与孤独相交联。

情感痛苦与孤独感在普拉斯的作品中相互交融,精神病态与孤独相互滋养,最终造成了她在社交上的深刻孤立。阅读普拉斯的作品,思考她为自我塑造做出的诸种尝试——她如何向世界展现自己,以及她希望自己呈现的样子——我们会发现，在她的一生中，她对孤独的经验明显因环境、社会的社交和政治需要，还有她自身的文学抱负而时刻发生转变。普拉斯想找到一位真正的同道中人——首先是朋友，其次是恋人；她想找一个完全理解她、在那人身边可以真实地袒露自我的人。这一点在她与母亲、朋友，还有丈夫的通信中可见一二。

也有可能普拉斯有意将自己塑造成了一位备受折磨的艺术家，有意与弗吉尼亚·伍尔夫比较，这意味着她所表达的文学意义上的孤独为她提供了某种她极度渴求的身份认同。我并不是说普拉斯的死与伍尔夫的死直接相关，尽管普拉斯对那些饱经痛苦且极具创造力的女性的自杀颇感兴趣，这其中就包括玛丽莲·梦露，普拉斯模仿了梦露的金发。梦露于1962年自杀而亡，就在普拉斯自杀的前一年。4

关注普拉斯生平和作品的大多数学者都讨论过她同休斯的激情之恋，还有她严重的精神疾病和自杀行为，好像这样的结局多多少少不可避免。5 将普拉斯和休斯视作命途多舛、疾风骤雨般眷爱的爱人，这种叙事是出于文化需要而表现出的症候：从俄耳甫斯与欧律狄克[1]，到伊丽莎白·泰勒与理查

---

[1] 俄耳甫斯与欧律狄克的爱情故事是希腊神话中感天动地的一段，妻子欧律狄克被毒蛇夺取性命后，俄耳甫斯在爱神的帮助下前往冥府解救妻子，但最终解救成功需要满足两个条件：第一是在返程途中，他不能回头看妻子；第二是此戒令不可外泄。结果在回程路上，俄耳甫斯回头看了妻子一眼，导致妻子再次死去。他在冥河的河岸边游荡了七天七夜，七弦琴无法打开地狱之门，他只能孤单地回到人间。

德·伯顿[1]，这种形象俘获了大众的想象力。在年轻女性当中，渴求灵魂伴侣，失去或缺乏心灵相通的人，自古以来就是她们表达孤独的关键主题之一。可悲的是，这一主题在普拉斯的作品中也表现得尤为明显。

普拉斯的信件透露出：这个孤独的孩子竭尽全力去结交朋友，时时感到与周遭格格不入。她于1932年出生在美国波士顿，自幼就极为内向、文艺，常常写诗发表在杂志和报纸上。她还热衷于记日记和写信。父亲奥托·埃米尔·普拉斯是昆虫学家、波士顿大学生物学教授，在她年仅八岁时因糖尿病并发症去世。普拉斯的母亲奥里莉亚·弗朗西斯·肖伯曾是奥托的学生。[6]

父亲奥托过世后，西尔维娅和哥哥沃伦由奥里莉亚抚养长大。奥里莉亚在当地的一所高中任代课教师。普拉斯就读于马萨诸塞州北安普顿的一所女子文理学院——史密斯学院。读书期间，普拉斯总是追求完美，强迫自己做到极致，担心和朋友们在一起会浪费自己的时间（虽然她极度渴望友谊）。从史密斯学院毕业后，她拿了一笔奖学金，入读剑桥大

---

[1] 好莱坞明星伊丽莎白·泰勒和理查德·伯顿的爱情故事曾轰动世界，被称为"世纪之恋"。两人在拍摄《埃及艳后》期间擦出感情的火花，其时理查德已婚。婚外情持续两年后，两人各自离开伴侣，正式结婚。此后，争吵，分合，结婚，离婚，两人的感情纠缠了二十二年之久。用理查德的话说："我们爱得太激烈，最终两个人都精疲力竭了。"伊丽莎白说："自最初罗马的那段时光开始，我们就一直疯狂、强烈地爱着对方。我们曾度过一段美好时光，但那远远不够。"

学纽纳姆学院。在那里,普拉斯结识了诗人泰德·休斯,两人于1956年结合。之后夫妻二人定居美国,后来搬去了英格兰。1962年分开前,二人育有两个孩子——弗里达和尼古拉斯。1963年,普拉斯打开了煤气罐的阀门,自杀身亡。

读者并不陌生的这段生平梗概隐藏了诸多信息,其中就包括孤独是如何填充了普拉斯的生活。她经历过几次危机:年幼时父亲过世,自己与母亲关系紧张、问题不断,她大学时期的经历、找寻归属时受挫,她的恋爱关系与对至关重要的"那个人"的寻找,她在事业上遇到的挑战,还有在相当短的时间内接连经历了婚姻、生子、分手。

普拉斯在描述自己的情感经历时,使用的性别化语言也同样重要:她用流产、早夭、畸胎来形容自己失去了创造力;用自杀的意象描述精神健康与社会压力之间的关系;紧扣在社会之上的"钟形罩"让一切都变得扭曲了(普拉斯唯一出版的小说与之同名);而和自然相关的意象——诸如流水、腐朽、能量——在普拉斯的诗歌中奔流。在所有这些语言之中,在发自肺腑的激情与欲望之中,孤独茕茕孑立,岿然不动,是她无法摆脱的幽灵。

童年时期的孤独

2018年英国广播公司孤独调查发现,孤独在年轻人中相

45　当普遍。[7] 孤独也是普拉斯早年生活的绝对中心。孩童时期，她就发现自己与众不同，时常感觉到被排斥。[8] 父亲刚过世，普拉斯便写下了《爹爹》一诗，表达了自己对已故父亲无处安放的复杂情感。这首由十六节五行诗组成的诗歌残忍又粗暴，形容他是一只她不再合脚的"黑鞋"。即便普拉斯的父亲"残暴""如大理石般坚硬"，他同样也是普拉斯恋爱关系和性关系的模板，普拉斯将在父亲身上感知到的爱与渴望投射到了恋人那里，其中就包括泰德·休斯。

　　奥托·普拉斯在家就像一位暴君，却又是普拉斯强烈仰慕的对象。她对父亲的爱恋导致她与休斯的矛盾加剧。普拉斯对母亲也怀有复杂的情感，她成年后与自己的精神治疗师通信时曾谈到这一点，她还通过阅读西格蒙德·弗洛伊德和卡尔·荣格的精神分析和心理学书籍对此予以研究。从学术角度去思考自己对父母的爱，并没有妨碍普拉斯对这种爱的需要，甚至在成年后，她依然和童年时期一样渴望被爱。因为缺少同龄朋友，她渴求母亲的联系、母亲的陪伴，她感觉自己理应对母亲的情感状态负责。1943年7月18日，普拉斯刚满十一岁，她外出参加露营时写信给母亲奥里莉亚，告诉她因为好多女孩都回家了，自己感到"被遗忘了"。她没收到母亲的回信，想知道她是否还安好，她忧心忡忡，母亲却杳无音信。[9]

　　普拉斯每天都给母亲写信，并签下不同的落款——从

"西尔维娅""西维""西维尔",到"你的西维尔""你的西尔维娅姑娘",还有"我"。从普拉斯早年的这些通信中,我们明显能看出一个孩童对母亲情感依恋的演变,以及青少年发展时期很普遍的有意识的自我塑造。而同样显而易见的,还有普拉斯努力学习,想拥有值得夸耀的学业成就,却缺少一个能够分享童年经历的特殊朋友。在《走失的母亲》中,她写到母亲走后自己感到被遗弃了。[10]普拉斯一直以孩子般的依恋写信给母亲,尤其是在她上大学后,这种孤独感愈演愈烈。

"我现在是个史密斯女孩了"

1950年,普拉斯开始了她在史密斯学院的学业,这是一所独立的私立女子文理学院,位于马萨诸塞州北安普顿。[11]普拉斯一想到在这里也许可以交到朋友,并且在学业上遥遥领先,就激动不已。在离家的头几天到几周时间里,外在世界的重要性在情感上对她而言远胜于其他一切。她写信给母亲奥里莉亚,描述了她的房间和周遭环境,她注意到"有形之物"也可以是"友善的":枫木桌面的质地有如"天鹅绒",钟表的嘀嗒声像极了心跳。[12]对孤独的人来说,实物常被他们赋予人格,拥有人类的特征,并给予他们一种独特的舒适感。

普拉斯给母亲写信,经常是一天写好几次,内容则是她在史密斯学院生活的角角落落：她的学业、情感纠葛、穿着打扮、结交的朋友、精神健康状况、体重、情绪状况，还有经济上的困扰（普拉斯得到了史密斯校友及作家奥利芙·希金斯·普劳蒂提供的"有前途的年轻作家"奖学金支持）。她担心自己跟不上学业，拿不到高分，平衡不了学业和社交生活、恋爱，以及写作上的创造力。1950年10月2日，她就读史密斯还不到一个月时，她说自己彻彻底底地"精疲力竭"了。[13]

普拉斯在学业上自我要求极为严格，始终忧心自己能不能表现好，能不能睡足觉，能不能顺利发表，这加剧了她原本就存在的精神健康问题。这些问题反过来造成了她在社交上的孤立。超半数被诊断有情绪问题的人都说自己感到孤独。[14]普拉斯对学到什么程度才算合适这件事失去了自己的判断，因此也很难得到其他同学的支持，自然消解不了她内心的孤单，毕竟她把她们都想成了竞争对手或是成功路上的绊脚石。但不管怎么说，她还是渴望成为别人需要的对象，忧虑自己永远无法从朋友或恋人那里获得满足。

1950年11月，普拉斯去听了哲学教授彼得·贝尔托奇关于"婚前性行为问题"的讲座。她向母亲汇报说这次讲座有很多听众，说自己目前不会耽于一个男孩（因此，在她看来，这让她完全能够理智地看待这次讲座的内容），认为自己是以一种不可持续的方式安排生活。她将所有的精力都投入学业，既没交男朋友，也没有女性朋友；她不无失望地说道，没有一个人能够让自己"全情投入"。[15] 为某个人全情投入,献出自己的全部,这正是普拉斯对待生活的态度。但这些同样也是20世纪50年代女性的愿望;婚姻、家庭、娱乐的问题反反复复地涌现出来,阻碍着她写作的愿望、独处的渴望、成名的欲望。

普拉斯的自我意识和悲伤与日俱增,奥里莉亚却无法再像以往那样提供情感保障和陪伴,这让她一时间难以承受。成长就是一场分离之苦。普拉斯想像个孩子一样,不必承担女性在社会上的责任,甚至不必承担照顾自己的责任。[16] 只有在回家时,在身体和情感都受到母亲照料时,她才有可能放松下来。这样的心态对于她这个年纪的女性来说并不罕见(她离家上大学时不过十八岁),但显然,普拉斯定期需要一段心理恢复期,需要感觉到自己是完完全全、彻彻底底地被照顾,唯有这样,她才能维持她在史密斯学院的正常生活。因此,在这样一个阶段过去之后,普拉斯写信给母亲时改称"妈咪",而没有按照平时那样叫"母亲"或"妈",以此来感谢母亲的喂养、感谢母亲为她买香水和长袜,让她依偎在怀里,在那几天时间里得以享受骄纵和宠溺。[17]

在史密斯的这段时日,普拉斯靠写信和外界联系,写信这个行为本身与寄出这些信同样重要。通过书写这一身体行为,一个人加强了自己同他人之间的联络。而收到回信则确认了这些关系是真实存在的。这有助于缓解孤独,因为信这种实物可以一读再读。日后，在最后的通信中，普拉斯回忆道，信件是她和外界的真实彼此维系的唯一事物，尽管偶尔和母亲通话也总能给她带来愉悦。[18]

除了母亲之外，普拉斯还给德国笔友汉斯·约阿希姆-纽波特写信讨论核灾难有无可能发生。另一位笔友名叫艾迪·科恩，普拉斯的一首诗发表在《17》[1]上之后，他开始写信给她。和两位笔友通信时，她有意识地试探各种身份，这为她在史密斯日复一日的寂寞之外提供了另一种选择。偶尔，在和其他女生有联系并感受到归属感的时刻，普拉斯也觉得自己"非常像个大学生"。[19] 但在大多数时间里，普拉斯都很孤独，她拼尽全力学习，只有偶尔赴约才会打断她异常严苛的日程安排。那时她唯一的朋友就是安·达维多夫，她常和达维多夫讨论学业的压力，还有自己遇到的抑郁和焦虑困境。和达维多夫的感情联结有疗愈的功效，让她感到不那么孤独了。难怪达维多夫离开史密斯的时候，普拉斯感到自己被背叛了，重新回到孑然一身的状态。[20] 达维多夫离校是因为她自己的精神健康问题加重了。普拉斯目睹了这位好友的情绪波动，意识到达维多夫的快乐看上去比以往任何时候都"更假了"。

普拉斯向母亲汇报说，女生们一起讨论了抑郁和自杀冲

---

[1]《17》，美国的一本少女杂志，创刊于1944年，如今依然走在流行最前线。

动。这是普拉斯第一次提到自杀的想法;在接下来的日记和信件中,他人,尤其是朋友和作家的自杀意象反复出现——自杀被她描述成一道出口,从让人腻烦、沮丧的存在的本质中抽身的一次逃离。分享自杀的想法和自己的精神疾病有助于建立陪伴感和联结感:达维多夫和普拉斯都觉得其他的女生"太能搞小团体了"。[21] 据普拉斯说,达维多夫攒下了剃须刀刀片,无休止地谈论自杀;如果奥里莉亚是**她的**母亲,普拉斯这样写道,她就会没事了。

没有了达维多夫的友情,普拉斯的大学时光变得更加暗淡了。无人倾吐秘密不说,受欢迎的女生都会的滑冰、打桥牌或其他活动,普拉斯一概不会。[22] 对身处人群中的孤独的恐惧,涉及独处与孤独之间的根本区别:不是**周围**有没有人,而是意识到一个人和周围的人毫无相似之处,才构成挑战。人与人之间有意义的联结才是最重要的。普拉斯写信给达维多夫,说自己试着和其他女生交流,却被她们"古怪地盯着看"。她将全部的精力都投入和达维多夫的友情中去了,如今她完完全全是一个人了。[23] 她独自一人坐在房间里,为自己所失去的而哭泣:"我太孤独了……这个单间实在是太孤独了。"[24]

普拉斯写信给母亲,抱怨达维多夫走了,慨叹她是自己唯一的朋友。再没有人在她身边"一起洗袜子"了;可以预见的是,鉴于普拉斯对她周遭物质世界的情感嵌入,日常亲密的友谊所投射的迷人物品也通通不复存在了。这些日常联结的时刻正是普拉斯此刻最最想念的。她曾为独享一个房间兴奋不已,想象着自己所有时间都用于学习,实际上却发现缺乏陪伴让自己难以承受。[25]

除了达维多夫之外,普拉斯的确给史密斯其他女生写过信,也写过和她们相关的事,其中就包括玛莎·马蒂·斯特恩。[26] 但她还是一直认为自己和同龄人有隔阂,没办法交流。在日记中,普拉斯注意到这种感受的内在身体性:孤独正在扰乱整个躯体乃至精神。孤独,她写道,从"自我的模糊内核而来——就像是一种血液病",在自我之中扩散得如此彻底,以至于弄清楚它最初到底从何处而来成为一件不可能的事。孤独就像是一场感染,一种"传染病"——这个词从孤独被定义为流行病时开始流行。[27] 对普拉斯而言,孤独和想家两种情感是并行的。在跟别人解释占据她内心的"不适感"时,想家成了比较容易接受的表达方式。毕竟想家并没有孤独所具有的负面含义,更有可能唤起对方同情的反应。[28]

在孤独的时日,一个人所处环境的物质文化可能不再具有安抚的功效了。独自一人,并且意识到自己正身处孤独之中,可能会压垮一个人的感官和心灵。过度敏感,或者身体敏感与情感脆弱之间彼此关联,都表示日常物品也能有新的含义。[29] 普拉斯抱怨一刻不停的钟表声,虽然这种嘀嗒声曾一度让她感到舒心;她还埋怨起"佯装欢快的电灯在频闪"。[30] 这些观察中暗含的假设就是:自然界比人的世界更健康,它是更少被孤独侵蚀的空间,这和浪漫主义诗人所理解的自然如出一辙。诚然,当普拉斯写起她在海边度过的夏日,或写起大自然时,她似乎更快活,更健康,也不那么忧郁了。

在普拉斯写给母亲的明快轻松的信件与她在日记中描述的可怖的、孤绝的自我之间,有着泾渭分明的断崖。在日记中,她讲述自己是如何日复一日坐在电扇呼呼作响、灯光耀眼的图书馆里,看着其他女生聚在一起欢笑,而自己却感到无比疏离和寂寞。这种疏离感和孤独感太过强烈,她感觉到了自我认同的匮乏——"一个无脸人。"[31]

孤独与自杀冲动

渴盼交到朋友,却意识到自己与他人之间存在鸿沟,担心自己永无可能真正了解一个人,而只是在走廊里同他们擦肩而过。对于像普拉斯这样的年轻女性而言,写作起到了填补情感的功效。她通过写信和他人象征性地建立联系,有意在日记中留一张写有"我在这里"的空白页,以此从信件和日记中得到情感的回应。[32] 因为没办法从史密斯其他女生那里找到归属感,普拉斯就继续从浪漫的他者——一个让她完整并感到自己与众不同的男人——那里找寻认同感。她意识到,这种欲望同她想做作家,然后成名、成功的欲望相矛盾,因为在20世纪50年代,人们普遍认为女性就应该把创造力和精力挥洒于家庭之中。普拉斯的恋爱大体上让她灰心,她遇到的男人并没有引起她的兴趣和注意。

普拉斯是分裂的,一方面她想成为这样的女性:成功,出版过作品,独立,身边不乏朋友和恋人,另一方面她又是个退回到自己房间和思绪中的、孤独、思乡的女孩。1951年11月,她开始写自己不断恶化的精神健康状况,写自己急迫地渴望能让她感到完整的人和事。她觉得自己已经不再是那个回家把头埋进母亲衣裙"哭鼻子"的孩童了,可她又没本事应对男人,因为她缺乏"父母的指示"或父亲的引导。[33]她渴望抛却自己应承担的责任,同弗吉尼亚·伍尔夫、莎拉·蒂斯黛尔[1]这类她仰慕的女性作家一道,一同加入矛盾的自杀大逃亡之中。

历史学家克里斯·米勒德曾写道,在战后的英国,自杀和自残让人们关注到了一个人内心的混乱。这种看法用在这里似乎也是贴切的。[34]正如普拉斯所做的那样,包括谈论和思考自杀在内的观念行为,在21世纪的研究中与孤独联系在了一起。[35]在普拉斯的作品中,不断重复的是自杀的理想;在现实中,她数次自残、企图自杀。[36]溺水的意象在普拉斯的作品中尤为突出。比如在谈及弗吉尼亚·伍尔夫的命运后,她马上声言自己渴望"一次高耸的巨浪,潮汐翻滚着将我裹挟,然

---

[1] 莎拉·蒂斯黛尔(1884—1933),美国诗人,1933年因服用过量安眠药自杀身亡。

后溺死"。这种渴盼被遗忘的内核就是孤独,因为她要怎样才能找到她如此渴望的"与其他人类的交流"呢?[37]

一次,普拉斯划伤了自己的腿,就是为了检验自己有没有勇气终结生命。其中的戏剧性不言自明,这些划痕既能被人看到,又能向世界(当然也向她的母亲)宣告她正在受苦,尽管这并没有让她受的苦变得不真实。[38]普拉斯到一位绯闻缠身的精神科医生(她和她母亲都不认识他)那里治疗抑郁症。这位医生为她开了一个疗程的安眠药,还辅之以严格执行的电休克治疗(ECT)。[39]奥利芙·希金斯·普劳蒂资助了普拉斯的学业,也为她垫付了大部分的住院治疗费用。普劳蒂同样热爱写作,也经历过类似的抑郁症和"癔病症状"。[40] 20世纪20年代到50年代,对于经历过深刻、痛苦的社会和心理排斥的女性来说,自残和自杀成为她们极有可能选择的选项。[41]

1952年8月24日,普拉斯吞下她母亲的安眠药,试图结束自己的生命。几个月后,在给朋友艾迪·科恩写的信中,她讲述了发生的事。信中她没有提及长期的孤独感和被排斥感,而是提到了最近经历的几件失望之事:她在史密斯选错了科目;她被哈佛大学的一门写作课程拒之门外;她觉得自己不可能成为一名作家了。[42]普拉斯的写作中到处散落着生育的比喻,尤其是与性、女性气质有关的比喻。她写到怀上了畸形胎儿、怪物一样的孩子,写到被强奸、遭受侵犯;在她的作品和个人通信中,暴力的意象更是时常出现。身处在那些快乐而满足的女性中间,眼看着她们结婚、忙碌、创造,普拉斯觉得自己像是个异类,一个"爱无能、感受无能",甚至不能称作女人的人。[43] 想象自己同他人的比较很能说明问题,而且这在孤独的人中是常见的。和那些拥有强大社交网络的人相比,孤独者自我评估的社交能力普遍偏低。孤独者"自我对话"的特点就是:确信别人比自己更受欢迎,更擅长社交应酬,更快乐。[44]

普拉斯向科恩描述了自己是如何等待母亲和哥哥出门,如何吞下一大把她母亲的安眠药,然后藏在母亲的地下室里。她留给母亲一张字条,说自己要出去很久,一两天回不来,等等。警察被叫来了,但没发现普拉斯的踪影。直到两天后,全家人坐下来吃晚饭时,哥哥听见了她的呼救声。普拉斯在逼仄的空间里醒来,用脸撞向墙面(造成了永久的疤痕)。接下来的两周,她被关进医院,开始接受精神科医生鲁斯·博伊舍的治疗。后来,正是她和这个人的通信成为她婚姻出现裂痕的导火索,同时导致了休斯的暴力和出轨。

自杀未遂之后,普拉斯在信中故作轻松;有评论家将这种特质归因于普拉斯几近绝望地想要痊愈,想继续活下去;甚至是出于与她的朋友简·安德森竞争的冲动——简同样经历了一次"精神崩溃",却用了更漫长的时间才恢复。[45] 我怀疑这些对于普拉斯而言适得其反。从她的信件中可以看出,她敏锐地意识到自己需要做些什么才能好起来——在给男友戈登·莱特梅尔的信中，她明确表述道：去咖啡馆打发时间，去社交，和别的女孩待在一起。[46]她向科恩倾诉（或许不想让莱特梅尔知道她精神疾病的全部情况），她有天晚上因为梦见了"电击室"，惊恐地醒来。在这些时刻她真正需要的，正是她似乎从来不曾拥有过的："所爱的人"在危急时刻陪在她身边。[47]

1954年1月，普拉斯返回史密斯学院重读第三学年第二学期的课程，这对她而言尤其艰难。如果说其他女生之前排挤过她，那么这一次的排挤似乎变本加厉，因为普拉斯全神贯注的学习习惯和写在脸上的精神错乱让她尤其不合群。据普拉斯的传记作者阿德里安·威尔逊说，室友们认为普拉斯是个怪咖，她于是成了她们"猜测和流言"的"话题"对象。[48]她在自杀未遂之后的行为也被认为相当奇怪。普拉斯在纽约拜访过的一位朋友说，她有着"分裂的人格"，具有一定的欺骗性。[49]普拉斯认定她在社交中被排斥，被其他女孩区别对待，至此似乎就有了现实依据。

1954年，普拉斯提交了论文《魔镜：陀思妥耶夫斯基两部小说中的双重人格研究》，文章探究了双重人格的主题。普拉斯的写作还有日记里的思索也都探讨了人格、自杀、身份依附、精神健康等问题。[50]在《魔镜》这篇论文中，普拉斯写到了小说《双重人格》中反复出现的主题，尤其是主人公戈利亚德金对"低等动物的生命形式"反反复复的认同,以及"想要被遗忘或死亡的愿望"。[51]她思考的是"自杀的魅力在于从漫长无际的折磨中解放出来",这也是普拉斯在自传式写作中思考的主题。[52]她对自杀的设想是像"鸟飞向猎人",同样让人想起飞鸟的意象和眼前浮现的情景,尤其会想起普拉斯和休斯的关系:他是猎人,她是猎物,两人都被围困在求生的挣扎之中。

普拉斯越感到孤独和抑郁,就越难融入外部世界,这样孤独就成了心理周期崩坏的一环。对于普拉斯而言,变得"外向"的渴望同样重要,毕竟在西方社会,外向比内向要受人欢迎得多。她认定,如果转变自己的个性,就可能更容易加入社会竞争,也更容易成为女孩们的一员,不再感觉到隔绝和离群。可为什么她就成不了那种直接加入别人、"从人群中找寻安慰"的人呢?[53]为什么她就偏要独自一个人呢?

普拉斯努力使自己**被看成**外向的人,她打心底里认为内向和神经过敏症有着负面的关联。她认为自己的"自卑情结"也和20世纪50年代对女性的文化期待有关。[54]她意识到,她被期待着为生活选择一个伴侣,其他的一切都取决于这个决定,而这种责任(加上男性没能力给予她满足感)让她感到窒息、不确定,这与当时的文化氛围格格不入。她迫不及待想要写作,又怎么能满足于只做母亲、做妻子呢?在社会期望和自我认同割裂之际,一种特殊的孤独感油然而生。这种与众不同、无法适应的感觉贯穿了她成年和日后的生活,与童年无异。[55]

1953年5月,普拉斯获得了《丽人》杂志的特约编辑奖,并前往纽约领奖。[56] 这次的旅行经历为她接下来创作的小说《钟形罩》提供了灵感。普拉斯精疲力竭,她加班加点地工作;她7月份的日记表明,她正处在起伏不定的情绪状态,急需他人的安慰,却又感到孤立而孤独。她尤其发觉自己缺乏父母的引导和支持。[57] 而熟人大多是漠然的,尤其是在普拉斯因渴求关注而"偷走"了另一个女孩的男友的时候。[58] 普拉斯和母亲抱怨说,她累了,她很孤独,她嫉妒,她只想被人照顾:毕竟,"人类就是这样彼此需要"。[59]

需要浪漫的另一半

普拉斯的大部分日记都与选择的受限有关:如果一个人必须谨慎对待自己的性行为和选择,需要为了安定(她时常为钱担心)而妥协性和智识方面的冲动,成为女性究竟意味着什么?[60] 普拉斯如此渴望拥有一段特殊的友谊,正如她热盼一个理解她的密友:一个可以托付她感受与梦想的人,"一个让我全身心投入的人"。[61]

1956年2月,普拉斯参加了为诗人泰德·休斯举办的聚会。[62] 普拉斯和休斯的关系已在别处被讨论过了,不是这一章要明确阐述的主题。婚姻不和与暴力在多大程度上会导致特定形态的孤独，导致与羞耻、孤立、秘密相关的身体和情感虐待，同样也不是这一章的重点。人们可能会想，普拉斯遇见了休斯，还与他热烈地相爱，可能标志着她未得到满足的孤独终于要结束了。但事实并非如此——起初是因为她并没有能分享快乐的朋友圈子。正如她对母亲说的那样，这就像是找到了一个"钻石矿"却无人分享。[63] 构成一个人一生的过渡礼仪——诸如成人、恋爱、求职、结婚这类社会和情感的重要转折——需要得到他人认可，同他人一起庆祝。缺乏他人的肯定，会再一次造成他人预期与自身经历之间的落差。[64] 此外，一旦她将自己与休斯捆绑在一起，两人一分开，普拉斯就想他想得要命，还会因为"孤独只会让我愈发缄默"而越来越感到孤独。[65] 对休斯爱欲的身体性让她对其他一切事物失去了感知；她想要吞噬他，将他贪婪吞咽，直至感觉到情感的饱满。

1957年6月，普拉斯和休斯一同搬去了美国。普拉斯在母校史密斯学院教书，虽然泰德的事业总要被优先考虑。她发现，教学与有足够的时间和精力写作难以兼顾，大部分日记都透露出她还在努力适应：找闲暇时间写作，同时将她男人的需求放在首位。普拉斯和休斯的关系热烈而激情，但也相当暴力。1958年6月11日，在一次大打出手过后，普拉斯"被揍得眼冒金星"，她随后写下了这次事件的余波。这既不是普拉斯第一次记下她在身体和情感上被自己的伴侣所伤，也不是她最后一次。

1959年，夫妻二人返回英格兰，他们的女儿弗里达于次年出生。普拉斯出版了她的第一部诗集《巨人》。他们搬到了德文郡，将伦敦的公寓租给了阿西娅·韦维尔和戴维·韦维尔夫妇。1962年6月，普拉斯遭遇车祸——她开车冲进了河里——后来她坦白说是为了自杀。同年7月，普拉斯发现休斯和阿西娅有了婚外情，于是和他分居。

普拉斯成了单身母亲，一边为金钱和未来担忧，一边憎恨休斯的成功同时又为他骄傲，普拉斯的孤独感和情感上的疏离似乎达到了顶点。1963年的冬天极其寒冷，普拉斯公寓里的水管冻住了，孩子们不断生病。普拉斯和她的朋友兼全科医生约翰·霍德谈了谈，医生为她开了抗抑郁药物，还安排了一名住家护士帮忙，但仍无法阻止她如幽灵一般挥之不去的自杀念头。护士赶到时，普拉斯已经死了——1963年2月11日一早，她拧开了煤气罐的阀门。她的《钟形罩》鲜有批评家问津，爱情受挫，情绪被压垮，普拉斯失望至极，生活变得无法容忍地艰难，她因而选择赴死。

精神疾病的本质是与世隔离

精神疾病的经历会导致具有一定特质的孤独，犹如在个人和世界之间放置了一扇玻璃窗。和日常的关联、与他人的联系变得不再可能，却极有可能被自己的痛苦吞噬。在离世之前，普拉斯的头脑里究竟闪过哪些让她在夜半时分饱受煎熬的想法，我们不得而知。但在最后的信件中，她重述了她和休斯之间无尽的纠葛折磨她，让她焦虑难安、深感无情的一桩桩往事，还有她想在伦敦开启新生活的绝望而无奈的尝试。一个反复出现的主题仍然是社交孤立和情感匮乏：她如何能够与另一个人建立她渴望的那种联系？[66]

贯穿普拉斯日记与信件的最重要主题是，她疯狂地试图保持这种连贯性和认同感，抗拒被人抛弃，无论（被她的母亲、父亲、伴侣以及朋友们抛弃）是真实的还是想象中的。认为精神疾病和创造力有关联，这种想法已经成为一种文化隐喻；但对普拉斯而言，让她如此深切地感受周遭的高度敏感，同样也任由她向孤独跌落。[67]

普拉斯无休无止的自我认同、友谊的匮乏、自身在世界之中的角色等问题当然不只局限于艺术家。除艺术家之外，也有不少人渴望着特别的另一半，一个灵魂伴侣，在他们身边能够感知到自身的完整。至少自浪漫主义时期以降，这种意象在英国文学和文化中就是常见的。同时它还对失落感产生了重大影响，这种失落感伴随着21世纪的孤独最为深刻的标志之一：孤独之心与对爱情的找寻。

第三章

❸

孤独与缺失：浪漫之爱，
从《呼啸山庄》到《暮光之城》

我们每个人分开时都只是人的一半,就像比目鱼,两边合起来才是一个整全的人。一个人终其一生都在寻觅他的另一半。

——柏拉图,《会饮篇》

没有我的生命,我没法活!没有我的灵魂,我没法活!

——《呼啸山庄》

在现代西方,"重要的另一半"(significant other)这个观念已经成为"灵魂伴侣"或"那个人"的同义词;它传达了这样一种信念:我们每个人都注定要和一个特别的人相伴,而这个人会"成全"我们,"使我们整全"。重要的另一半这种浪漫想象无处不在:庆祝情人节、超市的"双人餐"、对"灵魂伴侣"的言说,还有那些宣扬爱就是你所需一切的小说、电影和歌曲。它被解释成一种特殊的爱,一种——用浪漫的语言来说——"令你双脚发软","击中了你的内心",让你始终"欲罢不能"的爱。浪漫之爱在身体和情感上强烈而致密,高度理想化,不利于个体自我的稳定;在这种爱中,一个人渴望的一切就是通过抹去自我融入另一个人。围绕着这种单一而富于激情的愿景,其他的一切都在传统异性恋关系的理想化世界中被安排得井然有序:求爱、婚姻、家庭、孩子;即使面对不断上升的离婚率,也期待一起变老并将这份激情延续下去。在对于情感的期待和维持长期关系的现实之间,横亘着一条鸿沟,换句话说,每个理想化的结合样本都被看成与其他所有样本截然不同。[1]

我们可能会争辩说,对"另一半"的这种完美的设想——没有了这个人,一个人就注定永不完整——通过缺失营造出一种逃无可逃的孤独感;如果说孤独代表了人们期望中的与最终实现的情感、社会联结之间的鸿沟,而文化理想是找到一个灵魂伴侣,那么一个人如何才能在没有灵魂伴侣的前提下真正得到满足呢?此外,在异性恋关系中,灵魂伴侣的理想助长了一种相互依存感;在这种意识之下,尤其是对女性,人们从古至今都期待着她们将这段关系看得胜过其他一切。西尔维娅·普拉斯的例子就证实了这一点。在许多以浪漫视角看待"另一半"的例证中,常常伴随着危险感、不安定感、操纵和控制,这些都属于情感上不健康的浪漫关系。

本章讨论所使用的案例是两部以灵魂伴侣为核心的小说——《呼啸山庄》《暮光之城》。在这两部小说中,浪漫的男主人公的形象都是危险的:他们与自然亲近,因而威胁到了自我的稳定,但对受尽痛苦的女主人公而言,他们却是忧伤和孤独之中的唯一选择。首先,我想探究21世纪浪漫之爱的哲学基础,以及追求爱情时所依赖的对整全的找寻——"灵魂伴侣"的概念。灵魂伴侣的形象是从哪里来的?这种形象的存在又如何在真实或想象中影响了孤独的观念?

灵魂伴侣的概念古已有之,虽然那时还没有现代观念做幌子。"使我们整全"的另一半这种观念最早源自古希腊哲学家柏拉图的作品。在约写于公元前385年的《会饮篇》中,柏拉图描述了一群名流参加宴会时的对话。[2] 其中包括哲学家苏格拉底(柏拉图的老师)、亚西比德将军、雅典贵族斐德罗,还有喜剧家阿里斯托芬。宴会主人要求每个人说出对爱神厄洛斯的颂词,不仅要和情欲之爱有关,还要涉及与爱相关的令人陶醉的情感内涵,包括斐德罗所说的"如荷马所说,是上帝注入某些英雄的灵魂之中的勇气"。爱在这里被视为一种实体,既是世俗的,也是精神的,既具有神性,又亵渎神灵。在这种半说半笑、有酒助兴的场合,众人讨论起爱的美德。

轮到阿里斯托芬发言时,他说人类曾经在身体和情感上是不同的生物。人并非是单纯地分成男性或女性,而是分成男性、女性,还有"雌雄同体"的阴阳人,因此共有三种不同的存在。这些造物以不同的方式朝着他们古典的祖先移动:

> 最初的人是球形的,有着圆圆的背和两侧,有四条

胳膊和四条腿，有两张一模一样的脸孔，圆圆的脖子上顶着一个圆圆的头，两张脸分别朝着前后不同的方向，还有四个耳朵，一对生殖器［男性和女性生殖器］，其他身体各组成部分的数目也都加倍。[1]3

又因为人类有三种形态，所以不是两性，而是三种性别：太阳（男性）、大地（女性）、月亮（阴阳人）。"三"这个数字一直以来都有其象征意义，从三位一体到麦克白遇到的三个女巫。[2] 这些可怕的生物攻击众神，给他们出难题。是用霹雳杀死和消灭整个物种（这样的话就没有人对诸神献祭了），还是用其他方式惩罚他们更好呢？宙斯想出了解决办法："把他们全都劈成两半，这样他们的力量就会减弱，而数量却会增多。"于是他像切"鸡蛋"一样把人全都劈成了两半，然后将人的脸孔转向内，让每个人都能自我反思。他把切开的皮肤从两侧拉到肚脐，"就像用绳子扎上口袋，最后打了个结（我们现在把留下的这个小口叫作肚脐）"。4 这些人一旦被分开：

---

[1] 译文引自《柏拉图对话集》，王太庆译，商务印书馆2004年版，第310页。
[2] 莎士比亚的悲剧《麦克白》于1606年首次演出，讲述了苏格兰将军麦克白从战场凯旋途中，听信了三女巫的预言——他有朝一日会成为苏格兰国王，出于野心和妻子的怂恿，麦克白杀了国王邓肯，自立为王。然而，麦克白很快沦为暴君，众叛亲离，兵败被杀，他的妻子也因精神分裂而死。

> 那些被劈成两半的人都非常想念自己的另一半，他们奔跑着来到一起，互相用胳膊搂着对方的脖子，不肯分开……如果这一半死了，那一半还活着，活着的那一半就到处寻找配偶，碰上了就去搂抱，不管碰上的是半个女人还是半个男人，按我们今天的话来说，是一个女人或一个男人。[1]

宙斯显然意识到了他们对"另一半"的内在需求，于是将生殖器移到了前面，将人类的繁殖方式从"像蚱蜢一样把卵下到土里"变成了交媾，"如果抱着结合的是一男一女，那么就会怀孕生子，延续人类……对另一半的渴望是如此古老，它根植于我们体内，使我们的本性重新完整，与另一半合二为一，给人类带来治愈的力量"。

阿里斯托芬的故事所提出的问题，是凭借"另一半"我们能变得完整这一在现代语境中很容易被理解的问题。"我们每个人分开时都只是人的一半，"阿里斯托芬说，"就像比目鱼……一个人终其一生都在寻觅他的另一半。"然而，古希腊人观念中的结合与21世纪西方观念中流行的异性恋的天作之合并没有什么联系。个人的性欲和情欲取决于他们是如何被切割的："凡是由原始女人切开而来的女人对男人没有多大兴趣，只眷恋和自己同性的女人……凡是由原始男人切开而

---

[1] 译文引自《柏拉图对话集》，王太庆译，商务印书馆2004年版，第310页。

来的男人是男人的追随者，从少年时代起就爱和男人交朋友，他们喜欢睡在一起，互相拥抱……这样的少年长大以后成为我们的政治家。"不过，"当爱恋男童的人，或有这种爱情的人碰上了他的另一半，**他自己在现实中的另一半**"，深刻的转变就发生了：

> 对他们来说，哪怕是因为片刻分离而看不到对方都是无法忍受的。尽管很难说他们想从对方那里得到什么好处。但这样的结合推动着他们终生生活在一起，在他们的友谊中，那些纯粹的性快乐实在无法与他们从相互陪伴中获得的巨大快乐相比。他们的灵魂实际上都在寻求某种别的东西，这种东西他们叫不出名字来，只能用隐晦的话语和预言式的谜语道出……他们每个人都会想，这正是他们许久以来所渴望的事，就是和爱人融为一体，使两个人合成一个人。[1]

从这种观点来看，只有发现了注定相伴并使自我整全的特别的"另一半"，一个人才有幸福的可能。这种命中注定的两个人灵与肉的融合恰恰是孤独的反面，因为在现代意义上，

---

[1] 译文参考《柏拉图对话集》，王太庆译，商务印书馆2004年版，第310页；《柏拉图文艺对话集》，朱光潜译，人民文学出版社1963年版，第242页。

如果一个人在情感上、身体上和精神上都与重要的另一半相联结，就不可能感到孤独。现代心理学在表达自我的诞生时也有类似的主张，自我的诞生是与自己所爱、情感深厚的父母合为一体形成的，而不是在浪漫关系中形成的。

灵魂伴侣在西方社会成了"真正爱情"的模板和标尺，但它的缺陷也很明显。认为每个人都会拥有特别的另一半，一个人的完整取决于找到这个人——这种想法是极端有局限的，也造成了理念和现实之间的裂痕，那些没能找到"那个人"的人于是就会产生挫败感。这种想象也无益于社群性的思考。假如仅有一个"另一半"让你去寻找，那么浪漫之爱无非就是一种个人主义经验而已。[5] 尤其是从进化生物学和寻找伴侣的角度来看，更是如此。

"适者生存"的概念仅在查尔斯·达尔文《物种起源》的第五版中被引入，也只是为了表达：繁育更多后代的生物更容易将他们身上的特性传递给下一代。这一点却被社会达尔文主义者用来证成帝国主义、种族主义、遗传学和社会不平等。[6] 对浪漫之爱的竞争性质的描述，就是将爱看作一场可以明确分出赢家和输家的征服；这种话语体系有着较为悠久的传统，正如那句谚语所言："在爱情和战争中，一切都是合理的。"（约翰·黎里《尤弗伊斯：对才智的剖析》，1578）[7]

这种"性征服"的修辞也出现在灵魂伴侣的语言体系中：不仅在于一个人如何被理想化地呈现在另一个人的凝视

之中，还因为这套语言让女性与其他女性竞争，男性同其他男性竞争。这套征服话语还将情感和性的满足置于所有其他品质之上，比如经济上的支持和陪伴。为了进一步探讨这个问题，就让我们看一看18世纪对"灵魂伴侣"的最初构想，它实际借用了柏拉图的观点，但表面看上去更加本土化。

理想中的浪漫之爱——"灵魂伴侣"

最早使用"灵魂伴侣"（"灵魂"和"伴侣"两个词是分开的）一词的是浪漫主义诗人塞缪尔·泰勒·柯勒律治。在《给一位年轻女人的信》(1822)中，柯勒律治发现女性会全身心地投入婚姻之中，对于她们而言，"这一举动与自杀无异——因为一旦进入，婚姻就会填满一个女人的道德和个人存在，填满她的享乐和职责的**整个**空间"。他接着说，在婚姻中，一个人能感受到极致的快乐和痛苦，并且大多数人会在"漠不关心"与"万分喜爱"这两极之间选择适合的搭配。而"为了不至于悲惨"，柯勒律治提议，拥有"**一个灵魂伴侣，一个合住的人，或一个伙伴**"是很有必要的。因为"就上帝赋予你的能力而言，谁会把你的整个人格，所有你称之为'我'的东西——灵魂、身体和财产，融合到另一个人身上呢？为了你自己的灵魂，你必须防范这个人的习性与谈话的感染，这种感染潜在地影响着你的思想、感觉、所有物，还有你无意识的偏好和举止,犹如你身处其中的空气!"[8] 柯勒律治这封信从头至尾都运用园艺的比喻,指明了一个人的幸福可能"萌发"的"土壤、气候",还有"朝向",这里他还援引了空气,以上每个例证都将人类品性和经验(还有灵魂)设想为自然界的现象,只有具备适当的条件才会茁壮成长。这些条件不仅对社交和心理发展来说是理想的条件,还是由上帝主宰的:"上帝说,人类独处并无裨益;要成为**我们**应当成为的人,我们需要善好的支持、帮助和交流。"[9]

柯勒律治写这封信的时候,孤独作为一种独特的情感状态,已经成为越来越普遍的主题。同样,文学观念也认为,婚姻可以标志某种精神结合。1761年,18世纪的一位博学的店主托马斯·特纳在日记中写下了类似的表达,"我灵魂的同伴"。[10] 时至浪漫主义时期,这种情绪愈演愈烈就不足为奇了。同样,这种观念不光见诸世俗和古典的语言,在宗教用词中也可窥一二。因为在浪漫主义时期,世俗人文主义、文学的自我意识、对自然的热爱,以及对个人健康、财富和幸福的追求既是身体的义务,也是情感的义务,它们决定了一个人的精神和身体健康。

因此,柯勒律治所用的语言从农业的比喻转变为病理医学的比喻,将躯体健康与精神健康相提并论。"不要嫁给一个饱受'**痛风**或肺痨'之苦或是有'**偏瘫**'的男人,"他拿这些身体的病痛打比方,"谈及这些身体上的不便,[我]真正在思考,也想让你来思考的,是道德和智力的缺陷和疾病。"[11]为什么?因为道德和智力才是一个人"更为珍贵的那一半",而不是他们的举止、外貌或外在的姿态。

因此,当柯勒律治使用"灵魂伴侣"一词时,他是将"我"理解为由三种相互关联却彼此独立的状态构成的,即"灵魂、肉体和财产"。[12]在谈到个体作为一种社会和精神、物质的存在时,柯勒律治承认,婚姻的规范必须涵盖女性及男性的情感、宗教和物质需求。这并不是说柯勒律治对现代意义上的"另一半"(the one)的观念表示赞同,而是说他将灵魂伴侣的概念作为一种恰当的语言和哲学工具,与更规范的当代术语一起使用:合住的人或伙伴。传统上,历史学家把婚姻视为获得爱情**或**经济收益的一次旅程,这种看法既无帮助又过于简单化。[13]

柯勒律治的表述中最重要的一点在于:灵魂伴侣需要物质和情感的双重满足。关键是,那个人不一定是配偶;浪漫主义文化中最值得一提的,当属对人类联结的追求,以及对个体之间持久联系的需要。在提高社交能力和增进情感的故事中,人们经常忽略的反而是那些愈发重要的问题:用浪漫主义的思想体系来说,就是一个人的精神、性和情感需求可以通过一个特定的人,而非一段精神上的关系来满足。

在柯勒律治的作品之后,英国文学中出现了一种越来越显著的趋势,即认为"灵魂伴侣"一词指代的是一个让自我整全的个体(正如它在柏拉图时代的含义一样),外加一份浪漫的刺激。从朋友般的陪伴和本分,到以个人欲望为特点的性理想,这种对爱情的重新定义似乎标志着对个人主义的追求。"灵魂伴侣"(soulmate)一词在20世纪早期的英文出版物中尤其引人注目。该词首次出现于20世纪30年代末,在60年代期间使用频次平稳上升,1980年左右则急剧飙升。从20世纪80年代起,人们越来越普遍地使用"灵魂伴侣"一词,这可能和这个词在个人广告中频繁亮相,以及媒体有关寻找"另一半"的讨论有关。

另外,"孤独之心"(lonely hearts)也作为一个文学术语在19世纪末达到了使用的顶峰,当时认为,心脏是浪漫之爱的情感与象征器官,有关情感的情绪都围绕着心脏发生。[14] 20世纪初,"孤独之心"的观念作为一种社会认同(尤其是在那些苦苦寻找伴侣的女性中间)在小说和报纸中流行起来,表明了寻找爱情的商业化倾向。《卫报》仍然保留的"灵魂伴侣"约会版满足了同样的功能,只不过如今从报纸转到了线上,并且数字化技术的运用使得寻找真爱这件事变得对用户更加友好,更加"科学"。

灵魂伴侣的现代理想或许在20世纪初就已经充分实现了。但其根源仍属于19世纪,与爱、渴望、自然世界的浪漫联系在一起,与通过超脱世俗和现实的结合实现个人成就的激情联系在一起。《呼啸山庄》《暮光之城》都设定了一位追求

"灵魂伴侣"或重要的另一半的女性,没有了这个人,她就会感到孤独(而有了这个人,她又没法进入"正常的"社会领域)。两部小说都涉及危险的性,还有一位忧虑成性、颇具威胁的男主人公,他们既是自然风景的一部分,又和自然彼此分离。两位女主人公,凯西和贝拉,都在同社会规范和个人欲望相抗争。两人都需在以下两者之间抉择:是选择暗含的性和情感上的满足,还是虽平淡却安稳的一生?这类选择还抱有这样的希望:是被看见,身陷危险;还是不被看见,保自己周全。在两者之中,我们都发现了一种观念的内化和延续,即强烈的浪漫理想是一种,也是**唯一**一种令人向往的为爱情赴汤蹈火的形式。当一个人不被满足或丢掉了这份理想,感情上的悲凉和孤独就随之而来。

小说中的爱情与灵魂:以《呼啸山庄》为例

我们先来看《呼啸山庄》。1847年,艾米莉·勃朗特以艾丽丝·贝尔为笔名出版了这部小说,这也是她出版的唯一一部小说。现在这部小说被视为文学经典,可在当时却因其残酷、伪善和毫无同情心的刻画而饱受争议。把霍沃斯的荒野想象成文雅、造作的敏感的对立面,以及乡村原住民和不习惯乡村严酷现实的新来者的冲突,这些已经被很多人分析过。几位主要主人公之间的浪漫关系也被广泛讨论过,并通过一系列文艺形式广为人知,其中最成功的当属凯特·布什1978年以《呼啸山庄》为名发布的首张单曲。[1]凯瑟琳与希斯克利夫之间,以及与埃德加之间的爱这类主题已经引发过许多文学讨论。我在这里想综合孤独之爱和浪漫之爱两种视角来检视这部小说,因为《呼啸山庄》对浪漫爱情的理想的描绘创造了一种极端痛苦的景象:那些爱而不得的人必须被放逐到孤独的荒原上。

《呼啸山庄》甫一出版便饱受批评。[15]小说中毫无任何道德目标或道德影响力的残暴人物让评论家们震惊不已。小说中也不乏哥特式的暗示:恶人、城堡式的建筑、魔鬼一般的行径、受激情驱动的英雄或反英雄、单薄脆弱的女主人公;超自然的许诺,比如鬼魂;可怖的自然景观;蜿蜒曲折的小径和秘密之所;月光与黑暗。《呼啸山庄》囊括了上述所有元素,还包括自18世纪后期以来在英语文学中越来越常见的许多其他元素。[16]但《呼啸山庄》更是一部包含了强烈的"浪漫情愫"的小说,"小说中充溢着狂暴的激情和高调的情感",一位批评家这样说道,"实际上,以浪漫的诗意呈现猛烈的情爱,尤

---

[1] 1978年,十九岁的凯特·布什发布首张单曲《呼啸山庄》,连续四周位列英国单曲排行榜之首,凯特·布什也因此成为第一位凭借自创歌曲荣登英国歌曲排行榜的女性艺术家。生于1958年的凯特·布什是英国独立音乐界的传奇前卫摇滚歌手,以独特大胆的演唱、风格各异的舞台装扮(女巫、精灵和殿下),以及神经质和具有非凡想象力的表演闻名。

其是希斯克利夫与凯瑟琳之间的爱情，让整部小说更像是一首抒情诗"。[17] 这个故事还运用了一系列传统的、后浪漫主义的叙事，讲述了爱情作为一种精神和世俗的追求既不可分割，也无法逃避。

在一系列有关疾病、感性、自然和文明的性别隐喻中，凯瑟琳和希斯克利夫被描绘成了两个迥异却绝对需要对方来实现自己的完整性的人物。希斯克利夫代表着未经损坏的自然野性，与之并立的是无法被林顿家族温和、无效的努力驯服的荒野。

相形之下，凯瑟琳的性格却必须依照传统的性别和阶层期望接受惩戒；而不能任由她自由自在、无拘无束或是激情行事。在19世纪初的英国，将脆弱理想化，对纤弱敏感的女性的崇拜占据主导。当时，女性的"抱怨"支配了与女性能力和感知相关的文学和医学讨论。[18] 有文化有教养的埃德加与不安分而粗暴的希斯克利夫形成鲜明对比，希斯克利夫全然不顾社会规范或是对文明举止的要求。然而，希斯克利夫也是凯瑟琳的一个影子，让她得以窥见自己将会变成什么样子。因此，她声言希斯克利夫"比我更像我自己"，"不管我们的灵魂是用什么做成的，他和我是同一个料子制成的"。"我**就是希斯克利夫**——他永远，永远在我心里……作为我自己而存在着。"希斯克利夫反过来也把凯瑟琳称为他的"生命"、他的"灵魂"。凯瑟琳在嫁给埃德加时违背了自己的"灵魂"

和"心",结果只能是让她的精神和身体健康陷入悲惨境地。希斯克利夫没了凯瑟琳就无法生存。她死的时候,他咒骂全世界,宣称:"没有我的生命,我没法活!没有我的灵魂,我没法活!"

虽然《呼啸山庄》中的人物是19世纪通行的关于性别和社会的极端侧写,但其中饱受煎熬、惨遭抛弃的恋人形象,尤其是女性形象大同小异。一个针对二百五十余部维多利亚时代小说中的死因的分析发现,女主人公死于单恋或失恋的案例比其他所有原因加起来都多。[19] 这便是爱情的力量,因极端激情而导致崩溃;这也是失败的家庭的力量,它使一个女人被遗弃。

对希斯克利夫的人物刻画似乎在很多方面遵循了"拜伦式英雄"的范本,这一称谓来自诗人乔治·戈登·拜伦,又称拜伦勋爵(1788—1824)。"拜伦式英雄"的特征是外表粗犷帅气,蔑视规则,虔诚追求自己的欲望和个人的实现,以欲望对抗责任,有着逾矩的性吸引力和危险性。[20] 拜伦的半自传体长篇叙事诗《恰尔德·哈洛尔德游记》(1812—1818)刻画了一位忧郁、反叛的英雄,他不顾社会规范,却有着深切的感受力与深厚的情感能力。拜伦被普遍认为是一个贪恋情欲、忧郁无常的人,他英俊却危险、热情而忠诚,因而这个人、这段神话在大众的认知中逐渐变得模糊不清。而当拜伦本人在希腊独立战争中身负致命伤,拜伦式英雄这一主题便更加夯实了。

对于阅读《呼啸山庄》的当代读者而言,拜伦式英雄的形象更是广为人知。[21]

恰巧,希斯克利夫对奈莉说,伊莎贝拉将他想象成"一个浪漫的英雄,希望从我骑士般的忠诚中得到无尽的娇宠"。[22]事实证明,充满激情的浪漫之爱只是幻想,而非现实;即便如此,它还是影响到了这两种形象的建构:性感却残忍的浪漫的男主人公,以及身陷爱情却遭抛弃的女主人公。"灵魂伴侣"是一个让人备受折磨的主题,因为它既给异性之间的亲密关系设定了门槛,同时又预示着狂暴激情终将带来毁灭的唯一结局。"灵魂伴侣"还纵容了一段关系中的肆意妄为,只因为抱持着这样一种信念:被一位灵魂伴侣热切地渴求,会产生一种足以超越任何社会规范或行为标准的激情。[23]令人担忧的是,这些脉络同样贯穿于21世纪以少女或年轻女性为目标读者的小说中。

爱情战胜一切,就连狼人和吸血鬼也不例外

对哥特元素的调用重新出现在大量以女性和少女为目标读者的主流小说中。这类小说的特点在于,它们运用了同样的意象:危险、激情、死亡与衰朽、诅咒、癫狂、超自然,以及永恒的吸血鬼形象。2005—2008年,《暮光之城》系列共出版了四本书,之后顶峰娱乐拍摄了《暮光之城》系列电影。这个系

列小说的作者是美国作家斯蒂芬妮·梅尔,书中详细记叙了少女(伊莎)贝拉·斯旺在母亲再嫁、离开她们在亚利桑那州凤凰城的家之后,搬到父亲位于华盛顿州福克斯的房子居住的生活。在福克斯小镇,她与一百零四岁的吸血鬼爱德华·卡伦相遇并相恋,还遇到了狼人雅各布。截至2011年,《暮光之城》系列在全球范围内共销售了一亿两千万册,被翻译成四十种不同的语言,预示着吸血鬼小说开启了崭新的时代。从女性主义的视角来看,这套作品是有问题的,因为它们仍在颂扬不健康的恋爱关系。[24] 书中还暗示了:没有什么比单恋更使人孤独的了。

《暮光之城》系列中的情节围绕着贝拉决定是否要和爱德华(有时是雅各布)在一起,尤其是她对爱德华怀有的强烈爱意而展开;这种爱意意味着她必须放弃自己的人类身份,被社会排斥,以一种粗野的方式走近自然,最终和其他吸血鬼一道在森林中狩猎,而这种吸血鬼的生活方式曾是她一度反感的。这个系列的小说以及之后改编的电影大获成功,引发了对其文学价值和社会价值的重要文学讨论。有批评家认为,贝拉和爱德华的关系表现了基督教为女性订立的禁欲法则(如果他们性交,他就会杀了她。他渴望她的血,但要是他咬了她,他就无法控制自己)。书中还大肆渲染了本质上是虐待的一种关系:爱德华操控着贝拉什么能做,什么不能做,什么人能见,什么人不能见;在这段关系中,对暴力死亡的恐惧无处不在。

《暮光之城》系列小说的情节明显与《呼啸山庄》类似：年轻女性被帅气而危险的男性所吸引，这段关系是最终实现还是被拒绝，则是全书的核心所在。贝拉和爱德华打交道的过程让她始终暴露在危险之中；从想要毁灭她的嗜杀成性的吸血鬼，到她因无法同时在两个世界中共存而与家人朋友之间产生的断裂感。能变身的狼人雅各布的加入塑造了一段三角恋。雅各布确信，和爱德华在一起就等于杀死贝拉。雅各布告诉贝拉说，如果他们俩在一起的话，她完全不需要改变或是适应什么，她还可以有家人和朋友，还能和往常一样生活下去。相比之下，只有通过摄入吸血鬼的血，变成一个不可思议的美丽的吸血鬼，她才有可能融入爱德华的世界。在这个过程中，爱德华必须通过将自身暴露在危险之中（和制订吸血鬼行为准则的沃尔图里家族一道）来证明自己对贝拉的爱。后来贝拉怀孕了，所生的孩子介于吸血鬼和人族之间，既能长生不老，又有着吸血鬼和人类的双重特质，种种未知的生育过程让贝拉险些死掉。

最终，全书以彼此之间角力的分歧与平衡作结：主人公们戏剧化展开的关系与他们即将满心欢喜继续生活于其中的未知人类世界是不一致的——在人类世界里，他们将通过非同一般的联结整合在一起，彼此分立却合而为一。和《呼啸山庄》不同，爱情战胜了一切；与哥特式的原著迥异，现代小说对于好莱坞的观众来说是玫瑰色的，主角的死不会让人感到满意。有趣的是，在改编的电影版本中，故事展开的方式似乎是在说：其中的人物都已经死了；震惊的观众后来才发现，这不过是为了让他们一瞥可能被征服的未来。在一番略带戏谑之意的颠覆传统过后，常规的手法继续被沿用，观众们得到了他们理想中的大团圆结局。

这里我想要更进一步探讨的是《暮光之城》与《呼啸山庄》之间的关联，以及爱德华与贝拉、希斯克利夫与凯西之间的关系如何挖掘并强化了以下主题：自我与社会（或欲望与规范）之间的冲突、归属与孤独的意涵、爱的本质，以及自然/文明的分野。两部小说都探讨了女性欲望的局限与期许，以及一个人的自我在没有重要"另一半"的前提下，能在多大程度上真实地生长起来，抑或，女性能否独立成长。爱德华极为痛苦，他从远处窥伺着贝拉，也曾试图远离她。贝拉在追寻爱德华回应的过程中，一次次将自己推入愈发危险的境地，包括追求危险的性。这其中传递的全部信息似乎都在说：这段关系不可避免，即便是历尽痛苦，依然值得追求。

在《暮光之城》系列的第三部《月食》中，主角们反复使用"灵魂伴侣"这个词来使这种表面上不健康的结合变得合理。[25] 拥有一个灵魂伴侣是贝拉（通过她的母亲和她的女性朋友）在生活中投射出来的理想状态，也是她在爱德华家族的其他成员身上看到的一种模式，毕竟他们是永生不朽的。

这与贝拉自己的生活形成鲜明对比，父母在她小时候就分开了，父亲看上去很孤独，而她的高中同学为了追寻"另一半"一次次努力又一次次失败。爱德华于是成为贝拉的救赎，他会将她带离原本的庸常生活，会用尽办法让她变得更耀眼、更优秀——除了一个问题，她可能丧失她的灵魂。贝拉确信这值得冒险。爱德华很快成了贝拉存在的唯一理由。她没什么兴趣爱好，只要和爱德华分开，就会躲进自己的房间，整月整月地伤心憔悴，她的父亲为她的健康而忧心。她意识到只有铤而走险，自己才会最终活过来，因为只有她置于危险的境地，才会把爱德华拉回自己身边，这样他就能再一次彻底"拯救"她。

似乎是觉得两个故事之间的呼应还不够，梅尔还明确引用了《呼啸山庄》中的情节，以此来强化这种感受：贝拉和爱德华的故事是在挖掘爱情的普遍真相。《月食》中有几个场景是贝拉捧着一本卷了边的《呼啸山庄》四处溜达，她甚至还和爱德华讨论过这本书的价值。起初爱德华对此不以为然，但最终他惊讶于自己终于能理解希斯克利夫了，一个和他有着同样遭遇的人。"我和你相处越久，"他对贝拉说，"就越能理解人类的情感，我发觉，我能和希斯克利夫共情了，这在以前绝无可能。"[26]

这种对照是双向的。正如从贝拉读的书中引用的那样："她对他的关心一旦停止，我就要挖出他的心，喝他的血！"[27]

一方面希斯克利夫在激情与嫉妒的驱使下走向了爱的复仇（爱德华一样表达了对雅各布的憎恶，说他是"狗"）。希斯克利夫和爱德华一样，两人都是嗜血的。另一方面贝拉也将她自己比作凯西："只是我的选择比她的强太多了，既不邪恶，也不孱弱。而我坐在这里，为这个选择哭泣，没有做任何有用的事情来纠正它。就和凯西一样。"[28] 这一次，爱德华将在她耳边轻语《呼啸山庄》中希斯克利夫那句声名狼藉的话："没有我的生命，我没法活！没有我的灵魂，我没法活！"

在这种语境之下，《暮光之城》在文化上的成功重申了这样的观念：灵魂伴侣对于一个人的发展，尤其是对女性的个人成长是至关重要的。女性的价值是由她投入对方身上的部分所定义的，是由一段关系定义的；而只要对方是对的"那个人"，这段关系甚至可以是虐恋。这样的语境同样在暗示，那些没能找到这种爱的女性是"不幸的"或是失败的。就连布里吉特·琼斯[1]这样"绝望"的女人最终都找到了灵魂伴侣。（《BJ单身日记》和《暮光之城》系列一样，都是利用一系列浪漫关系的文化典型，将女主角简单设定为缺乏成功爱情经验的类型。）[29]

如今市面上有成千上万本《灵魂伴侣的秘密》这类自助

---

[1] 布里吉特·琼斯，《BJ单身日记》中的女主角，生活在伦敦西区，是一位三十二岁的单身女性。该影片改编自海伦·费尔丁的同名英国小说，讲述了相貌平平、生活平淡无奇的琼斯寻找真命天子的故事。

读物,承诺读者说会帮他们找到那个特别的人;也有大量的书、指南和节目支持那些孤独的人寻找爱情,甚至还有自杀未遂的人整理出来的自杀协议[1]。³⁰ 显然,灵魂伴侣或是完美的浪漫伴侣(还有因为他们的缺席而造成相应损失)这种想法时至今日依然盛行。个中原因,或许和本书谈及的现代性带来的个人对身份和归属的追求有关。一个人能被无条件地照顾,统领一切的宗教叙事而今衰落了,关乎个体成长的个人主义应时而起,大众消费主义和全球化开始发端,它们关注个体自我的完美,盛行的心理学话语体系又使人从一出生起便与世界对立——上述的种种都认定,浪漫之爱才是获得心灵、精神、心理和身体满足的主要来源。

那么,那些从未找到过"真爱"的人呢?那些未曾体验过与原生家庭之间的亲密关系,或是终其一生都在找寻"那个人"的人呢?假设我们接受了依照某种文化典型而设定的情感经验——例如,年轻女孩们都梦想着自己像贝拉一样被爱德华(或雅各布)宠爱,而年长的人虽然婚姻数次失败依然孜孜不倦地上网找寻他们的灵魂伴侣——那么完全有可能是灵魂伴侣的神话反而助长了人的孤独。人群中的孤独也有了新的更有力的意涵。如果我们只有找到一个能满足我们的伴侣

---

[1] 自杀协议,指两人或多人相约一起自杀,一般发生在夫妻或恋人、家庭成员或朋友、共同犯罪的同伙之间。

才能实现自我完整（不管从什么意义上来说），那没有了"那个人"，我们又怎么才能保持完整性呢？社会心理学家瓦莱丽·沃克黛[1]的研究在这里就很有启发性，尤其是对于我们理解下面的问题颇有裨益：年轻女孩是如何从年少时就变成男性欲望的被动接受者，又是如何从年轻时就被有意塑造成期待依靠（通常是年富力强的）男性同伴来完成个人成就的形象。[31]

这种**渴望**成就的模板一旦形成，就会伴随一个人的一生。单身的年轻人或是刚离异的人似乎尤其会因为无所依赖而感到孤独，同时热切地渴望"一个特别的人"。[32] 针对单身、离异、结婚和丧偶的成年人的调查发现，结了婚的人更不容易感到孤独，当然，在婚姻中产生的孤独感——不被理解，不被"看见"，五味杂陈——就是一个另外的社会问题了。[33] 而对单身人士的先入之见依然在很大程度上是由性别划分的，例如20世纪70年代，"风流的单身汉"和"孤独的老姑娘"这两种形象就格外盛行。[34]

另外，单身女性也常常会遭人指摘，说她们在追求配偶

---

[1] 瓦莱丽·沃克黛，卡迪夫大学社会学系的教授，聚焦于性别与阶层的文化研究。她曾出版《爹爹的女孩》一书，探究诸如电视、电影、广告、歌曲等流行文化，以及家庭教育是如何塑造了小女孩娇弱、顺服、任人摆弄的形象，揭示了我们的文化对于小女孩无处不在的凝视，以及这种凝视背后蕴含的政治及情色含义。

的过程中"太过挑剔",这种文化惯习显然也是假定:理想中的女性在恋爱对象面前就应该是被动的、顺从的。[35] 20世纪初,英国有一种文化假设:无论这个世界上的女性这几百年来是不是都在独自生存,单身女性都只不过是"在等待结婚"而已。[36] 也有一类很强势的批评观点认为,女性不应为确保找到那个般配的人而等太久,不然她们就会失去性吸引力和/或生育能力——这两项能力在历史上一直被说成女性(尤其是白人女性)的核心资产。如今,这种观念又在"性感资本"[1]的概念中重新抬头,"性感资本"认为年轻女性理应拥有与她们美貌相匹配的资产,而这种资产会随时间推移而贬值。[37] 最令人作呕的是,这种从生理上对女性有组织的、父权式的贬低存在于"非自愿独身者"(INCEL)运动中,这是一个由一群自称"非自愿独身"的男性发起的运动,他们认为自己"非自愿独身"这一结果是由女性能自由掌握她们的身体所导致的(以此合法化他们的暴力行为和恐怖主义)。[38]

虽然大多数有关单身人士的孤独研究都集中在老年人和独居者身上,这群人之所以孤独,通常是由丧偶或21世纪的家庭结构变化所致;但显然在人们对孤独与浪漫的愿望和错

---

[1] 英国伦敦政治经济学院社会学教授凯瑟琳·哈金认为,除了三大公认的资本——经济资本、文化资本、社会资本——之外,性感资本有可能会成为人类的第四种个人资产。她认为性感资本包含美貌、性吸引力、个性、社交能力等综合实力,而成功人士则擅长利用这种资本。

觉上,尤其在文化如何催生了没有灵魂伴侣的人的缺失感上,仍需要投入更多的研究工作。而说到孤独与寻找浪漫"另一半"相关的行为,有大量研究都关注人们是如何在互联网上常常自暴自弃一般、消极地寻觅着爱情;互联网的世界默认,亲密关系是能使人即刻获得满足的,不需要深入了解、长久相处,或是经过有意义的沟通。[39](我在这里把寻找长期的关系与随意的偶遇区分开了,虽然人们使用约会软件的动机各异。)[40]

追求浪漫的爱,相信灵魂伴侣的存在,无疑影响了个人和社会对孤独的体验。如果说理想状态是以两个人的情感共同应对整个世界(不管两个人各自在合理化这种强烈的爱意时是怎么做的),那么这对于人们如何体验爱情、如何感受爱的缺失,都有着明确的社会影响和情感影响。没有了那个重要的另一半,咄咄紧逼的缺失感时刻在提醒我们,我们永远是"分开时只有一半,就像比目鱼,终其一生都在寻觅[我们的]另一半"。当然还有另一个问题,那些找到了灵魂伴侣、如愿相伴一生的人,当其中的一个人死去,另一个人又怎么样了呢?下一章我会写到,守寡或丧妻也可能带来负载着文化意义的全然不同的孤独。

第四章

❹

丧偶与丧失：
从托马斯·特纳到温莎的寡妇

我望向他坐过的椅子,看到那把椅子,从他走后我第一次真真正正地哭出来。

——琼恩·伯尼考夫,英国第四频道真人秀《电视机》演员

2017年12月,英国小报发布了里昂·伯尼考夫过世的消息。里昂曾出演第四频道的电视真人秀《电视机》。自2013年开播以来,琼恩和里昂在这个节目中已经出演了整整十季。这对备受欢迎的夫妇还曾在圣诞节期间"老年英国"[1]发起的预防老年人孤独的广告当中出镜。1 里昂在八十三岁时过世,他的遗孀琼恩说,直到那天她在看两人出演的最后一期节目,她突然意识到他不再坐在那把椅子上,才被悲痛彻底击垮。她所体验到的"丧失感",是借由一件物品——里昂的空椅子——的提醒,才变得清晰可感。2

对于所有为失去挚爱深感悲痛的人而言,将痛彻心扉的

---

[1] 老年英国(Age UK),英国一家针对老年群体设立的慈善机构,成立于2009年。

悲痛附着在一把"空椅子"上是很常见的：晚餐的座位留好了，从前坐在那里的人却再也不会来了；再也不会有人坐上那把扶手椅了。[3] 每度过一天，一个人的情感就会撕开一道裂缝，提醒着另一个人的逝去。这道裂痕定格在那里，永恒不变，无法愈合。精神治疗方面的干预有时会利用实体或文字的"椅子"意象作为工具，来促进疗愈丧失亲人的病人。通过与想象中的坐在那把椅子上的人交谈，一个人可能会感到自己摆脱了与丧失有关的悲伤、愤怒和焦虑。[4]

空椅子也会显现出使用者的秉性和存在。我还记得我外公西德尼的椅子上有一个特殊的摇杆，能把他从座位上升起来，而他头的形状就那样永远地嵌入了那个头枕。西德尼不用百利发蜡，所以头枕上没有像爷爷罗恩那样留下什么污渍，所以也不必学外婆那样重新套上一个散发着光泽的椅子罩。但是西德尼椅子上的每一寸针脚和缝隙都残留着他的印迹。它会转向他住所的窗子，这样他才能望得见在我表亲房子来来去去的人，和邻居调侃逗趣，一只手拿着烟，另一只手握着呼吸器，咯咯大笑。我不论何时睡在沙发上，都会在他的干咳声中醒来，黎明的光勾勒出他的侧影，将他印刻在那把椅子上。

西德尼过世后，那把椅子就成了一个纪念物，它曾经是、也永远都是"西德尼的椅子"。我的外婆罗斯就坐在房间的另一角，凝视着这把空荡荡的椅子，目光扫过它望向窗外，静候着门铃再次响起。她一直都没从西德尼的去世中恢复过来。每一次我见她,她看上去都变得更瘦小,更虚弱,更孤独。

孤独与怀旧

丧失之痛的问题在老年人,尤其在八十岁以上的"耄耋老人"中间尤为严重,对于这群人来说,丧失亲人来得太频繁。孤独的物质文化——不光是椅子,还有拖鞋、餐具柜、照片、盘子——在垂暮之年都沾染上了一层特殊意义,这些与家人和挚爱相关的物品,变成了一种因失去而哀恸的社会身份的纪念。孤独和怀旧、孤独和思乡之间有着某种关联。怀旧可以是对已逝之物的哀悼,也可以是对照曾经拥有的生命重要组成部分(比如朋友、孩子、配偶),产生的匮乏感。然而,和孤独相关的怀旧并不仅仅是一段消极的经验,还可以是一种强有力的积极能量。

根据某心理研究团队的定义,怀旧,或者说"对往事的情感渴念"有助于抵抗孤独。最为持久的怀旧主题包括有关节日、生日、家庭活动、婚礼的记忆,这些都提醒着我们和社会之间的依存与联结。我们对这些活动的回忆或许是喜忧参半的(忧是因为已经过去,喜是因为曾经发生);但总体上,人们还是会说这些回忆带去的快乐远胜过悲伤。[5]因此,"怀旧的思绪"可以"重新激活有意义的关系纽带,同重要的他者重新建立起象征性的联系"。[6]

换句话说,一个人记忆中的关系网络可以让他眼下不再感到自己与社会脱节,哪怕这些关系现在已不复存在。这种认知提出了一个关键问题,即记忆在理解孤独的过程中起到的作用,以及时间的重要性。持续数年的长期孤独存在的问题之一,就是这些想象中的网络不再具有同样的修复功能,或许是因为它们唤起的有意义的纽带从来就不曾存在过。时间和记忆是孤独这个母题下亟待研究和探索的关键领域,例如由老龄与失智,以及可能由艰辛的童年所引起的持久孤独。

在这一章,我将通过跟进英国有关孤独的重要研究,以及这些研究对于生命终结的关注,探讨丧偶及其带来的**几种特殊形式的孤独**(这里用复数形式很重要,因为人们对孤独的体验不尽相同)。然而,这并不意味着丧偶诱发的孤独,其含义会在同样的时间,以同样的方式普遍重现。相反,这种孤独的表现形式取决于个体的情况和经验,以及这一历史阶段的信仰体系,包括婚姻、宗教、社会网络,甚至命运扮演的角色。

丧失中的一种特殊情况:丧偶

有关丧偶的现代讲述聚焦于失去配偶之后特定的情感

特质，叙述了丧失亲人带来的来势汹汹的痛苦，以及随后的哀悼和沉默的现实作用。[7]加拿大老年病学教授黛博拉·范德霍纳德在《寡居的自我》一书中谈到，我们的社会不太会去谈论丧偶的积极因素。[8]在这本书中，范德霍纳德讲述了自己虽然失去伴侣，但仍然从重新发现新的体验与新的联结中收获了某种愉悦。更重要的是，作者探讨了老年女性的孤独体验，她们中有许多人都表达了对"寡妇"这个简化称谓的质疑、悲伤和忿恨；作者认为，这个称谓强化了与之相关联的文化设定——虚弱、年迈、需要照顾，却忽略了从感到解脱到无法满足的性渴求等种种复杂的实际生活体验。此外，即便是新的关系建立起来，旧的联结被重新发现，丧失带来的怀旧或孤独依然可能持续多年。

丧偶的语言体系极度简化，却让我们重新思考传统文化对于婚姻设定，以及被死亡切断的情感、智力、性和现实中的纽带。"寡妇"（widow）一词是从古英语widewe而来，印欧语词根的意思是"空"；与梵语中意为"匮乏"的vidh及拉丁文中意为"丧失"的viduus相对。历史上，寡妇常常被人以怀疑的目光审视；是16和17世纪的文学中备受嘲讽的对象，同时也被刻画成伺机掠夺未婚年轻男性的、贪婪的性捕食者。[9]范德霍纳德的采访对象认为，人们对这个词至今依然抱有消极的联想。[10]

意大利裔法国戏剧家皮埃尔·德·拉里韦（1549—

1619）因为将意大利的"阴谋喜剧"[1]传入法国而广受赞誉。他的滑稽喜剧《寡妇》于1579年在巴黎上演，剧中调侃了寡居和为避免孤独而追求再婚的社会惯习。[11] 在私人写作中，寡居经验的复杂性和矛盾之处得以详尽呈现——既渴望陪伴，又害怕失去自主权。除了这些情感表达之外，寡居还会带来复杂的社会关系。

一方面，寡妇强化了《圣经》中的受苦者和穷人形象，以及认为守寡就是"神对不虔诚之人的折磨"的寡居者形象。[12] 寡妇应该被怜悯，但依旧对以婚姻为理想的阶层等级和父权秩序构成了威胁。寡妇，尤其是拥有一定财产的寡妇，颠覆了女性必须是男性的财产并在法律上依附于男性的观念；寡妇的身份有可能会给女性带去自主权和自由。[13] 然而，人们还是认定守寡会带来悲伤和哀痛。宗教作家们主张在处理守寡经历时最好对悲伤加以节制。英国教士托马斯·富勒（1608—1661）将"好的寡妇"描述为"一个虽被砍掉头颅却依然在起誓的女性"：

> 她对她丈夫的哀伤之情尽管真实，却也节制。理查二世悲伤太甚，让他看上去既不像个国王，也不像个男

---

[1] 阴谋喜剧，也称情节喜剧，靠复杂的策略和阴谋推动情节发展，常采用荒谬、滑稽的幽默作为情节。

人,更不像基督徒……而我们遗孀的悲伤并不似狂风骤雨,更像是霏霏细雨。确实,一些人愚蠢地把多余的情感发泄在自己的身上,扯着自己的头发,以至于来参加葬礼的朋友都不知道该为谁而哀悼,是为死去的丈夫,还是为垂死的遗孀。然而,通常来说,事情就这样过去了,遗孀狂风骤雨般的悲痛很快就掏空了,就像奔腾的水流倾泻而出;而有节制的眼泪却能存蓄很久,缓缓而流。[14]

上述父权制传统源于一种理解,即女性应当被男性统治。这是一种法律和社会假设,它意味着守寡可能是一种解放,也可能是一种情感上的挑战。这些矛盾在凯瑟琳·奥斯丁的回忆录《M之书》中得到了探讨。凯瑟琳形容她六年的寡居生活是"最悲伤的年岁";"全世界也许都以为我正踏在玫瑰之上,"她说,"他们却不知我曾走在粗麻布上,不知我内心的哀号与苦痛。"[15] 尽管奥斯丁的丈夫在三十六岁那年过世时,她已经有了三个孩子,还继承了母亲的遗产,拥有伦敦的几处房产,按照17世纪的标准来看也是相当富裕的;尽管她发觉寡居的生活因为需要努力维护自己的经济安全,并保护她孩子未来的继承权而无比艰难,但她仍然意识到再婚可能会带来很多难题。正如我们将强烈的爱意形容成航行于生命之海(或者"悲伤之海""危险重重的水域")上,奥斯丁在她不时动荡的征途中跌跌撞撞地前行,最终从上帝那里寻到了安慰和帮助。[16]

历史上针对寡居的研究材料少之又少,至少对贫困的社会阶层来说确实如此。相形之下,上层社会的现有资料在数量上更多,并且男性更容易在世界上留下印记。这里我将会考察两个不同背景、阶层、性别的人的写作,以此探究丧偶的经历是如何借由语言、符号和物质来表达的。我还会集中讨论不同的传统,以及在不同传统之下,人们对于丧偶的孤独与性别、财富、消费主义模式变化的理解是如何改变的,又是如何接续的。这两个案例分别是18世纪的英国店主托马斯·特纳与维多利亚女王。

托马斯·特纳

托马斯·特纳出生于肯特郡一个自耕农家庭。[17]第一批编辑他日记的人说他是"杂货商、布料商、缝纫用品商、帽商、衣料商、药商、五金商、文具商、手套制造商、殡仪承办人及其他",因为他在英国萨塞克斯郡的东霍斯莱从事了多种多样的活动,他自己的店就开在那里。[18]我们能从特纳记了十一年的日记中了解到很多有关他生活和人际关系的内容。他写下了对自己生意的诉求和期望,还以有限的篇幅写下了在当时的传统中他的情感生活。日记涵盖了许多信息:特纳不只是个店主,还是殡仪承办人、学校校长、勘测员、穷人的监护人；还负责起草遗嘱，协助办理纳税事宜。他打板球，阅读兴趣广泛，其中就包括威廉·莎士比亚、约瑟夫·艾迪生、塞缪尔·理查森的作品。他喜欢在日记中概述这些人的书，还喜欢和妻子、朋友共读，这种习惯在18世纪热爱交际的中产阶层中较为普遍。

1753年，特纳娶了他的第一位妻子玛格丽特·斯莱特（昵称佩吉）。两人育有一子，名叫彼得。遗憾的是，这个孩子后来夭折了。1755年1月16日，特纳在日记中写道："今天凌晨一点钟左右，厄运降临在我头上，我失去了我年幼的儿子彼得，他在这世上活了二十一周零三天。"丧子之痛溢于言表。但在接下来的几周，特纳没有再在日记中哀悼他的孩子。这并不意味着他不再顾念他的儿子，也不是说他还不如自己的后辈在意这个孩子；而是悲痛的语言已经与从前不同了。18世纪的社会表面上是由宗教主导的，并且当时与育儿方式、婚姻有关的文学传统都倾向于赞颂新教信奉的价值：在应对一个人的命运时，应当努力劳作，克制情感。

在婚姻中，两个人能够相互陪伴的理想占据主导，正如当时的行为准则以及英国散文家约瑟夫·艾迪生作品中所说：礼节和克制至关重要。特纳和妻子佩吉的关系并不总是融洽的，一旦他们闹僵了（似乎时常发生），他就会在日记中倾诉自己对于这种情况是多么失望，以及他对这段婚姻的希望和期待。在表达这些期冀时，他采用了宗教式的克制的话语习惯,含蓄地重新提及婚姻指南和行为准则中建议的行为规范。例如,在和他妻子"拌嘴"时,特纳会哀叹自己真实经历的婚姻与当初成婚时的期待之间的落差:

> 唉!如果双方都收到了真挚的祝福,都能真正满意对方的品行,那婚姻该有多幸福啊。可现实是,口头或笔头都不可能传达出与期待相悖的不安感。[19]

> 就让我回忆一个男人的决心然后继续说下去吧。男人,我是这么说的吗?唉!一听到这个词我心里就一惊。我对自己了解得不多。我所了解的全部就是,能娶到这样一个人做妻子我很开心,在我所有的爱人当中,我最为尊敬的人就是她。但和这样一个唯一让我集中了我在世上的全部能力去相处的人,却怀着这么不愉快的脾气,这不光使我痛苦,也使她自己痛苦,这是多么不幸啊。[20]

当特纳没办法与妻子和平相处时,他就从自己的朋友圈子里面寻找友谊和陪伴。很不幸,他没能如愿得到支持,还时常在日记中慨叹别人的"冷酷"和漠然。1756年2月22日,特纳写到自己去母亲家里,他的哥哥当时也在:

> 无论是不是我想象出来的,我不能,也不会说出来,

但我感觉自己受到了冷遇,不光是我母亲,还有所有家人……我母亲和我争吵了许多次,至少是她在跟我吵。我不知道我的朋友会待我怎么样,但我一直都竭尽所能去服务他们。我可以公正地对我自己和全人类说,我打心眼里关心着他们的利益,从来没觉得有什么事比服务他们更使我感到幸福。如果我确信自己有错,那么我甚至会鄙视自己,认为自己不配忝列人类之中,因为我对我守寡的母亲残忍而不负责任。虽然毫无疑问,但我也不能免于犯错。是的,我是有道德的,如果我的朋友们允许我们自由而真诚地沟通,我们之间的友谊之门再次敞开,那我该有多高兴啊。这扇门最近被关上了,但因为什么缘故我不能说。[21]

在其他情形之下,特纳感觉到"被我所有的朋友抛弃了……但究竟是什么造成了我的朋友和亲戚待我如此冷淡和漠然,我还是猜不到。有时候我觉得自己一定是个奇才,所有与我有关的人都对我漠不关心"。最终,"除了神圣的天意和我自己的产业之外,不信赖任何别的人或事"。[22] 托马斯的母亲于1759年4月1日过世,时年六十二岁。托马斯十分悲痛,虽然他们之间有过明显的摩擦,但母亲的死还是加剧了这种孤立感。4月5日,他与兄弟姐妹和远房亲戚共进午餐,之后参加了母亲的葬礼:

> 如今我们彻底没人管了,既没了爹也没了妈,似乎现在不得不走向没有任何朋友的蛮荒世界了。噢,愿上帝慈悲,将他的圣灵倾注到我们心中,好让我们得以在恩典中成长,怀着兄弟般的爱与仁慈团结在一起,并且通过我们有福的救世主和救赎者耶稣基督——永远顾念他崇高的呼召。[23]

托马斯认识到了自己生命的短暂,并为母亲的逝去和缺少朋友而感到悲伤,他还是能够触及理想,寻求上帝的慰藉,并将自己的情感反应调整到与宗教哲学相一致。耶稣基督也饱受折磨;耶稣基督也必须独自一人在十字架上。有了上帝的存在,一个人又怎么会真正无依无靠呢?

1759年,特纳的妻子(因"来势凶险的腹绞痛、结石和经血滞留")"病重",特纳立马想到了自己的家庭纽带将会进一步崩解:

> 哦,这段时间我是多么悲痛啊,刚被夺走了父亲和母亲,现在又极有可能失去我的妻子,她是我如今在这世上唯一的朋友,也是我尘世幸福孤零零的核心!当我沉浸在这种严肃的思考中时,什么样的意象才能够描绘这徐徐展开的阴郁场景呢?就仿佛是剧院中正在上演我未来将会遭遇的麻烦一样。[24]

特纳下意识地描述上演他悲伤的"剧院",这不应被解读成一种修辞技巧;这种表达方式其实暗合了18世纪的民间话语与情绪感受。在为妻子担心、预感她可能会离开自己之余,他还是如常招待来客,开展日常业务。之后他的侧肋受伤,被诊断说可能会转为"不治之症"。在生病期间,特纳向上帝祷告说自己会"将他圣灵的恩典倾注到我的内心"。[25] 即便患病这段时间孤立无援,特纳对上帝的保护与意志怀有的信念还是拯救了他,也成为他的情感体验与表达的基础。同样,对于妻子健康状况不佳的焦虑也可以按照上帝的仁慈和意志来调整。1760年10月25日,特纳在家待了一整天,一同在家的妻子似乎稍稍有所恢复:

> 傍晚时读了吉布森对宗教中的"冷淡"的讨论,以及他的一篇题为"信仰上帝:对抗各类恐惧的佳策"的布道。我将这两者均视为极端美好的事物。[26]

特纳提到的是埃德蒙·吉布森(1669—1748)极具影响力的专著《信仰上帝:对抗各类恐惧的佳策》。这位英国神学家曾任林肯主教和伦敦主教。[27] 吉布森在《信仰上帝》中向读者保证:

> 上帝拥有福泽生灵的唯一权力。唯有他能制造贫穷,

创造富有；唯有他能决定我们的心智是否因人生沉浮、人事不定而扰乱。无论这些在我们看来如何不稳定，都由拥有无限力量与智慧的上帝引导着通向恰好的结局。"[28]

佩吉于1761年6月23日去世。"从我身边带走我挚爱的妻子能使全能的上帝愉悦，"特纳在日记中这样记道，"我那可怜的妻子已经在过去的三十八周里，带着日益严重、迟迟不褪的病痛劳作，最大限度地忍受着对上帝意志的顺从。"[29] "我现在一无所有（destitute），"特纳谈及自己被社会孤立时常常用到"一无所有"这个词，"失去了一个能与之交谈、能获得建议的真诚的朋友，一个至亲、至亲的我灵魂的同伴。"[30]

"灵魂伴侣"一词本身及其意涵最初和宗教有关，如今这个词已经变得通俗，在形容人与人之间某种特定的关系——通常是浪漫关系——时常常会用到。特纳所用的"我灵魂的同伴"这种独特表述继英国剧作家、后来的桂冠诗人尼古拉斯·罗尔的《王室的皈依》(1707)之后，似乎被认作是婚姻幸福的简略说法。这部戏剧主要讲述了亨吉斯与信奉基督教的埃塞琳达所生的儿子阿利伯特遭受迫害的故事："我信任你，我灵魂的同伴/我最和善、最挚爱、最忠实的妻子/当拥有姓名。"[31] 特纳对这个词的使用很重要，因为这表明一个人的情感表达常常会借用社交圈子中的用语，或是基于文化上的参照。正是通过这种方式，情感本身被纳入人的心智，并重新抒发出来。[32]

佩吉临终的时候，特纳因为朋友和亲戚没能陪在自己身边而愤愤不平。当然，他期待的与实际得到的情感安慰之间存在着差距：

> 我不知道是因为我脾气太坏，还是我朋友和家人的缘故。但在这艰难的时日，他们袖手旁观，如同陌生人一样看着我。没有一个人，没有！没有一个人试过在我伤痕累累、被痛苦撕成碎片的内心涂抹上饱含同情的安慰剂。无论何时，只要从我的怀里夺走我的妻可以让全能的上帝愉悦，我都将成为岩石上的灯塔、山顶的旗帜，失去每一位真诚的朋友，亦无友善的陪伴来安慰我受挫的心灵，令人欢喜的安抚与宽慰终于屈从于我那被苦痛折磨、向死而生的心智。[33]

能从特纳的字句中看出，活得太过孤独是有一定危害的。我曾在本书第一章讨论过这个主题。而在特纳的日常世界中，上帝始终存在，以及他有可能失去佩吉（现实中确实如此）这两件事，或许决定了他必将承受独处的命运。在这种情形下，特纳用宗教式的语言来形容自己，诸如"岩石上的灯塔"或是"山顶的旗帜"；他渴望世俗的陪伴，而这种陪伴所呼应的不是现代的孤独，而是宗教意义上的"孤寂"（desolation），类似于耶稣身处旷野。因此,和现代意义上的孤独相比,特纳的孤独更接近早期的"孤身一人"。

孤身一人的托马斯·特纳

成为鳏夫之后,特纳同时在现实中和情感上失去了妻子,让他既"因忧虑几乎不堪重负的内心得以解放",[34] 又必须承担起家务。特纳还要应付那些称他对妻子之死负有责任的指控,理由是他鼓励医生实施不必要的重大手术:

> 斯内林先生在我的(强行)要求下,为我的妻子做了阉割手术,直接导致了她的死亡。消息不胫而走,方圆十英里以内,下到四岁孩童,上到八十老妇,几乎没有人不嚼舌根的。[35]

所谓"阉割"指的是卵巢切除术,即摘除女性卵巢的手术,或是更为彻底的子宫切除术。第一例这类手术的记录可追溯至16世纪,但在19世纪以前,这类手术的实际案例极为少见。在佩吉·特纳那个年代,做卵巢或子宫切除术的病人不太有存活的可能。[36] 毫无疑问,因为缺乏社区的关怀,特纳感到自己被孤立和轻视了;而在18世纪的英国,社区的关怀对于一个人的社会地位、金融信用和情感健康来说尤为重要。[37]特纳勇敢直面对自己的指控,他说自己的良心"在这件事上定是平和地歌唱",并且上帝"胜过一切的天意,会以他无尽的智慧令万事万物各安其位"。[38]

佩吉死后,特纳在最乐观的时候认为,婚姻给他带来了别处找不到的"最隐秘的愉悦","不管浪荡子们会怎么说、怎么想",婚姻都是由"稳固的友谊基础和家庭幸福"所构成的隐秘愉悦,是生命中其他地方找不到的一份确定性。[39]也许特纳已经准备好再婚了,在18世纪,拥有他这种社会地位和生活方式的男人都会这么做。他曾数度短暂地约会。几个月后的1762年10月16日,他和"旧相识,科特先生的用人"一同饮茶,但"没说一句调情的话,没有,甚至连一个预先计划好的吻也没有",他补充道,"对于这个奔忙、挑剔的世界来说,没能证实大家的揣测,一定让他们悲伤和失望了"。[40]特纳这是在回应科特先生的一个不具名的用人几周前到访他家时引发的传言。[41]在特纳日记的结尾,1765年6月,他再婚了。6月19日,特纳与卢克·斯宾塞的用人玛丽·希克斯结婚。他还是一贯地对这次结合抱有实用主义的态度:

> 感谢上帝让我再次稍稍安稳了下来,我对我的选择感到高兴。的确,我没能娶到一位有学识的女士,她也不是个有情趣的人,但我相信她天性善良,也会倾尽全力让我幸福,这可能也是一位妻子最力所能及的事了。至于她的

命运,我有朝一日会带给她相当可观、源源不断的财富。[42]

这段婚姻一直持续到1793年特纳去世,夫妻二人生养了七个孩子,其中只有两个孩子活得比他们的父亲长。从特纳的日记中,我们能了解到18世纪对婚姻和社会的许多情感期望。婚姻中所期待的有涵养的社交,以及成为丈夫或妻子应该享有的权利、需要承担的责任,均在18世纪的手册和指导书中有过详尽的表述。我们可以确定的是,当特纳的妻子没能符合这种期待时,他无比沮丧;当他在家中没有得到尊重,在社会上又没受到重视,他感到悲伤。[43]尤其是在特纳看来,自己一直都是按照社会期望的那样,无论是完成所在社区的事务,还是做丈夫,抑或是做一名真正的基督徒,自己都承担了应该承担的责任。

尽管特纳经历了诸多困难,但我还是不认为他作为一个经常孤独的男人,或作为一个独居的鳏夫的经历,可以同现代意义的"孤独"画等号。他为顾妻子周全,坚持采用全面的治疗方案;他笃信上帝;他渴望世俗的陪伴;他按18世纪人们对一名中产阶级店主的向往和期待那样生活。然而,他从别人那里得到的陪伴并不如他期待的那样多,他时常感到就时间和精力而言,自己给予别人的同别人给予自己的有着较大的落差。他因失去儿子、母亲和妻子而悲恸,所有这一切都让他意识到自己在这人世间形单影只,"孤身一人",意识到上帝那只引领方向的手的存在。但他所经受的孤独,并不是现代意义上的孤独。

在特纳所处的时代,"孤独"尚未作为一种语言学概念或是情感状态出现。虽然到了现代,负责编辑特纳日记的戴维·维西写道"托马斯是个孤独的人",但特纳本人不曾用"孤独"这个词来形容自己。[44] 他纵然是个独居者,但他同样坚信自己经历的磨难必有其目的。他的经历一概是通过更高的力量来表述和形容的,哪怕他历经困苦、病痛甚至是死亡,这个力量从来都不会抛弃他。不过,他的确按照18世纪的社交准则,期待从别人那里得到更加友善的对待。

至于特纳的情感状态与现代意义上的孤独有多大程度的重合,我们就不得而知了,毕竟语言的特性之一就是会随时间推移而改变和转化。同样,在一个人的表达与感受之间,也总横亘着一道沟壑。但我想说的是,尽管特纳描述的孤独与无人关心和陪伴、因感觉被众人(包括家人在内)抛弃而感到愤恨有关;但从本质上讲,这种孤独是在公民身份、礼节以及对上帝存在的无比确信的话语体系内来表达的。即便是将18世纪记日记的传统考虑在内,这种孤独也与现代自我的特征之一——近乎冷血的异化——大相径庭。[45]

现在我想谈谈下个世纪的一个守寡的例子,在这个例子中,对于丧失的孤独,人们的理解截然不同。虽然守寡过去是、如今也是很多人都有可能要面对的问题,但人们看待和谈论这件事的方式却因阶层、性别、经济和社会地位、时代的不同而大不相同。一个广为人知的例子就是维多利亚女王，她丈夫阿尔伯特亲王的去世几乎定义了她的一生。女王的悲痛曾被人更为细致地描述过。而对于维多利亚女王本人而言，遗孀身份成了她的一种明确的社会和情感认同。她的哀悼是通过物品来表达的——特纳留下的文字中也有类似的记录（例如食物的供应、房间的建筑架构等），但与18世纪相比，已经变得更铺张，更有排场。这也反映了如下事实：维多利亚毕竟是君主，因此有各式各样的物品可供她使用。但到了19世纪，由于大众生产和消费主义的兴起，人们的确比之前更容易得到某个物品了。所以就算是中等收入的社会阶层，也可以用工厂制作的杯子或雕像来纪念阿尔伯特的过世。[46] 可即便是按照维多利亚文化中的悼念习俗，人们也仍然认为维多利亚女王的悼念有些过度了。这表示界定遗孀（或鳏夫）身份的文化差异不仅是关乎个体、性别，还与集体及国家意识有关。我们能从维多利亚女王的书写中看到托马斯·特纳的文字中不曾表达过的孤独内核。

诚然，我们不太能确定，维多利亚女王描述的情绪化的过度哀伤究竟是不是她自己的"真实"体验。除了文本惯常的差异之外，无名之辈所写的日记与君王写的日记还是不一样的，毕竟后者可能期待这些文字能被别人读到（这也是维多利亚女王的女儿比阿特丽斯公主在女王逝世后承担起严格的审阅工作的原因）。[47]无论如何，除了这些不同，托马斯·特纳和维多利亚女王的日记在风格和内容上还是有着巨大的差别。和特纳不一样的是，在维多利亚女王的日记中随处可见一位遗孀所承受的相当具体的孤独，并且这种孤独留下的空白没有任何事或任何人能够填补（连上帝也不行）。

与18世纪相比，维多利亚时代的婚姻习俗和对婚姻的期待面向更广，并且情感的因素更重。与17、18世纪类似，这一时期人们普遍理解的婚姻同样包含物质享受、浪漫之爱和友情的成分。但即便是在皇室内部，家庭领域也被描述为个人与外界之间的缓冲地带。此外，维多利亚文化是这样界定男女性别差异的：女性更为感性，需要陪伴和保护；男性则在治理和金融方面更胜一筹。在维多利亚女王的日记中，这种性别上的紧张关系似乎贯穿始终：她能够觉察到丈夫的恼怒，人们认为他没有妻子厉害，他没能得到应得的名号，仅仅是以女王的丈夫阿尔伯特亲王的身份为人所知。通过检视维多利亚女王的遗孀身份，我们能够回溯这样一个大的背景：守寡不只被描述成一次事件（配偶去世），它也是以个体的丧失和孤独为特征的特定社会角色的发展。

温莎的寡妇

从1837年6月20日继位，直至1901年1月22日过世，维多利亚女王任大不列颠及爱尔兰联合王国女王长达六十四年。1876年5月,她加冕为印度女皇,这反映了当时英国在殖民地的影响力。维多利亚是肯特和斯特拉森公爵爱德华王子的女儿,据传她在极端专横的母亲的控制下度过了忧郁的童年,[48]年仅十八岁时即继位成为女王。出于保证未来有子嗣的考虑,维多利亚于1840年嫁给了她的表弟萨克森-科堡与哥达的阿尔伯特亲王。

维多利亚和阿尔伯特之间的爱情故事因契合后浪漫主义社会,在书籍、电视剧、电影中备受关注。据说她和他初次见面就被他吸引了,用她日记中的话说就是:"帅极了。他的头发和我头发的颜色一样。他的眼睛又大又蓝,鼻子也美,唇形优美,牙齿皎白。但他真正的魅力在于言谈,最使人愉悦。"[49] 1840年,他们的新婚之夜,维多利亚女王在日记中写道:

> 我**从来从来**都不曾度过这样一个夜晚!!!我最最最亲爱的阿尔伯特……他极度的爱和深情让我感觉到了天堂一般的爱意与幸福,在此之前我从没**指望**自己能够得到这些!他紧紧将我拥在他怀里,我们吻了一遍又一遍!他的俊美,他的甜蜜,他的温柔——有这样的一个**丈夫**,我究竟要怎么感恩才够啊!……我被温柔的名字所召唤,以前没有人这样称呼过我——是多么令人难以置信的幸福!噢!这是我生命中最幸福的一天了![50]

维多利亚女王感受到的性和情感上的满足是显而易见的。她在日记中描述了对丈夫近乎宠溺的喜爱之情，甚至到了独占的地步。阿尔伯特亲王不止一次忠告她，认为她不曾从他们的孩子身上得到情感上的满足，或是没有像他一样对他们投入深情。[51] 夫妻二人育有九个孩子。所有记载都表明：无论是在政治剧变或经济动荡时期，还是遭遇暗杀未遂，抑或是疾病，孩子们都能彼此扶持。[52] 1861年，阿尔伯特因胃病感到不适，其后病情加剧，有人认为是因为他的长子与一位女演员传绯闻等家庭问题所致。后来阿尔伯特被诊断为伤寒，于1861年12月14日病逝。维多利亚女王极为悲痛。有评论人士指出，她将阿尔伯特的死怪罪到威尔士王子头上。他是被"那摊子烂事杀死的"，她说。这种看法自然使得她和儿子的关系一度陷入僵局。[53]

阿尔伯特过世后，维多利亚女王进入服丧期，其后这种状态一直维持了四十年。

她大部分时间都处于隐居状态，极少履行公职。历史学家发现，维多利亚女王在许多方面都表现得仿佛阿尔伯特还在她身边一样，一直到她于1901年1月22日去世。她要求每天早上都要把他的衣服摆出来，晚上要和他的睡袍一同入眠。她还将阿尔伯特的一件晨袍连同他的手的石膏模型葬在了自己身边。维多利亚女王最终与阿尔伯特亲王合葬在温莎大公园的弗罗莫尔陵墓。

维多利亚女王忧郁女人的形象是精心排演过的,虽然在她自己的日记中并没有体现出这一点。电影《布朗夫人》讲述了女王与她的仆人、朋友约翰·布朗之间的关系。(有传言说布朗是维多利亚女王的情人,但此事从未得到证实,虽然她将布朗的一缕头发葬在了自己身边。)除了这部电影之外,有关维多利亚女王的大多数讨论聚焦于她和阿尔伯特的关系。[54]她生前写了大量日记——据一位传记作家说,她平均每天要写两千五百字。维多利亚女王从1832年起开始记日记,一直记到生命的尽头。虽然其中大量日记都被小女儿比阿特丽斯公主销毁了,但她还是出版了此前由历史学家、自由党政治家雷吉纳德·巴里奥尔·布雷特(伊舍勋爵)抄录的、经过编辑的版本。[55]

在维多利亚女王的日记中,有大量证据可以证明她在阿尔伯特去世后经历了怎样痛苦的孤独。从结婚开始,女王就仰仗阿尔伯特的陪伴、友情和他在政治方面的建议。在他短暂生病的时日里,女王也时常流露出孤独和焦虑的心情。1861年12月,维多利亚女王在日记中极为痛苦地记录下了阿尔伯特每况愈下的健康状况。她因在丈夫健康恶化时期还要参与国家事务而深感烦恼,又因预感到要失去生命和事业中的知己而备感孤独。12月4日,星期三,维多利亚女王这样写道,"我想要倾吐所有秘密的知己如此没有活力,连笑都笑不出来!我感到焦虑不安,完全不知道该怎么办才好"。

詹纳医生(第一代从男爵[1]威廉·詹纳爵士)始终都在近旁。詹纳的专长是治疗斑疹伤寒及与伤寒相关的病症,于1861年被聘用为维多利亚女王的"特聘医师",1862年任女王的"常驻医师"。她一连几个小时地咨询他,希望能让丈夫的病得到一些改善。另一位负责照料阿尔伯特亲王的是第一代从男爵詹姆斯·克拉克爵士,他于1837—1860年间担任女王的"常驻医师"。克拉克看护的时候悲伤地发现,虽然阿尔伯特能吃下"一点橘子果冻",在自己的房间里休息,有时妻子或女儿还会来床前为他读书,但他似乎没有好转的可能了。维多利亚女王听后大为悲痛。女王在温莎城堡的庭院里散完步后,回去看到阿尔伯特"样子和举动都让人沮丧和难过。他没办法吃下任何食物,只能就着塞尔兹尔水[2]呷一小口覆盆子醋"。[56]

生命里再没有什么比目睹挚爱之人遭受痛苦更艰难的事了。翌日,阿尔伯特看上去"可怜极了,一脸忧愁"。女王发觉自己"不知所措,被他的样子震惊"。维多利亚女王周围都是前来护理的侍从。除了女王的孩子和几名侍女之外,阿尔伯特亲王的私人秘书(后来也是君主的私人秘书)查尔

---

[1] 从男爵,对从英国君主取得世袭"从男爵爵位"的人士的称呼,地位在男爵之下,骑士之上,以"爵士"为敬称,但不属于"骑士爵位"。

[2] 塞尔兹尔水,德国生产的一种苏打水。

斯·博蒙特·菲普斯爵士也在场。阿尔伯特靠乙醚来缓解痛苦,试图在夜里睡上一会儿,但维多利亚女王记录道,他还是"坐立难安,十分憔悴和痛苦"。她眼看着自己的丈夫时而"痛苦"时而"好转",这让她承受痛苦的精神压力:"这起起落落造成的希望和恐慌是多么可怕啊!"[57]

尽管维多利亚女王与特纳的社会经济视角迥异,但她和一百年前的特纳一样,在丈夫病重期间还是将对上帝的信仰作为自己生活的支撑。特纳的日记中既有对妻子强烈焦虑情绪的抒发,也记下了某一餐的火腿不错,与他不同,维多利亚女王的心智和身体一并守在阿尔伯特亲王的病榻前。她虽然偶尔也会和家人、朋友一道散步、骑马或驾车,但她所思所言并无其他,只有阿尔伯特的病况。她密切观察着,心怀忧惧与恐慌,只有偶尔才感到轻松。12月10日,沃森医生为了照看他的这位病人在温莎城堡过夜。他"为他的病情突然好转而震惊",詹纳医生也一样。第二天,在阿尔伯特用早餐时,女王坐在他身边,用肩膀撑住他。"他说'这样挺舒服的,亲爱的孩子',这让我高兴极了,几乎感动得哭出来!"克拉克医生和沃森医生(第一代从男爵,心脏专家)为阿尔伯特做了检查,两人似乎都"对这个进展相当满意",尽管维多利亚女王称有必要发布公告,让公众实时了解阿尔伯特的最新情况,但女王承认这让她"很痛苦"。

12月12日、13日,女王开始担心起阿尔伯特的呼吸问题。

医生们宽慰她说最初只是有点"打喷嚏",他呼吸急促的问题"不会有什么事"。詹纳医生也说,他的呼吸困难和神志不清只是发烧所致,阿尔伯特下周就会康复了。12月13日晚,维多利亚女王就寝时还祈祷度过"平静的一夜"。翌日,也就是12月14日,她并没有留下日记。早上7:00,女王前去看望阿尔伯特。"那是个明媚的早晨,太阳刚刚升起来,发出耀眼的光。"她后来回忆道。然而房间里弥漫着悲伤和期盼的气氛,蜡烛燃尽了,医生们看上去焦虑不安。下午4:30,经过了一整天艰难的等待和观察,王室发布公告,向公众宣布阿尔伯特亲王病危。[58]

大多数时候,维多利亚女王都坐在阿尔伯特病床边,看上去孤独而焦躁;她忧心忡忡地听着他呼吸的声音。终于,临终前,他的喉咙里发出咯咯的声音,女王"像一头母狮一样起身……跃上病床,哀求[阿尔伯特]说话,求他给他的妻子一个吻"。[59]维多利亚女王日后记录下了阿尔伯特过世的时刻:"两三次悠长却十分轻柔的呼吸,他紧紧扣住我的手,然后……**一切,一切**都结束了——天国的魂灵奔向了适合它的世界,远离了此岸世界的悲伤和烦恼!"[60]一同离开的还有维多利亚女王对抗全世界的社会与情感缓冲,以及她最最重要的人。

直到1862年1月1日,女王才重新开始记日记,写下了她深深的哀思:

> 我深爱的人离开之后，我进入没有他的新的一年，我的心彻底碎了，从那天开始就一直没办法记日记。这个让人痛苦却来势汹汹的灾难让我有太多的事要做，自此之后，我必须记录下我悲伤又孤独的生活。去年今日，我们是多么开心啊！！去年的这个时候，我们在音乐声中醒来！侍女们给最亲爱的阿尔伯特拿来小礼物，送上新年祝福。孩子们在另一个房间等着他们的礼物。所有这些回忆都一起涌上心头——爱丽丝[1]睡在我的房间，亲爱的宝贝早早就过来了。感觉就像活在一场噩梦里……[后来]……在亲爱的阿尔伯特的房间里见到了纽卡斯尔公爵。那个房间里的**一切**都还是原来的样子。我们聊了好久关于他的事，他的善良、他的纯粹……爱丽丝给我心爱的阿尔伯特送了圣诞礼物——如此珍贵又如此悲伤。[61]

维多利亚女王的孩子们试着过去安慰她，在那个阶段，失去了父亲的孩子们也一定不好受。在茱莉娅·贝尔德所写的传记中，她通过检索私人信件，讲述了阿尔伯特与孩子们之间细致、专注又亲密的情感，考虑到维多利亚时代上层

---

[1] 爱丽丝公主，维多利亚女王和阿尔伯特亲王的次女，幼女比阿特丽斯公主的姐姐。

家族中传统的家庭关系,这种亲密就更难能可贵了。"他对他们太好了,总是愉快地和他们嬉戏玩耍,优雅又坚定地对待他们。"女王这样说道。[62]"可爱的宝贝[最小的孩子比阿特丽斯公主]在我更衣的时候过来了,用早餐的时候她一直和我在一起。其他几个孩子也过来问我早安。"维多利亚女王满脑子想的都是修建陵墓的计划,想以此纪念她过世的丈夫,虽然她当时还是"迫切地怀念她挚爱之人的支持"。[63]从结婚起,阿尔伯特就为女王生活的方方面面提出建议和忠告,她苦涩地怀念着有他参与的日子。她让自己被各种各样的谈话填满,谈论"她深爱的人,置人于死地的可怕病痛,可能无止境的纪念活动",这些谈话让她确信:他的存在是永恒的。[64]

纪念仪式是很重要的,主要有这样几个原因。除了参与和阿尔伯特有关的谈话有助于维系他的在场之外,维多利亚女王还围绕"物的世界"构建了她对阿尔伯特的回忆。物质文化至关重要,不仅因为它可以帮助我们理解情感经历是如何通过我们与周遭世界的物质互动而建立起来的,还可以塑造个体和共同的归属感。一遍遍确认阿尔伯特的半身像是不是做得完美无缺(不管它还需要再调整多少次),与能让女王回想起自己丈夫的物品共度时光,这些都有助于她应对自己的情感丧失。"去看了我珍贵的阿尔伯特的圣诞礼物,"她在1月7日写道,"几年前定制的由米勒制作的美丽的普绪克[1]雕像真的可爱极了。还有一幅可爱的水彩画——穿着古典风格裙子的小姑娘手中停着一只小鸟。"[65] 重新整理照片,看着照片里的丈夫,让她感到安慰——尤其是一幅"由哈拉赫上色,我最珍贵的阿尔伯特的优雅照片,照片中的他眼睛望向我,好像要告诉我该怎么做!"[66] 她尤其喜欢那座阿尔伯特的雕像,仿佛它"完美无缺,真是一件'杰作'[2]。那神情让人肃然起敬"。[67]

维多利亚女王的悲痛带有某种怀旧的性质,并且随年岁增长而愈发明显。每个周年纪念日都会让她想到自己失去的一切,她怀着一种忧郁的满足沉湎于其中。尤其让她难以承受的是,在家庭庆祝活动的景象、声音和气味中,她能切切实实地感受到阿尔伯特的缺席。例如,1862年2月,女王在日记中写道:

> 这个神圣的纪念日是多么不同寻常的一天啊!我在人们走来走去的脚步声和锡纸的窸窣声中醒来。女仆进来的时候,我回忆起,每年在这最珍贵的一天,她们都会

---

[1] 普绪克,希腊著名的神话人物,是一位国王的三个女儿中的小女儿。她外表和心灵美丽无双,全世界的人都来瞻仰她的美貌,以至于引起了美神阿佛洛狄忒(罗马神话中的维纳斯)的嫉妒。于是阿佛洛狄忒派出爱神厄洛斯(罗马神话中的丘比特),让他设法将普绪克嫁给凶残的野兽。不想厄洛斯最终爱上了普绪克。

[2] 原文为法语:chef d'oeuvre。

带来我的小礼物和惊喜,让我送给我心爱的阿尔伯特。爱丽丝和我亲爱的孩子捧着那束婚礼上用的花一前一后走进来……爱丽丝送了我一幅她特地为我和费奥多拉画的有寓意的美丽素描,还有一个用我所有孩子和我心爱的阿尔伯特的头发做成的漂亮手镯。我也给了他们每个人纪念品,还哭了出来。唉!多么痛苦和糟糕……但这依然是神圣珍贵的一天,他给了我二十二年这般的幸福,我也感到仿佛昔日重现,这些是任何人都夺不走的![68]

丧失的孤独

阿尔伯特刚刚过世,对于女王来说,早晨被悲伤填满,那种痛苦和乏味太难以承受了:"醒来感觉太难受了,但我必须振作起来。"[69] 一天中固定的几个时段比其他时候更糟糕,这对经历丧失亲人之痛的人来说再正常不过;这些时段不仅包括一个人一遍遍回味这种丧失的早晨,还包括维多利亚女王通常都会与阿尔伯特一起度过的无数个夜晚,但唯独夜晚,变得"如此漫长可怖"。[70]

阿尔伯特去世约六周后,女王开始第一次在日记中说自己孤独,"凄凉","孑然一身,身陷痛苦之中"。[71] 其中暗含的意思是说,维多利亚女王因阿尔伯特感受到的第一波悲痛因震惊有所缓和,这在丧失亲人的人中间并不鲜见。只有当震惊过去，孤独和抑郁才会乘虚而入。当她待在皇室宅邸奥斯本宫[1]的家中时，她悲叹道，"我越来越感到自己孤独、孤立无助"。她虽然从来都不缺一同用餐的同伴，或是一起散步、驾车的人，但她不为别人，只为阿尔伯特感到孤独。只因一人而感到孤独，而非一般意义的孤独，是对于婚姻或伴侣关系的特殊意义的重要提醒；在这类关系中，现实、身体、性、情感等生命所有的方面都只能和这个人分享。

没有多少人能理解维多利亚女王的孤独，除了她同母异父的姐姐——莱宁根的费奥多拉公主[2]。她陪坐在女王身边，"鼓励她振作"，女王也坚信她"非常能理解我糟糕的境况和孤独"。至少从20世纪40年代起，针对孤独的测评就分析过"没有人真正理解我"这种论调，它通过一系列广泛的研究出现在有关社会孤立的讨论中，贯穿了一个人的童年、青年和老年。[72] 维多利亚女王的四女儿路易斯公主[3]（阿盖尔公爵的

---

[1] 奥斯本宫，位于英国怀特岛考斯镇的前皇家宫殿，1845—1851年为维多利亚女王和阿尔伯特亲王夏季度假而修建，由英国著名建筑师、白金汉宫的设计者托马斯·邱比特主持建造，内部装饰由阿尔伯特亲王亲自设计。奥斯本宫是维多利亚女王一生钟爱的宅邸，她在这里颐养天年并在此过世。

[2] 莱宁根的费奥多拉公主，第二代莱宁根亲王埃米希·卡尔唯一的女儿，母亲为萨克森-科堡-萨尔费尔德的维多利亚公主。父亲去世后，母亲改嫁给了英国的爱德华王子，两人生下了未来的维多利亚女王。历史上，费奥多拉公主不如维多利亚女王声名显赫，但在现今的欧洲王室中，瑞典国王卡尔十六世和西班牙国王费利佩六世都是她的后裔。

[3] 路易斯公主（1848—1939），维多利亚女王的四女儿，后嫁给英国阿盖尔九世公爵约翰·坎贝尔，丈夫是后来的加拿大总督，两人无子嗣。

夫人）也让女王对阿尔伯特的记忆保持鲜活；两个女人坐在一起"整理我心爱的阿尔伯特的照片"。[73] 然而，在1862年5月12日，维多利亚女王写道"孤独感有增无减"。她靠和朋友、女儿们，还有带着能为她带去欢乐的婴儿一起散步打发时间，但似乎任何事都填不满阿尔伯特的离去在她内心留下的空缺。

"每一天，所有事都是一个样。"她这样哀叹道，一切都在提醒着阿尔伯特的缺席，无论是当她审阅涉及阿尔伯特职位和头衔的政治文件（"如今一切都结束了，真让人心碎"），还是当她看到他空荡荡的房间。但当她感知到其他人也和她一样，分担着她的痛苦，并和她一同哀悼时，又颇感欣慰。换句话说，一个共同感受悲伤的群体帮她抵御了独自难过的孤独——至少在早期是这样："对我挚爱的阿尔伯特，人们表达着他们共同的敬仰和欣赏，这最让我感到惊讶，也说明了他是多么受人爱戴，他的价值又多么被人认可。即便是那些小村落里的穷苦人，他们纵然不认得我，也为我流眼泪，对我的悲伤感同身受。"[74] 他人的"同情共感"让女王满足，也让她感到宽慰；这一主题在阿尔伯特死后的岁月里一次次反复出现；尤其在日后彰显她孤独、无人相伴的国家元首形象时，更是如此。[75]

女王的顾问认为，维多利亚女王应该从丧夫中振作起来，多在活动中露面。但在现实中，女王饱受抑郁的困扰，终日与悲痛缠斗。她在日记中记下了她"极度悲惨"的感受,"夜晚如此漫长可怖"。[76] 由于阿尔伯特不在身边,无法与她共享她的感受,她周围的景象和声响都染上了新的含义——它们的存在都在提醒她已经失去爱人。就算是和女儿爱丽丝散步,女王也发觉"我现在看所有的树木和灌木**丛**都非常伤心。亲爱的阿尔伯特曾是如此爱它们啊"。[77] 参观教堂也变成了参观"**他的**教堂,他曾经是多么强烈地热爱这里啊![黑体部分的强调为笔者所加]"。维多利亚女王还是无法抑制自己对丈夫的思念。只要在他房间里和他的物品一同度过一段时间,她就会更加痛苦,得不到丝毫安慰:"看着我亲爱的阿尔伯特的所有这些东西,让我极为沮丧。"[78]

大多数时候,孩子给予的安慰和陪伴能让女王的哀痛有所缓解,但有时,"亲爱的小宝贝[比阿特丽斯]……她温柔的爱意实在让我心烦意乱"。[79] 孩子或朋友的陪伴与丈夫和恋人的陪伴终究大不一样。在维多利亚女王的孩子结了婚又有了他们自己的孩子之后,这个道理就更显而易见了。

在阿尔伯特过世后的三年多时间里,女王按时间顺序记述了自己不知怎么就那样"熬过去了"的"可怕孤独"。[80] 渐渐地,维多利亚女王的日记中孤独的字样越来越少,但这究竟是说明她孤独的感受减轻了,或许因为她的仆人布朗先生充当了那个有意义的他者;还是只因为女王根本就没有记录下来,我们尚不确定。然而,还是有一些瞬间,孤独感常常在她

想起自己永失阿尔伯特时重新降临。阿尔伯特的财政大臣查尔斯·菲普斯过世时,女王这样写道:

> 唉!又一个沉痛的打击落在我身上!我敬重的、忠诚的、挚爱的朋友查尔斯·菲普斯爵士不在了!就像是一场我无法预料的噩梦一样。因为就在十天前,我还见过他,他当时看上去相当不错。而且我还在20号当天收到了他的一封信!他对我和我心爱的阿尔伯特是多么忠诚啊……一种近乎毁灭性的孤独淹没了我。我感觉糟透了。

维多利亚女王同母异父的姐姐费奥多拉再一次给了她支持。女王发觉去看望菲普斯遗孀既欣慰又沮丧,因为这让她重新回忆起自己已经失去阿尔伯特的事实,以及同样身为遗孀她所经历的确凿无疑的孤独:

> 上楼看见可怜的菲普斯女士,她完全不知所措,紧紧依偎着我,但很快她就恢复了镇静。我同她和她的大儿子查理聊了一会儿,接着问能不能去看我那善良的朋友最后一眼。哈里特带我去了他的房间。他躺在那里,一切照旧,与他平常一样,看上去幸福而平和。我自然特别悲伤,眼前的一切都让我回忆起1861年12月发生的

事……他与世长辞了,只留下他那可怜的病恹恹的妻子,他曾经多么温柔地照顾过她,从未离开过她半步,一晚都不曾离开!我们只能在下午两点半回家。晚些时候,我驱车去了趟陵墓……和亲爱的费奥多拉坐了一会儿,围绕让人悲伤的丧失经历聊了很多,重新掀开了过去的伤口……感到极为疲惫和沮丧。[81]

丧失带来的孤独感随时都有可能重新开启,因为这就是丧失亲人的特质。一瞬间的回忆、一个熟悉的场景或声音、一件物品、关于那个人的一闪念,都会让一个人陡然察觉到自己身为寡妇(或鳏夫)的孤寂感。借由与他人的情感表达,以及让她回忆起阿尔伯特的物品和环境,维多利亚女王在国内外众人的目光下,独自应对着自己的丧失感。

女王晚年的日记中,散落着她写下的孤独,尤其是在她想起阿尔伯特已经不在的那些瞬间。1868年,她见了阿尔伯特亲王的哥哥欧内斯特和他的妻子:"两个人看上去好极了,但他非常壮硕、年迈。看到他总能让我无比痛苦地想起自己的孤独,还有那愉悦的过去!"[82] 在这里,对过不去之事的点醒,加上怀旧情绪的影响,必定让维多利亚女王产生一种被遗弃感。无论是她与其他人的距离感,还是她兼具女王和哀痛的遗孀这两种身份,都同样让她因与人疏离而备感孤独。"愿上帝能帮我缓解这日益加重的孤独和焦虑",她在1884年6月

20日的日记中这样写道。这似乎是她最后一次写到这个话题了。

在这样的背景之下，这位终其一生都在哀悼夫君的女王——无论是服饰、习惯，还是行为、社会知觉——被永远地定格为"温莎的寡妇"。这个称号出自鲁德亚德·吉卜林的一首同名诗，全诗以一名底层士兵的口吻写成，批评了维多利亚女王治下帝国的社会影响，君主的"印记"随处可见，从"骑兵的马匹"到"药店"再到"海浪上的航船"。而女王本人不过是"温莎的寡妇/头顶上戴着一顶毛茸茸的金冠"，在这辉煌的掩映下沦为失落、孤独和被遗弃的象征。[83]

维多利亚女王比阿尔伯特亲王多活了四十年。在这四十年中，以悲痛示人已经成为她界定自我的中心。直到21世纪，人们依然记得她不苟言笑的姿态、浑圆的身材，还有那一身黑色的装束。在阿尔伯特去世之后制作的画像中，她转变成一位孤独者的形象；不仅是传统意义上的形单影只，还表现出情感上更为强烈的孤独。这种情感强烈的孤独恰恰是现代意义上的自我的表征，与21世纪将寡妇（或鳏夫）身份描述为一种生命阶段一脉相承。和阿尔伯特亲王一样，维多利亚女王也信教。但她似乎并没有从宗教表述中得到任何实质性的安慰。她似乎也不相信阿尔伯特亲王的灵魂已去往天堂。她仿佛是决意要尽可能长久地把他留在尘世，留在她身边：她保留了阿尔伯特亲王在温莎、奥斯本和巴尔莫勒尔堡[1]的房间；制作了大量青铜、大理石雕刻的半身像和雕塑；她将阿尔伯特的一缕头发和一块手帕送给了他们的儿子利奥波德[2]，要求他一直把它们留在手边；她还给朋友和家人送去袖珍照片；当然还有一座石质的陵墓。因此，留给阿尔伯特的位置可不仅仅是一把空椅子而已。

维多利亚女王成为寡妇之后的一系列反应，让人想起查尔斯·狄更斯笔下的郝薇香。女王孤注一掷地想要暂停时间，把阿尔伯特的生命留在当下，这种做法近似于郝薇香小姐穿上婚纱，主持着挂满蜘蛛网的宴会，以此捕捉她被抛弃的时刻。纵然结局不同（郝薇香小姐不是守寡，而是被人抛弃的，之后因悲伤过度疯掉了），两人的极度悲痛却是等同的，而且两个人都热衷于穿着仪式化的服饰（郝薇香小姐的婚纱，维多利亚女王守寡的黑纱）。《远大前程》这本书于1861年出版，同年阿尔伯特过世，但一年前小说就已经开始连载。[84] 毫无疑问，郝薇香小姐捕捉到了维多利亚时代对于死亡和纪念的态度，也表现出了同时代的一种担忧：尽管当时的人在纪念死者方面也投入很

---

[1] 巴尔莫勒尔堡，位于阿伯丁郡，是维多利亚女王的私有住宅。1852年由阿尔伯特亲王购买，1853年，他隆重地为巴尔莫勒尔堡奠定了基石。因为这里是由苏格兰建筑师威廉·史密斯设计，融合了苏格兰复兴风格和德国建筑元素，丘陵林地的风景又让阿尔伯特亲王回忆起故乡图林根，所以这里作为夏日行宫，深受他的偏爱。
[2] 利奥波德王子，奥尔巴尼公爵，全名为利奥波德·乔治·邓肯·阿尔伯特（1853—1884），是维多利亚女王和阿尔伯特亲王的第八个孩子，也是他们最小的儿子。因患有血友病，英年早逝。

多,但他们依然担心太过执着于过去是病态的表现。[85]

不管维多利亚女王出于什么原因延长着她对丈夫的悼念,但很显然她不光是思念他,还会因为没有他在身边而感到孤独。这种孤独是一种高度具体的、现代意义上的孤独,它所基于的是共同的联结、共享的经历,以及他们身为夫妻的独特关系。总的来说,维多利亚女王的日记中总共有六十三篇提到了她"孤独"的状态,但只有十八篇是指在阿尔伯特过世之后的孤独。在记录下"孤独"情状的二十二篇中,有二十一篇都发生在她守寡之后。孤独与守寡一样,常伴维多利亚女王左右。从语言学上讲,这至少标志着自18世纪以来的巨大转变,当托马斯·特纳写丧失之痛时,他从来都没有提及孤独。

托马斯·特纳和维多利亚女王丧偶时都还年轻,但在现代,寡妇和鳏夫大多是老年人(并且也不具备一国之君的经济和社会资源)。寡居或鳏居——被认为造成了一种独异的孤独形式——是如何同老年人面临的其他挑战彼此制衡的,包括被忽视、身体疾病和社交孤立,这方面还需要更进一步的研究。相关研究还表明,寡居或鳏居的时间长短是产生孤独感的主要因素;再婚能解决因为失去重要的另一半而产生的孤独体验。[86] 和所有事情一样,孤独也具有时间性,正如维多利亚女王用温莎的树木记录年岁的流逝或是迎来纪念日一样。所有情感都会受时间左右——当一个人感到孤独时,痛苦似乎永无止境,而欢乐则是转瞬即逝。维多利亚女王记录的那种慢性的、持续的孤独,与暂时的、更容易解决的情境性孤独不同,在21世纪更需要得到关注,因为这种持久性的孤独会对健康和社会造成更大的负面影响。[87]

与孤独的其他经历一样,寡居或鳏居带来的影响由一系列变量决定,包括财富、家庭、朋友圈子,以及这个人是否真正爱他/她的伴侣。丧偶有可能也必将会导致一种矛盾心理,即无论妻子或丈夫过去多么相爱,其中的一方在另一方过世后都会感受到掺杂着解脱、愤怒、内疚、兴奋、悲痛、孤独的矛盾心理。即便是丈夫生前无情刻薄,恶语相加,在他死后,他的妻子还是会感到孤独,这又是为什么呢?托马斯·特纳在他的妻子过世后,突然对她的品质大加赞赏。是因为怀旧、愧疚?还是另有原因?

寡居或鳏居的孤独和其他任何痛苦的经历一样,依据经历者自身的情况不同、建立新关系的能力不同,他们所感受到的孤独也不尽相同。有些时候,这意味着去尝试与人联结的新方式,譬如老年人利用网络约会。[88]网上约会既容易、便利,又触手可及,这对于老年人和年轻人来说有利也有弊,它为缔结和维系一段恋爱或友情提供了渠道,同时克服了身体行动上的不便和心理上的害羞等一系列局限。然而,越来越多的证据表明,使用互联网究竟是抑制还是助长了孤独,与使用它的方式有关。并且,大多数关于社交媒体对孤独影响的研究并不针对老年人、寡居或鳏居群体,而是针对千禧一代——他们也是我下面要做进一步阐述的。

第五章

❺

晒图焦虑症[1]？
社交媒体与线上社区的形成

---

[1] 本章标题原文为 INSTAGLUM，由 Instagram（一款分享图片的社交应用）和 glum（忧郁）两个词合成。

错失恐惧症（FOMO, fear of missing out），名词，用于口语，表示因害怕错过其他地方可能发生的让人激动或有趣的事件而产生的焦虑，常由看到社交媒体网站上发布的状态引起。

2004年8月12日《北海岸周刊》（加利福尼亚州洪堡县，电子版）：这个活动不错，我觉得我必须去，毕竟是免费的。真实的原因是一种名为错失恐惧症的病态，又称"错失恐惧症"。

——《牛津英语词典在线》（2018）

2014年，北卡罗来纳州一位三十二岁的女性因开车撞向了一辆垃圾回收车而死亡。当时是早上8:33，考特妮·桑福德正在开车去上班的路上。驾驶途中，桑福德用手机拍了张自拍，发到了脸书上，说自己听法瑞尔[1]的歌感觉很开心："Happy的歌也让我很HAPPY。"一分钟后，有关部门接到了

---

[1] 法瑞尔，即法瑞尔-威廉姆斯，美国音乐制作人。他曾凭借为电影《神偷奶爸2》创作的主题曲《Happy》，获得奥斯卡"最佳原创歌曲奖"提名和第57届格莱美"最佳流行艺人奖"。

911报警。"就在那短短几秒钟时间里,一个生命结束了,就是为了告诉她的朋友们她很开心。"警察局的一位发言人报告说。[1]至于桑福德为什么在开车时自拍并更新了脸书,我们只有猜测了;但显然对她来说,在当下即刻分享她的情绪"状态"十分重要。这个案例中的心理意图先不讨论,虽然我们有针对开车时使用手机的法律,很多人还是会在路上发信息或者自拍。仅2011年一年,美国就有三百八十五人因使用手机引起的"驾车分神"在公路上丧生。涉及十五至十九岁驾驶员的致命车祸中,有百分之二十一的车祸与使用手机有关。[2]

上述故事中有许多方面都和孤独的研究相关,而与这种孤独相对的是联结感和归属感。为什么使用手机尤其能让年轻人感觉到彼此关联?让人粗心大意地做出危险决定的错失恐惧症又是什么呢?理解个体与他们使用的手机、社交网络之间复杂的情感关系是很重要的:对一些人而言,不论是出于什么原因,只要他们无法联系上别人,就会产生严重的焦虑、抑郁和思虑过度。[3]错失恐惧症与孤独有着特别的联系,还与一系列因缺乏归属感、社会认同及他人认可而产生的情感状态有关。[4]错失恐惧症被界定为一种无处不在的忧虑——别人可能从某活动中获得有益体验而自己却无法参与,其特征是渴望与其他人正在做的事情持续保持联系。[5]

因为社交媒体的惯例通常是要展现最好的自己,所以在社交媒体上时刻与他人保持联系的难题之一就是,他人的生活看上去比自己的好太多。这种攀比心态就是脸书用户感到不满或孤独的主要原因之一，毕竟别人的生活似乎比自己的更成功，更有爱。[6] 本章借探讨社交媒体的兴起，探讨21世纪的一种两难之境：过度使用社交媒体究竟是千禧一代孤独的成因，还是孤独的结果呢？[7]

社交媒体的兴起及其对情感的影响

社交媒体相对晚近才大范围普及，时间要从2003年开始。[8] 社交媒体包括：脸书这类社交网站、在线讨论及评论网站、视频分享和用户生产内容的网站（如博客、视频播客），以及虚拟游戏。这些网站的大多数用户都是消费者，而非生产者。大约百分之六十的互联网用户在2009年考虑使用社交媒体，这批用户中占比最大的群体是十八到三十四岁这个年龄层。[9] 研究表明，人们在社交媒体上投入时间的原因不一而足，期待得到的（情感、社会和实际）回报也不一样。而使用社交媒体则受以下差异的影响，包括：文化、社会经济、技术因素（能访问服务器）；以及个体期待得到的回报，比如社会资本（有能力融入并能脱颖而出）、身份的塑造（以个人和社会为目标）、心理和情绪健康、身体健康及行为变化。[10]

在青春期的早期和中期，对线上社交网络的情感索求可谓最盛，这与"想象观众的行为"有关，意味着过度关注自我，在意别人尤其是同龄群体是如何看待自己的。[11] 靠使用互联网建立并获取线上社群和身份意识的所谓"数码原住民",可能在别人的负面评价和排斥面前显得尤其脆弱,特别是当他们在社会上也备受孤立的情况下。[12] 至于为什么说这会在情感和社会方面产生问题,原因有很多,比如"暗网"的存在,以及网上传播的身体形象对女孩自尊的负面影响,这两个问题均与生活在男权社会所面临的更广泛的挑战有关。[13]

因此,当年轻人中的孤独和精神病态频发时,人们常常会归咎于社交媒体就不足为奇了。千禧一代的孤独引发了政治关切,这仅次于老年人孤独的问题。2008年英国国家统计局的一项研究发现,年轻人比其他任何年龄层的群体更容易感受到孤独。[14] 2018年英国广播公司所做的"世界上规模最大的孤独调查"显示,年轻人的孤独感表现得相当显著。[15] 这项研究得出的结论是:尽管通常人们会有"孤独的老年人"这种刻板印象,但实际上年轻人比老年人还要孤独。然而,年轻群体的孤独对社会保障和健康的影响较弱,这也是它不太受公共卫生政策关注的原因之一。年轻人的孤独问题能被谈及,通常(或许是无意识地)与社交媒体的使用和离线之后关系的变化相联系。2015年由健康保险公司资助的一项调查发现,社交媒体导致的面对面社交关系的瓦解可能会加剧孤独。[16]

社交媒体对心理、情感、身体健康,以及在现实生活中建立人际关系的能力有着长期影响,这类话题已经掀起了人们激烈的讨论。有人认为,社交媒体削弱了真实生活中建立关系的能力,催生了暴力行为,导致肥胖,而这些都使得年轻人难以遵守社会认可的行为规范。[17] 在2012年的一篇论文中,营销学专家马塞尔·科斯特廷斯和安德里斯·安比利基斯将社交媒体形容为一股"邪恶的力量",认为"社交媒体造成的伤害远甚于它们做出的贡献"。[18] 过度使用社交媒体往往与年轻人缺乏自尊心及孤独有关。《福布斯》杂志2017年的一篇文章报道了千禧一代的孤独现象。[19] 这篇报道得出了这样的结论:自1985年以来,没有亲密朋友的美国人的人数翻了三番,且在年轻人中尤其普遍。

孤独感,还有诸如愤怒、嫉妒、憎恶等其他情感状态,在很大程度上都与过度使用网络有关。社交媒体网站倾向于鼓励"自吹自擂"的行为,而这种行为会导致自尊和自我价值的缺乏。[20] 负面的情感状态与社交媒体的使用之间存在着一种循环关系:孤独,无聊,对生活不满,反而会增加一个人刷脸书的次数,尤其是在和他人隔绝的情况下,这就产生了一个自我实现与消极思想的螺旋。2012年的一项调查表明,将近四分之三的年轻人是"社交控"。[21]

在使用社交媒体最多的社会,孤独的现象更为普遍,比如美国和英国。[22] 这并不奇怪,因为就整体而言,孤独在后工业时代的西方最为普遍。与社交媒体相关的健康及安全关切就包括对互联网上人与人之间亲密度的文化焦虑:网上"认识"

一个人,或感觉自己是网上社群的一部分,可能会产生虚假的安全感。[23] 孤独只是社交媒体产生的病态化结果的表征之一,其他表征还包括低水平的自尊、无社交能力以及与真实生活中的社交网络相疏离。[24]

社交媒体有一个方面被探讨得比较少,就是它对独处有着身体和社会层面的影响。[25] 独处,即独自相处的行为和能力,对我们的创造力和精神健康有所帮助。但当屏幕文化的影响已如此深远,一个人能同时和这么多不同的人建立联系时,独处就不再是一个选项了。对很多青少年来说,屏幕的蓝光一刻不停地闪烁着,他们在心理、社交和身体上都急于同虚拟空间里的人产生关联。若是要概括青少年使用社交网络的特点,那就是无眠无休,持续焦虑,睡眠习惯差;社交网络对他们的健康产生了负面影响。[26] 与之相关的还有"网瘾"的流行。在网瘾的影响下,青少年一旦离开了他人世界的纷纷攘攘,便不能纾解自己的情绪。[27] "网瘾"一词和与之相伴的"脸书抑郁"类似,都表明了一种广为流传的信念:社交媒体对个人和社会结构有害,也是千禧一代受困于孤独的罪魁祸首。[28]

社交媒体:雷区,还是镜子?

的确,情感的交流、关系的建立和维系都因社交媒体的出现经历了全面的改变,包括新的情感"病态"的诞生,比如错失恐惧症。但更重要的是,我们需要将社交媒体放置在它自身的语境中加以审视。个体想要在线上获得的需求与人际关系,同他们在线下的需求并不是完全割裂的;社交媒体承诺的核心就是一种联结感与归属感相结合的欲望。这些需求的形成和满足这些欲望的方式,与个体在线下的社交关系、沟通方式并非互不相干,而是密不可分的。虽然在线上建立联系的速度和数量都比线下更胜一筹,[29] 但社交媒体上的行为也反映了真实生活中发生的行为。两者不同的是:归属与"社群"的属性及期待;尤其是"社群"这个复杂却很重要的概念,在线上和线下领域之间并不是那么容易转译。而在更进一步探究这个问题之前,我想先研究人们对社交媒体的关切与21世纪孤独的"道德恐慌"之间的联系。

　　社交媒体的特点在于速度和传播。仅仅几秒钟的时间,稍纵即逝的情感状态就能被表达出来并且大范围分享。这种沟通方式看上去是私密的,只在一个人自己的屏幕上发布,且以一种独特的语言和逻辑来表达。但情感上的反馈会通过数字化网络,被传播和交流的速度影响和强化,最终会让一个人无法准确地感知自己的感受。2014年,在一项针对脸书的调查中,研究者比照了在脸书上搜集的消极状态和最初状态两组数据,发现在脸书上表达的情感可以不通过语言就影响到受访者的情感,从而在一大群可能从未谋面的人中间形成情感的联动。[30] 最极端的情况是,自杀抑郁和自杀模仿也可能与这种行为有关。[31]从历史的角度来看,这个研究让我们联想到18世纪社会心理学范畴的一个概念——"道德传染",这个观点认为一种情感体验或信念会侵蚀一大群人;20世纪60年代,历史学家认为欧洲猎巫风潮就是道德或情感传染的一个例证,[1]现代也有例子能证明情感是如何"感染"个体和群体的。[32]

这种对社交媒体的看法,与社会神经科学研究中主张"孤独具有传染性"如出一辙;后者认为,一旦一个人知道了他人是孤独的,这个人孤独的风险就会增加。[33]约翰·卡乔波[2]等人利用弗莱明翰心脏研究[3]中以人口为基础的数据,来探索社交网络的孤独模型。该研究表明,在特定集群中,孤独

---

[1] "猎巫运动"发生在15世纪末至18世纪,其间大约有十万名"女巫"被处死。中世纪末期欧洲灾乱不断,社会秩序败坏,人们普遍不信任,遂将社会灾变归咎于女巫。而告密女巫不需要实质证据,告密可以获赏并免罪,因此肆意陷害层出不穷,很多举报者都是出于私仇。历史学家普遍认为猎巫与"道德恐慌"有关。

[2] 约翰·卡乔波,社会神经学家、美国心理科学协会主席、芝加哥大学认知和社会神经系统科学中心主任、芝加哥大学心理学教授,对"孤独"问题做过长达十几年的深入研究。卡乔波所著的《孤独是可耻的:你我都需要社会联系》一书是最早说明孤独的传染机制的著作之一,该书从神经科学的角度解释了为什么社会性孤独会造成心脏、神经元到免疫系统等身体上的损害。

[3] 弗莱明翰心脏研究,是由美国国家心脏、肺与血液研究所和波士顿大学共同参与的一项长期、持续的心血管研究。研究对象为美国马萨诸塞州弗莱明翰镇的居民。研究始于1948年,从一开始的五千二百零九名研究对象开始,至今已有其第三代子女参与进来。在此项研究之前,有关高血压、冠心病等流行病学的资料几乎为零。现在很多众所周知的心血管疾病影响因素(比如饮食、运动、药物等)都是基于这项研究得出的。

能以高达三度分隔[1]的范围拓展,并通过情感或道德传染传播开来。孤独的传播能力比友谊的传播能力还要强(支持了卡乔波的论点,即孤独是一个人生存受到威胁时释放出的生物信号);孤独在朋友之间的传播态势比家庭成员间更强;在女性中的传播态势比男性更强。摆在卡乔波面前的答案相当明了:只要强化那些更容易感受到孤独的个体的社交网络,社会结构也会随之加固。

然而,将孤独构设为一种传染病是有其问题的。这种说法一方面假定孤独这种社会情感与个体对集体归属感的需求有关,另一方面认定孤独总是负面消极的,而事实并非如此。即便是这样,在21世纪的英国,人们对社交媒体的态度及其传染带来的影响,还是一道构成了围绕孤独而生的道德恐慌的一部分。新的交流技术总是会引起文化上的焦虑。19世纪80年代,电话作为一种创新的技术形式曾一度引起人们的担忧,时人看待它的目光既兴奋又有些怀疑。美国传播学教授拉娜·F.弗拉克就认定这项科技会"拯救居住在偏僻农场上的妻子们的心智","从而减缓她们的孤独感"。[34]

上述说法借用了女性"话痨"这种带有性别色彩的观点,并且看出了城市/乡村的区隔有可能导致人的孤独。移动电

---

[1] 三度分隔,原文为 three degrees of separation,社会传播学理论中有"六度分隔理论",认为最多通过六个人,一个人就能认识任何一个陌生人。

话的使用同样也会影响现存的性别角色和意识形态，进而影响了人们需要、获取和使用手机的方式。[35]

当时的人尽管把电话视为一项正面的技术，也还是担心它可能会有害健康，让人上瘾，使人不再参与日常的社交活动，以及模糊了工作和家庭之间的性别分野。20世纪20年代，美国的哥伦布骑士会（世界上规模最大的天主教兄弟会）成人教育委员会就曾质询：电话究竟是让人"更积极还是更懒惰"？它会不会破坏"家庭生活和过去走亲访友的习惯"？[36]美国社会学家克劳德·S.费舍尔[1]分析了20世纪30年代针对电话、信件和电报使用情况所做的一项罕见的系统调研结果，在受访的两百名男性和女性中（没有打破性别平衡），有六十六人对电话感到不适。关于电话产生的影响的社会知觉最终是矛盾的，正如该研究的作者总结的那样，虽然这项新科技或许可以"缓解孤独和不安"，但"不应低估"它"可能对城市去人格化的困境产生的不良影响"。研究中并没有证据能真正证明"城市去人格化的困境"，这表明电话作为一项发明，触及了围绕现代农村和城市生活方式的更广泛的焦虑。[37]

我们应当在上述这类更宽泛的历史争论的语境下，看待人们对于社交媒体的忧虑。此外，还有很多研究对社交媒体

---

[1] 克劳德·S.费舍尔，美国加州大学伯克利分校社会学系教授，之前的研究方向为城市生活的社会心理学及社交网络。近年来的研究包括：早期电话在社交生活中的地位；个体在经历生命事件时，其联结与社交网络如何变革；等等。

持赞成态度,认为其利大于弊。

譬如,对有社交焦虑的人来说,通过线上联系他人不会那么束手束脚。像脸书这样的社交网站,可以帮助有精神健康问题的人应对复杂的社会和家庭关系,促进他们分享情感,以此得到更好的社会支持。对那些无工作能力或体弱多病的人来说,社交媒体在传达信息、提供数据传播和人际沟通的平台等方面起到了非常显著的健康和社会作用。[38] 此外,社交网络还让维系远距离的关系成为可能,比如,即便和家人相隔很远,人们也还是可以通过网络便利地交流。

将社交媒体的兴起视作社会弊病的必然成因或储存库,并因此感到失望是毫无裨益的。[39] 在历史的语境下,保持对科技和人情感变化的忧虑至关重要;从电报到互联网,每一种新的交流方式都会带来不确定性以及对其"利用"还是"滥用"的恐慌,人们会假设它们将会威胁"旧的社交方式"。[40] 但与诸多形式的技术革新一样,最终决定结果是好是坏,并不依赖社交媒体本身的属性,而取决于人们如何利用它来制造影响,是为善还是为恶。那些因为使用脸书而体验到人与人之间的正面关联的用户,包括体验到社会支持、社会影响,感到自己被关照、与周遭相关——这些都是与孤独相反的状态,他们在现实生活中也能体验到这种联系。因此,将脸书作为一个维系现有关系的平台来使用,比将它当作逃避面对面社交的手段来使用,或许更有裨益(举例来说,因羞于结识新人而依赖社交媒体的大学生，对线上社区的满意度偏低）。[41] 换句话说，如果一个人因为社交媒体产生了类似孤独这种不必要的情感困扰，那就说明他的线上世界覆盖和替代了线下交流，而不是作为现实中有形的、具体的关系的补充。

因此，最重要的不是多久用一次社交媒体的问题，或者何时用社交媒体会导致孤独，而是要问它究竟是替代还是补充了线下的人际关系。无论我们如何定义线上社区，我们都要问：这种线上社区的建立，是否替代了其他方面关系的缺乏？是否诱发了睡眠不足？是否具有社交的功能？以及，基于健康、经济条件和其他变量的人们之间的"数字鸿沟"，在多大程度上造成了上述问题？毕竟许多与社交媒体相关的隐患，包括"零食式社交"（形容一个人宁愿浏览别人发的动态，也不愿意积极参与线上的社区活动），在现实生活中同样存在，因为害羞或有社交焦虑的人在私下的交谈中也会"畏缩不前"。[42] 所以说，社交媒体为孤独之人带去的利或弊，与其他社交互动形式毫无二致。

社交媒体与社群的意涵

"线上社区"一词随处可见，好像已经成了一个言而必谈的常识，关键是人们似乎认为它和线下社群就是一回事。但事实并非如此。虚拟社区是将个体纳入观念、信念或兴趣共同体的社交网络，大多数情况下无关乎使用者的地理或政治分界。诸如此类的定义让我们回想起政治学家、历史学家本尼迪克特·安德森在1983年分析现代民族主义时提到的"想象的共同体"——通过情感和创造性的过程，一种共同的价值观跨越广泛的地理区隔和社会差异被创造出来。[43] 在安德森看来，民族是被建构的共同体，能够激发人们的情感，让他们有足够的归属感，使得他们肯为追求一个共同目标而战死沙场，或是在世界范围内共同为一支足球队摇旗呐喊。

通过宣扬共同的价值观或信念，或是通过言说一种有关意象、修辞、信念的通用语言，言说特定人群对网络世界可能拥有的归属感，社交媒体同样创造了想象的共同体。线上社区很少会让人产生安德森界定的那种强烈情感，那种一个人为了一项事业甘愿放弃自己生命的情感，就像现代民族主义一样（虽然极端主义群体也会利用社交媒体达到同样的目的）。[44] 但不管怎样，正是认同感和共同意义对外确定了共有的利益和目标。

1993年，美国批评家霍华德·莱茵戈德[1]对虚拟社区做出了如下定义："足够多的人怀着充沛的人类情感，充分推进

---

[1] 霍华德·莱茵戈德，生于1947年，作家、编辑、学者，《全球评论》《千年全球名录》编辑，"虚拟社区"概念的提出者。著有《虚拟社区》（1993，最早将互联网视为一种值得关注的社会和文化环境）以及《聪明暴民》（2002）等书。在斯坦福大学、加州大学伯克利分校等高校开办"莱茵戈德大学"，讲授媒介教育课程。

公共讨论,在网络空间形成个人关系网,并由此产生的社会集合体。"[45] 传统意义上的社群是有边界的(通常以地理或家庭为界),而虚拟社区则存在于网络空间之中。虚拟社区具有排他性,通常用自己"不是什么"来定义自己,例如"Reddit"[1]网的子版块"唐纳德小组"自称是"永远效忠于美国第四十五任总统唐纳德·J.特朗普的团体"。[46] 这个三十八万人的庞大群体将唐纳德·特朗普视作"爹""神皇",通过**反对**自由主义、女权主义、智识主义等多种立场获得自身的身份认同。加入"唐纳德小组"就意味着被一系列符号反复熏染,从印有"让美国再次强大"的红色棒球帽,到反复出现的在美国和墨西哥之间建墙的话题,还有一个发型独特、发了福的白人男性的卡通形象,不受任何智力或细节约束。

131　　这类虚拟社区与现实生活中的社区相似,因为它们提供了共同的世界观,也为个人提供了身处其中的位置;两者都反映并回应了一个人可能对世界怀有的感受和观点,并且往往制造了让一个人自以为正确的宽慰感。虚拟社区可以通过"让美国再次强大""建起边境墙"这类有象征和口号的抱

---

[1] Reddit,美国的社交新闻网站,口号是"提前于新闻发生,来自互联网的声音"。2005年由弗吉尼亚大学毕业生史蒂夫·霍夫曼和室友阿里克西斯·奥汉尼安创建。用户可浏览网站,也可发布原创内容,其他用户可对发的帖进行投票、评论、互动,形成线上社区。网站会根据票数推荐或不显示提交的内容。有人将其称为"美国版的天涯+贴吧"。

团及公众集会等方式,渗透到线下的世界,创造一种情感上的归属感和安全感。至少对于特朗普的支持者来说,的确如此。但对于数百万的女性、黑人、移民来说,情况就不一样了,他们因特朗普的政策,因作为他支持基础的右翼、白人至上主义者和厌女者在文化上激起的仇恨和暴力而身处险境。

正如安德森的"想象的共同体"中将人们团结在一起的印刷媒体和全国性报纸一样,社交媒体网站同样可以创造共同的价值感、伦理准则和支持。不同的是,社交媒体的信息更为泛滥,并且支持多种相互竞争的利益方。虚拟社区无须由地理、性别、种族或经济地位等惯例来界定,尽管不同使用者在负担能力、访问互联网的路径、语言技巧方面仍然存在着壁垒。虚拟社区建立在一群人的传统观念之上,这些人通过一个共同的目标被定义,并通过共享这个目标来定义其他人。虚拟社区和现实生活中的社区一样,提供支持、信息与认可,并在一群不会见面的人中间创造友谊(反过来也对他们认为不符合社区核心价值的观点表示鄙视和谴责)。[47]正如作家、记者乔恩·朗森所表达的那样,虚拟世界的社交排斥或是线上"羞辱",同样会导致人的孤独和孤立。[48]

亲密关系的迷思

线上社区由通常不曾谋面的人参与,大家只在线上分享各自拣选的生活片段,它借用真实生活中成功亲密关系的沟通准则,推断哪些人要被纳入其中。线上社区以公开和透明为优先原则,鼓励情感反馈(尽管反馈的方式相当受限,例如脸书就是通过强大的"喜欢"按键),宣称要促进共识。[49] 公开和共享——假设人人平等、信息透明,这种修辞内化于各大互联网公司的信条中,比如谷歌("不作恶")、脸书("让互联网更社交")、雅虎旗下的图片分享网站Flickr("分享你的图片,关注这个世界")。[50]

但就像内城[1]的窗户一样,虽然映射出的是团结的幻景,但实际上彼此孤立才是常态。[51] 虚拟社区的开放性掩盖了这样的事实:社交媒体的包容性可能是反复无常的,且需要具备一定的条件;数字公民的身份隐藏了多方权力的角力和关联,而这些并不都会被公开表达出来。[52] 虽然已经有一些关于数字公民身份含义的讨论(指适当、负责任地使用技术的公认规范),但人们在提及线上"社区"时,还是将它视为一个具有确凿含义的整体。乌特勒支大学[2]传媒研究系教授何塞·范迪克在讨论社交媒体的历史时提到了"社区功能"和"社区个性"、"社区集体主义"和"社区利用率",以及"社区"自身的创新能力、组织力、自我选择性和开放性等特点。

---

[1] 内城,通常指经济条件差、治安环境差的城市贫民聚居区。
[2] 乌特勒支大学,创办于1636年,是荷兰最好的公立研究型大学之一,也是欧洲最古老的大学之一。

然而，社区和公民身份一样，都承担了巨大的功能性、符号化和实践性的重任。[53]

网络上会塑造出什么样的社区？这些社区又如何影响了成员的自尊、归属感和自我认同呢？线上社区和线下社区有着怎样的不同？最终又为何以及如何让人产生孤独感呢？在"唐纳德小组"这个案例中，人与人的联系是通过一种目的感或共同特性而形成的，这与社会学上对群体认同的描述是一致的。[54] 这类群体通常不会将群体目的之外的人际关系囊括在内。社会学上对网络社区中依恋的讨论，将"身份纽带"（比如对特朗普或星巴克的认同）和"基于纽带的依恋"（比如网友会或互助组的成员虽然通过脸书互相联络，但根本上还是基于对其成员个人生活的关切才建立的）区分开来。[55]

线上和线下社区的另一个不同之处在于责任。从历史上看，社区的一个决定性特点不仅仅是共享，共享只是一种现代提法（完全符合人们对金·卡戴珊怀孕或是秋季流行色的共同兴趣），还是一种对于他人的责任感。《牛津英语词典》给"社区"一词下了一系列定义，包括"居住在同一地点的一群人"、"由共同利益联合起来的国家或政体"以及"某地的特定区域及其居民"，诸如乡村社区或当地社区。然而，社区还有一种更细微的用法，是从"利益共同体"的历史含义衍生而来的，即人与地点、观念、责任的联结感。"社区"

（community）一词源自晚期中古英语，始于古法语comunete一词，并由其拉丁语词源communitas和cummunis强化而成，这两个拉丁语词源暗含的意思是人在某种程度上是平等的，会共同行动。[56] 在这层意义上，它似乎更符合诸如"联合体"（commonwealth，古语为"commonweal"）这样的词，其基本理念就是普遍福祉。

社交媒体通常不遵循利益共同体的传统观念，尤其是社交媒体本身基于身份认同，而非纽带。我的意思并不是说过去的"社区"完全是依凭全体成员的同理心形成的，或是线上社区和线下社区之间存在着人为的严格边界；而是说，从属于线上社区的前提条件，就是普遍淡化每个人实质的责任。但在一些重要的例子中，情况并非如此，比如慈善事业的资源共享，个人在认同这个事业的同时，也会关注到某个知名的个人或国家。

此外，对于线上社区的情感投入会影响线下生活的方方面面，包括政府与公民之间的社会契约。其中一个例子就是社交媒体，尤其是脸书对2016年美国总统大选的结果起到了重要的作用。[57] 数字公民身份与其他形式的公民身份并行，其影响并不只是消极被动的，在政治上也可能是积极的，甚至可能会在现实世界中引发变革。举例来说，社交媒体能激励用户，让他们参与到政治行动中去。[58] 这对21世纪社区的塑造产生了什么影响？社交媒体能否被用来支持和塑造身份的形成,补充和发展人们对于孤独的反应呢?

数字革命也在改变我们生活的其他方面,包括人们在情感上相互关联的方式;最极端的情况是,我们发明了能代替肢体接触的电子产品,比如仿生机器狗、性爱机器人。[59]但如果相应的线下接触不能同步发生,线上的联系似乎反而会加深孤独,而不是消除孤独。换句话说,当社交媒体是一个人与这个世界之间唯一的沟通方式,孤独的现象就会更常见。[60]

本书提出的最重要的主张之一就是,个体以社交为代价的商业化过程,从18世纪末起就在英国占据了主导,也因而导致了孤独的产生与发展。21世纪早期的一些社交媒体可以被看作现代孤立的个人主义的佐证:自我表达与消费,多重身份的产生,关注个人财富、视其为人际关系成功的证明。[61]我主张将孤独和社交媒体关联在一起,并不是说社交媒体本身是负面的。相反,我认为数字世界有着使个人及社会生活变好的潜质。那么,在干预孤独的过程中,一个亟需我们考虑的问题就转变为:如何以协作的方式成功地利用社交媒体?

对于现实中因体弱多病和他人隔绝的人们来说,基于纽带而非基于认同的线上社区可能更有用。我所说的"基于纽带"的社区,是指对群组成员个人的幸福有共同兴趣的社区,而不仅仅是共享规范、目标、活动和信仰。[62]对无法获取有关健康、福利等关键信息的农村居民来说,基于纽带的社区群组或许还能为他们提供救命的稻草。

因此，我们需要结合现有的和正在不断变化的社会关系，以及通过在线主流所预设和传达的各种情感体验，来综合考察社交媒体的价值。然而，远距离的亲密关系所欠缺的，恰恰是对孤独的身体体验、生活经验，以及人际接触等重要性的考量。通过网络电话看着心爱的孙子，与将那个孩子抱在怀里、嗅闻他的额头、感觉他蜷缩着的小小身体紧贴着自己的身体，是不一样的。虚拟现实技术已经成功应用于帮助老年人获取健康资讯和支持，未来也许会为全面触觉体验的数字化参与提供灵感。[63]

与其担心社交媒体对年轻人是好还是坏，不如更具建设性地考虑：社交媒体如何在精神世界和物质世界之间架起一座桥梁，如何培育个体与社会的关系，如何打造虚拟世界与现实世界相连的、具有全新意义的社区。这不仅对千禧一代，对全社会，包括最年迈的老年群体，也是大有裨益的。

第六章

❻

一颗"嘀嗒作响的定时炸弹"?
反思老年孤独

我至今还记得我的外婆罗斯住进疗养院的那个时候。外公过世后,外婆的失智越来越严重,需要有人全天候看护。在她被收进私人疗养院之前(国民健康服务体系没有多余的床位了),我去医院看她,她看上去愤怒而困惑。"这是什么?"她望着我坐在童车里的孩子,一遍遍地问。因为孩子低着头,露出蓬乱的金色头发,而我的外婆甚至无法理解他摆动的四肢和从童车里露出的那团头发。这在失智的人当中很常见。她还问起过世了很久的人,把她身边的人与过世的人搞混了。在她看来,我就是我母亲,我母亲则是她的阿姨,已经过世的丈夫西德尼怎么还不来吃晚饭。

我一度在想哪种孤独和失智症有关。这不仅仅是因为罗斯外婆被困在了一个和周围人迥异的世界,没有人明白她在说什么;也因为清醒的时刻会毫无征兆地突然降临,使我的外婆和周围人惊恐地意识到,她和旁人之间有着多么容易察觉且不可逾越的隔绝。我之后再去疗养院探望她,她变得瘦削而安静,待在自己的房间不出来。我那光彩照人的外婆曾在20世纪80年代赢过好几场选美比赛,对"欧蕾"玉兰油、过氧化物漂白剂和"超级国王"香烟[1]推崇备至。她喜欢梳一绺绺的卷发，穿做旧的宽松长款运动裤，袜子也要搭配成不同的颜色。"人们老是偷东西。"她指着一个女人抱怨道。那个女人穿着裙子，裙边是熟悉的碎条状；在她的梳妆台上放着一个空饼干盒。那个粉蓝色的高高的饼干盒，立在廉价碎料板制成的梳妆台上，是我能在外婆家里认出的唯一物品。除了饼干盒之外，我还注意到了那张床。那张灰色的野营床很窄，容易移动、搬进搬出。我所熟知的外婆脸上涂着粉，喜欢金丝雀黄，与她昔日的审美相比，所有这一切都如此廉价和朴素。

罗斯外婆没能活太久。每次我去看她，她都变得更瘦弱，更憔悴，和周围人更加格格不入。坐在富美家[2]厨房餐桌前，周围都是与人有着不同程度疏离的老年人，这给我的孩子们留下了心理阴影，于是他们就不再去了。我的外婆像雏鸟一样张着大大的嘴，不管喂她吃什么残羹剩饭，她都会狼吞虎咽地吃下去。对面那个瘦小、眼珠滚圆的女人，热切地紧盯着我的眼睛，一遍又一遍恳求我："你会带我回家吗？请带我回家吧。"（并没有人留意她，我也很惭愧地望向别处。我不知道

---

[1] "超级国王"，英国超长支卷烟市场的领导品牌，由英国帝国烟草公司生产。世界范围的分销系统使得该产品成为帝国烟草销售范围最广的品牌。
[2] 富美家，一家生产美耐板的国际公司，1913年在美国俄亥俄州辛辛那提市成立。

该怎么回答。)我意识到,住进疗养院的人之间也存在着不同程度的间隔[1]:干净整洁的新来者会环顾四周,好像不肯相信那些体面的人就这么把他们彻底放手了;困惑的中间派,这一刻知道自己是谁,下一刻又不知道了;其他的是那些完完全全失去了记忆的人,就像我的外婆罗斯一样,他们活着只是被人从一个房间推搡到另一个房间,因为穿上或脱下劣质的开襟毛衣而被品头论足,钟表嘀嗒嘀嗒走着,而她随意地坐在房间的角落。

我于是意识到,失智老人的身份认同是零碎的、不稳定的分散之物。一个人能从一个阶段跨入另一个阶段,偶尔还会反复,鲜有征兆,不露声色。每一位背负着不足为外人道的生命和故事的老年人,都与周围人相互隔绝,并且愈发意识不到这种隔绝。除了突然闪现的强烈孤独感之外,他们还慢慢缩进了单一的器官;一具活着的、还在呼吸的躯体,它不规则地蜷缩着,不停被清洁、投食、喂水。我上述的反应大部分都源自他们被看护的方式。统一着装的女人穿梭在这群年迈的男人和女人中间,看不到老人与老人之间的区别,也不记得他

---

[1] 在上一章,作者提到了在社交媒体上,"孤独能以高达三度分隔的范围拓展"。社会传播学理论中有"六度分隔理论",认为一个人和陌生人之间间隔的人不会超过六个。照此推论,如果一个人因失智而丢失的社会关系越多,那么这个人想要联系他人就越难,就需要更多帮助他/她解释和沟通的中间人。

们在口味、就座、陪护等方面的偏好。当她们边笑边聊起晚上去哪儿逛的时候,她们表现得好像罗斯外婆与另一个当天没有子女来看望的老太太可以互相调换一样,两个人毫无差别。这种看护称不上残忍,却是异常冷漠的。当这群老年人被聚在一起,像牲口一样被人喂着饭的时候,没有什么独特的标识能够区分他们中的每一个个体。

并非所有的老年人都会患上失智症,但就像阿尔茨海默病一样,最近,失智症的确会和孤独联系在一起。就算是在人群中也感觉到孤独,而不仅仅是被社会孤立的状态,被视作失智症的一大征兆。[1] 这和我前文提到的"独自一人"(oneliness)和"孤独"(loneliness)之间的区别有关。孤独完全是一种主观的情感状态,这就是为什么我们在人群中依然有可能感到孤独。孤独同样也是晚年生活神经系统问题一个相对高发的预兆,因此,在整个生命阶段都关注孤独的问题,或许对预防晚年孤独十分重要。[2]

失智之人社会关系的解体,可以由他们神经连接的断裂反映出来:隐喻塑造人的肉体[1]。老年人还承受着许多其他身体和精神上的病痛,最终导致了他们所需与所得之间的脱节,比如陪伴、实际获得的支持、情感和性满足。这种脱节包括孤

---

[1] 原文为:metaphor made flesh。《圣经·约翰福音》:"The word was made flesh",意即"道成肉身",意思是上帝将自己的意志塑造进人的肉体。

零零的老年人在日常的社会任务当中,体会到不受人待见的孤立,比如早晨没人帮你穿衣服,没人帮你采购或倒垃圾,以及在疗养院和小村子里感受到的孤独感——一种对富于同理心、全身心投入的人类联系的深刻情感需求。

还有许多不同人群的孤独需要进一步的研究:缺乏面对面社会互动的年老体弱者,居住在偏远乡村社区的、家人因找工作搬走的人,还有那些可能本就寡居的人。绝大多数的研究都集中在城市社区、城市与乡村的区别上,但还有一部分数量相当庞大的退休人群,他们住在沿海贫穷的乡村和房车公园里,不仅独自一人,与社会隔绝,而且经历着经济上的贫困、身体上的限制和精神疾病。[3]

与本书谈及的其他社会群体一样,老年群体孤独的内核实质上并不是独自一人的状态,而是与他人在情感上的疏离。为孤独所困的老年人究竟人数有多少,我们仍无法确定,很大程度是因为研究孤独的方法还缺乏理论支持。"老年人一定会孤独"的刻板印象占据着主导。老龄人口得不到日益分散的社区照料,国民健康服务体系又不堪重负,这种对人口老龄化的恐慌助长了孤独流行病与老龄人口相伴而生的说法。认为年老的特点就是孤独,这种假设是有问题的,因为这就成了一个自我应验的预言。对孤独的恐惧,利用并延续了由孤独而生的道德恐慌,将孤独看作不可避免的、消极的人类境遇。瑞典2009年的一项调查通过考察老年人群对于变老和医疗的理解，发现在健康的老年人中一个普遍的恐惧是：他们担心自己可能会失去身份感，变成"一个没有任何重要关系的无足轻重的人"。研究者发现，识别并确认个体性的差异，提供"有尊严的医疗，直至生命终结"，对于缓解上述恐惧是非常有必要的。[4]

害怕社会意义上的死亡，担心不再与他人建立有意义的联系，这是孤独和老龄所引发的恐惧的核心。这意味着，对于老年人来说，与他人保持关联和联结，始终处在社会和家庭人际关系网的核心地位，是让他们能够远离孤独的关键。这听起来简单，实际操作起来却难得多。而老年人群中孤独的发生往往不是从个人寻找意义的角度来考量，而是作为一个与老龄化不可避免的危害有关的社会问题加以对待。"孤独的老人"（lonely old）是一种经济负担，他们趋于婴幼化和同质化，是社会经济亟需解决的一大问题。

尽管新闻头条充斥着道德恐慌，但老年人与孤独本身并没有必然关联，而是更多地取决于个人的情况，例如本书谈及的种种生命经历或人生转折点。本章将老年人的年龄起点设定为六十五岁，因为这与政府的养老金政策有关。我首先会考察英国人口老龄化的本质、老年人孤独的具体表现，之后会探究孤独得以延续的政治和社会制度，以及背后支撑这种制度的有关老龄化的理念。最后，我会谈到如何以更具体的、文化上更独特的方式，针对现有的明确需求来应对老年孤独的问题。

英国一颗"嘀嗒作响的定时炸弹"

首先,我们来看看关于老年孤独的健康和社会政策讨论。目前,随着英国和西方世界人口普遍老龄化,老年人的孤独被说成经济中的一颗"定时炸弹"。人口老龄化虽然不一定直接导致社会和政治恐慌,但会带来相关的现实问题、成本,以及对更成熟的健康和社会保障理念的需求。[5]现实的挑战不单单是人们都活得更久了,女性平均寿命达八十二岁,男性平均寿命达七十八岁。此外,国内老年人的人口占比也有所增加,1901年,六十五岁以上的人占英国总人口的百分之四点七,到了1961年则升至百分之十一点七。目前这个数字还在不断上涨。[6]

从狭义的经济视角来看(在我看来,这一条不适用于健康、社会保障、教育),人口老龄化的困境是,比例相当高的一群人将会同影响他们生命质量的疾病和残疾共处数年之久,从高血压、心脏病,到糖尿病、癌症。过去的数十年里,孤独就和上述状况、人的身体和精神疾病,甚至和老年人的死亡有关。不仅仅是年迈多病的人自身,他们的家人和负责护理他们的人也会体会到强烈的孤独感。[7](老年人与年轻人都一样,)在病危或是患有慢性疾病,承受长期孤独的情况下,正是这些状况所引发的生存问题使人们备感孤独:"我会死吗?""我会掉头发吗?""谁来照顾我呢?"还有其他人对这种疾病的不适感、拒人千里之外的医疗专业用语,以及身为幸存者之后始料不及的孤独,这些都会让人产生断裂感。[8]

在患病过程中,与世隔绝会诱发情绪性的孤独,特别是当这种孤独不能及时得到安慰的时候。此外,所有形式的社会孤立都会引发孤独,尤其是在当事人不得不如此的情况下。这常常发生在脆弱的老年人,尤其是"耄耋老人"身上,他们大多行动受限,朋友和爱人离世。NHS Choices[1]网站提醒我们,老年人"在孤独和社会孤立面前尤为脆弱"。[9]根据"老年英国"合作发起的对抗老年人孤独的运动显示,英国有超过两百万七十五岁以上的老人独自居住,其中有多于一百万的老人可能超过一个月不曾和一个活人说话。[10]

按目前的情况估计,百分之十至百分之四十三居住在社区里的老年人正在经历社会孤立,而其中仅有百分之五至百分之十六的老年人选择对外报告自己孤独的状况。[11]然而,在八十岁之后,占总人数百分之五十的老人认为自己是孤独的;这种情况在未来几十年中可能会进一步加剧,因为现有的分散的家庭模式仍会延续,人的预期寿命却延长了。[12]

这种孤独感和前几章提到的自主选择的独处不同,对于那些生活在偏远地区、没有朋友和邻居的人,孩子成年后已

---

[1] NHS Choices(www.nhs.uk),英国国民健康服务体系(NHS)的官方网站,自2007年开始运营,目前已成为英国健康领域浏览量最大的网站。2015年,网站的浏览量达五亿多人次。

经搬走的人，还有农村地区贫困多病的人来说，这种孤独感必然会更严重。如果一个人为寻找陪伴付出的所有努力都失败了，那么独居对这个人来讲并不意味着解脱或舒心。对很多老年人来说，真实生活还包括要应对亲人亡故和精神疾病（如抑郁、焦虑），以及孤独和病痛。尽管英国大量老年人面临着巨大的困难——精神疾病问题、身体健康问题、孤独和孤立，政府也认识到了这些问题，但他们的需求得不到满足的情况还是始终存在。

脆弱的老年人和他们"未被满足的需求"问题

老年人群在身体、精神和社会上的脆弱性，或许是21世纪初一个无可否认的事实。很多老年人都需要照顾，却始终缺乏系统的护理。他们需要的照顾有时是身体上的，有时是情感上的，常常是两者兼而有之，比如我的外婆罗斯。对于患有阿尔茨海默病、糖尿病、关节炎这类慢性疾病的老年人而言，这些病痛在诸多方面都对他们的日常健康产生了消极影响。还有的老年人在穿衣、洗澡、进食、采购食物及生活用品、打扫、预约看病等方面都需要别人的帮助，却往往得不到照料。其中一部分老人选择了接受社会保障机构的帮扶，另一部分老人则从家人、朋友、邻居、自费雇用的医疗看护工作人员那里得到帮助。在近期一项研究中，一位名为莫妮卡的女性讲述了她在独居时的无助，以及因行动不便、疼痛性关节炎和疲劳遭受的折磨：

> 我因为呼吸困难，走不了太远的路。这几天走得更慢了。现在我虽然有了拐杖，但有时很难控制它。要往家里买食物和生活用品，还要把这些东西搬上楼相当困难。现在一次也拿不动多少，所以只能多去买几次。但是我真的无人可打电话求助。这或许就是我会感到孤单的原因吧。[13]

在这样的情形下，独处会演变为孤独就不奇怪了。还有什么比在有需要时没人帮忙，更能让一个人感到自己和世界上其他人的脱节呢？过去几十年，英国政府意识到了国内老年人群的需求无法被满足的情况，但一直没有找到理解这一问题的可持续的方式：为什么这种不被满足的需求如此之普遍？[14] 这在一定程度上反映出有护理需求的人群缺乏信心，期望较低。在一项针对伦敦内城和郊区的老年人的研究中，研究者以每二十人抽取一人的比例，抽样调查了七十五岁以上的老人的经历，发现有百分之二十四的人曾经寻求过帮助，百分之十八的人最终得到了救助。当被问及为什么没有选择求助时，他们给出的回答是：求助被撤销了，没什么办法，不抱希望。求助率低的另一个决定性因素是过去求助失败的经历。[15]换句话说,很多老年人都觉得表达自己需要帮助并没有什么意义。就算有人答复了他们的需求,最终给予他们的帮助也是不够的。如果知道所求之事不会得到帮助,那么不断寻求帮助就需要一种特殊的意志力了。

需求不被满足的问题,远比这里引述的研究结论还要普遍。2008年,社会照护检查委员会发现,缺乏必要的保障和支持对于社会保障政策而言是一大关键性的挑战,而准确地测定这一缺口的大小对公平分配资源至关重要。[16]需求得不到满足的问题是政策议程的核心,但问题继续存在。如果老年人在努力寻求援助时,过程烦琐,时常挫败,那么现状就不太可能发生改变。

意料之中的是,政府在提供社会保障方面的变化可能与需求得不到满足有关。从20世纪70年代起,人口构成的变化(包括人们远离老家到外地找工作、离婚、上班族单亲家庭对传统意义上的护理人员需求膨胀,以及在城市生活的匿名性),加上社会保障供给的变化,意味着可提供的援助更少了。2003年4月—2008年9月,英国成年人社会服务责任委员会针对六十五岁以上人群的总支出增长超过百分之八,约九十亿英镑;而根据最近的一项研究,提供服务的支出却提高了百分之十五至百分之二十六。[17]委员会已经取消了一些服务,家庭看护的时长也从2007年8月的两百个小时降至2008年9月的一百八十三个小时。[18]在多数情况下,自费的社会保障增加了,代替了过去委员会提供的服务。从20世纪80年代中期开始,地方政府审批给疗养院的空地减少了,而私人领域的投入则增加了。居家的社会服务也有所增长,尽管救助的门槛总体上已经提高到了"紧急需要"的水平,这使得超过百分之二十五的人可能无法达到这个门槛。

显然,在满足英国人健康和社会保障的需求方面,还存在着重大问题,这直接关系到经受着无法忍受的长期、间歇性孤独的脆弱老年人的人数。老年人与孤独人群之间存在着个体的、社会性的差异,这一点很重要。那些负担不起额外社会服务的人必将受到最大冲击。同样受到冲击的人群,还包括出于某种原因(例如语言表达不畅或信心不足,或者患阿尔茨海默病)而无法清晰表达需求或重复请求援助的人。

老龄化与新自由主义:老年从何时起变成了一种负担?

一面是这种公认的社会保障短缺,以及由此蔓延开来的孤立和孤独问题,一面是政府坚称要对抗孤独——这两者之间存在着巨大的差距。我认为造成这种脱节的原因在于:政治上,健康和社会保障与老龄化的意识形态复杂地混合在一起;历史上,这些信念又与孤独复杂的特性相关联。首先,现代政府对于老龄化的应对预设了这是家庭和社会的责任,而非国家的职责。根据新自由主义对福利概念的看法，家庭理应介入，为老年人提供他们所需。政府现在的福利原则与福利制度建立之初已经有了很大的不同，个人主义政策取代了社会规划，并延伸到了健康、福利和老龄化领域，例如延长退休年龄，强调要私人及雇主提供养老金。

这种从集体到个人的转变不仅限于英国。注重消费者的"选择"和私有化（以及鼓励保障合约之间的竞争）的新自由主义和全球化浪潮席卷全球，是西方世界政治发展的一大特点。[19]其必然的结果就是医疗体系的碎片化、老龄化政策缺乏统一连贯的举措，以及老年人的需求得不到满足。此外，这种将老龄化视作负债而非资产的举措，无助于老龄化的主观体验，也没有考虑到孤独作为一种个体和社会现象同历史相关的复杂性。孤独的体验和更为普遍的老龄化体验一样，都需要放置在整体的社会价值体系中加以考量。不同的价值体系，以及老年人融入文化生活的方方面面，可能为我们提供一条前行的路径。在孤立与孤独已成为常态的社会背景下，老龄化已经变成了一种经济负担，那么英国的老龄化历史给我们提供了什么洞见呢？

历史上的老龄化

年龄不过是一个数字。一系列的理解和期待却牢牢附着在这个数字上,它们取决于对年龄的个体态度和社会期望。主观年龄的研究通过评估人们认为他们应有的感觉、相貌、行为和想要成为的样子,发现很多人的主观年龄判断与客观数字没有什么关系。在这个报告中,年轻人主观上认为自己偏老,而年老的人却报出了更年轻的年龄身份。主观经验和实际年龄之间存在差距,这与害怕变老等问题有关。[20] 对变老和孤独的恐惧是一种普遍存在的文化成见,这种成见是21世纪初孤独引发的道德恐慌的一部分。而这种对年老的不祥预感和老龄人口中的孤独经验一样,都与历史有关。

和社会学等其他学科不同,历史学在关涉老年人的身体、身份、性和经历方面并没有什么确凿的记录可循。历史上的老龄化问题也是最近才引起了历史学领域的关注。[21] 考虑到对这个问题的普遍忽视,老年人群中孤独的历史记录寥寥可数就不足为奇了。[22] 历史学家帕特·桑恩[1]的《英国历史上的老年问题:过往经验与现实解决》(2000)一书探讨了有关老年的医学和哲学观念的变化。例如,古希腊的作家担心老年问题,并不是因为老年人在情感上的负担或孤立,而是将其视作与身体健康相关的警示故事。他们认为,年轻时照看好

---

[1] 帕特·桑恩,生于1942年,伦敦国王学院教授、英国学术院院士,曾担任英国皇家历史学会副主席、社会史学会主席。她的研究领域主要为现代英国社会史,涉及老龄化问题、妇女儿童史、福利制度史等方面。著有《分裂的王国》《英国历史上的老年问题》等书。

自己、缓和过激的情绪尤为重要,可以帮助一个人度过老年和最终的死亡。而这种为老年**做准备**的意识在后现代、崇尚年轻的西方社会已经不复存在了;后者的文化叙事一贯是:在人力可及的范围尽可能长久地保持年轻。[23] 然而,将年老视为一件可接受的事物,并且从年轻时便将其融入一个人的自我意识,或许能让人在孤独降临之前就加以应对,甚至有可能避免孤独的发生。

在中世纪和现代早期,老年人和年轻人一道生活和工作,并不会因为年老而被污名化,或是由于体弱而受到嫌弃。随着人口数据的搜集,我们有了更多关于19世纪以来老年人及其家人生活习惯的证据。还有证据表明,具体的照料还受到性别的影响,要么是由社会贫困阶层的老年女性照顾儿童(和今天看不见的工人经济制度一样),要么是由受过教育的女性充当较年长、较富有妇女的陪护。例如,经济学家、作家哈丽雅特·马蒂诺[1]就曾在19世纪30年代被要求到诺里奇[2]陪她的母亲;而作家夏洛特·勃朗特则因曾在19世纪40年

---

[1] 哈丽雅特·马蒂诺(1802—1876),英国作家、翻译家、社会学发展早期的思想家之一。著有《美国社会》(1837),书中提及了社会阶层的区分以及性别与种族等社会因素;以小说形式写成了畅销书《政治经济学图解》,意在普及和阐述自由放任资本主义的原则。她曾于1853年翻译出版了两卷本的《孔德的实证哲学》。她也是最早研究婚姻、儿童、宗教生活和种族关系问题的社会学家。

[2] 诺里奇,英国英格兰东部城市,诺福克郡的首府。

代看护她那脾气暴躁、喋喋不休的父亲而怨恨不已。[24]用爱尔兰作家，反对动物实验的倡导者弗朗西斯·鲍尔·科比的话说就是：照顾父母是女儿们需要承担的义务。[25]

变老和依赖性可能造成了"看护"（care）的性别观念，而这一观念至今仍在我们身上留存了下来。但变老作为一种体验本质上并没有什么负面的东西。虽然在民间传说和童话故事中通常都有一个孤独、"丑陋的老太婆"作为故事的铺垫；在这些传说和故事里，年老的女人可能具有区别于他人的邪恶或不祥的特质。"老太婆"这个词来源于14世纪英国人使用的法语词carogne，其本身就是一种侮辱，字面意思是"死去动物的腐肉"（carrion）。

老太婆可能拥有一个村庄所需的"女智者"的知识，例如用草药治病等，但人们对于老太婆的刻板印象却常常是诋毁和憎恨。这种隐喻与西方传统中父权对于年老、无性吸引力却有影响力的独立女性的恐惧有关，同样也关系到历史上对于老年女性的侵害，比如欧洲和北美的女巫审判。[26]该隐喻也符合一种历史趋势，即往往是社会上的弱者为不景气的社会经济状况承担责任。同样值得注意的是，老年男性的身体也会遭到嘲讽，要么是因为他们的肌肉力量下降，默认他们最后会变得女性化、力量衰退，要么是他们丧失了家长式的权力，最终走向疯狂，正如莎士比亚《李尔王》中的主题——"贫穷、虚弱、体衰、遭人鄙视的老男人"[《李尔王》(1606)第三幕,第二场,第二十三行]。

如何看待越来越松垮、正在变老的孱弱躯体,显然是西方社会对于老龄化的客观理解的核心。但审美文化对老年人**外貌**的关注——头发灰白、有了皱纹、胸部下垂、勃起障碍——直到20世纪50年代才成为主流,那时的英国和北美文化更强调看起来年轻这件事。对青春的尊崇、靠年轻获利、塑造"青少年"的概念,无疑都与战后时期有关。外科技术与利用意识形态塑造自我完善观念的广告业相结合,促成了追求有吸引力的完美身材标准的文化转向。[27] 在将青春看得比经验更重要的文化中,外貌的衰老必定会或多或少导致情感上的疏离。更糟糕的是,即便一个人并不会重返年轻,可还是得努力"融入"这种青年文化。然而,用"装嫩"[1]这种说法抨击穿着比实际年龄年轻的女性并非是一种新的现象,而是在18世纪的文化中就流行过。[28]

在19世纪以前,所有表露出的对衰老身体的嘲讽和蔑视,都没有像21世纪这样为政府带去如此强烈的经济冲击。我们再来明确一点:只有那些没有实现经济独立的老年人才是政府的忧患;如果一个人拥有一定财富,那么他变老过程中的实际体验就会大不相同,比如说,他可以增加家政服务或

---

[1] "装嫩",原文为"mutton dressed as lamb",直译为"羊肉打扮成了羔羊",指扮嫩的女性。

者私人的医疗保健。而对于工人阶层来说,只要他们个人的身体在全球范围内、在比较和竞争的意义上还有能力产出效率,那么他们的变老就不是负担。有关英国国内经济转变的记录不计其数:以前,家庭成员众多、无论老少都能为提高家庭收入团结一致,穷人的生计更为灵活;后转变为工业化生产,传统工作方式逐渐解体;如今则变为主流是男性以工资养家糊口。[29] 历史学家帕梅拉·夏普已经阐明,在这种新经济下,女性是如何被边缘化,又是如何努力适应的;而这对老年人整体上的经济参与亦有影响。[30]

因此,在许多方面,我们都可以将现代意义上的变老视作与英国工业革命相关的人生阶段:在英国工业革命期间,工作模式从可以灵活就业的个人家庭,转移到了雇佣关系稳定的工厂。我并不是在吹捧前工业化时代多么祥和美好,那个时期的国内经济和工业化时期一样,都存在着贫穷和社会不平等。并且17世纪大部分职业生涯的证据都表明,没有生产能力的老年人要么被看成"弱者"(《济贫法》[1]中就是这样

---

[1] 圈地运动之后英国大批农民丧失土地,成为失业贫民,社会不稳定因素激增。1601年,英国王室通过了新法案《伊丽莎白济贫法》,规定治安法官有权以教区为单位管理济贫事宜、征收及核发济贫税;年老和丧失劳动能力的人在家中接受救济;贫困儿童在指定的人家寄养,到一定年龄之后送去做学徒;流浪者被关进监狱或送入教养院。该法律的基本原则就是,让没有工作能力的人(孤儿、无人赡养的老人、身体残疾的人)得到救济或赡养,让有劳动能力的人得到工作。这是英国第一部济贫法,也被认为是世界上最早的社会保障法。

写的),要么遭到忽视,甚至是在家庭中受人厌恶。在现代早期,照料老人和"值得救助的"穷人的工作由地方一级的教会执事、穷人的监管者、家庭和老人自己来负责。[31] 1834年,新颁布的《济贫法》针对依赖他人的人群提出了更加严厉的措施,重新界定了符合救济条件的对象,将教区居民并入由选举产生的官员所管理的工会,修建济贫院,禁止为体格健全的穷人提供"院外救济"。通过这一系列的机制,基于自然权利的传统基督教慈善和救济理念,转变成了以自救、经济个人主义[1]和(对大规模工业化发展至关重要的)"自由劳动市场"为基础的福利制度。[32]

伴随着工业化的进程,老年人的社会和经济作用发生了转变。曾经在家庭手工业中扮演关键性角色的老年人,或许仍然可以为那些尚未被工厂雇用的孩童提供帮助,然而,一旦孩子们进入工厂系统,老人的经济作用就不再重要,他们就会被视为一种负担。另一方面,较富有的人可以投资现代的"退休"计划,其基础是从人生中有生产力的阶段向另一个生产力较低的阶段转变。[33]通过跟进本书所阐述的经济个人主义的兴起和影响,及其对于社会和情感体验的相应影响,我们可以将老年人被分类乃至被病理化的源头,追溯至他们在经

---

[1] 经济个人主义,指每个人都应被允许做出自己的经济决定,反对由国家或社会共同体加以干涉;支持个人拥有财产自由,反对由国家或群体加以安排。

济上无法独立生存的时候；那些动作迟缓或体弱多病的老人在现代工业化产业中是无法立足的。随后出现的对老年人的客观的年龄界定（根据国家养老金的发放标准），可能就与这种就业的市场化有关。颇具讽刺意味的是，"从摇篮到坟墓"的思想观念将老年划定为一个截然不同的时期，社会理应要去照顾那些处在这个时期、行为能力较差的人，而这反过来又让老年人陷入了"在经济上无法独立生存"的界定。[34] 因此，老年作为一个明确阶段的出现，被义务、经济责任和照料的职责等思想观念问题层层包裹了起来。

在现实中，人们将老年人认定为一个特定的社会群体，忽视他们的个体差异，这一点同样体现于建筑的设计和施工之中。毫不夸张地说，对于老年人的文化态度已融入了我们的环境。地理学家格伦达·劳斯[1]发现，将老人划分进专门建造的街区，以年龄划定的住宅区、疗养院、老年医护病房，这种将老年人与社会其他人群区隔开的方式，虽然在经济上可行，但在情感上未必能起到正面作用。国家政策有意或是合谋创

---

[1] 20世纪70年代初，西方国家处在社会大动荡、经济停滞和衰退的时期，女性主义、民权和反战等构成了这一时期社会运动的主流。在这种背景下，"女性议题"进入地理学领域，逐渐形成了女性主义地理学。1984年，英国出版了第一本性别地理学的教科书《地理学与性别》，确立了男性与女性在空间行为上的差异。女性主义地理学的核心议题是空间、地方以何种方式体现在不同社会的性别分异结构中。格伦达·劳斯的主要研究领域就是与女性老龄化相关的地理学。

建了法律上所谓的"老龄歧视"的建筑环境。这一点很重要，因为将老年人集中到一起（可能不像在自己家里那么孤立，却不一定会减轻孤独）既将处在老年的状态归入病态，又以年龄为基础预设了这群人之间的同质性。如果老年人的生活需求得不到满足，又与他们的家人、社交网络隔绝，那么社区护理就不是一个可选的选项。然而，必定存在一种折中的方案，其中，那些经历各异、或许孤独或许不孤独的老年人被视作社会构成中正当合理、至关重要的一分子。

老年孤独的复杂之处

老年时期的孤独经验并非普遍存在，也不是不可避免的。它取决于老龄化和社会关怀的主流意识形态，以及个体、家庭和社会的经验的质量。老年人和孤独者不是同质的群体，因此，并没有标准化的解决方法——尽管两者可能都具有所谓"沉默的一代"[1]（出生于1925—1945年之间，努力工作、保

---

[1] 沉默的一代，指出生于20世纪20年代中期至40年代初期的一代人。由于经济大萧条和二战造成的低生育率，这一代人口锐减。"沉默的一代"一词1951年于《时代周刊》上首次出现。这代人发现：伟大的梦想都已实现，巨大的财富都已到手，他们对自由主义感到乏味，大学校园里也不再有愤怒的青年，社会上也没有亟需解决的难题；他们急切地想要融入社会秩序，因而日复一日努力工作，对周遭的一切保持沉默；既传统又拥有双重道德标准。（参考［美］威廉·曼彻斯特：《光荣与梦想3》，四川外国语大学翻译学院翻译组译，中信出版社2015年版。）

持沉默的一代)的社会心理特质。老年人和其他代际群体的复杂程度毫无二致,他们对于孤独的体验都会因财富、心理经验、健康、性别、种族、流动性、家人与朋友网络及其他诸多因素而异。有些老年人是互联网专家;[35] 有些则因体弱多病、经济条件差、社会资本不足或不了解怎样参与线上社区等因素,使用数字化产品的能力有限。如果我们仅仅通过经济的视角关注老年人,或是将老年人看作健康及社会保障危机的一部分,那么上述这些差异就会被无视。

与任何生命转折点的孤独一样,老年的孤独也和许多其他变量有关,并且在一个人的生命历程和老年阶段都会发生改变。在强烈而骇人的孤独转瞬即逝的时刻,我的外婆罗斯意识到了她和其他人之间不可逾越的鸿沟;而这种孤独与身有残疾、心智健全、独居在农场、害怕闯入者的人所经历的长期孤独又不一样。[36] 老年人的孤独和年轻群体的孤独一样,取决于人际关系和健康状况,也取决于他们的生活质量和适应能力。要将孤独理解为一个生命阶段,我们还有大量的工作要做。如果像一些研究表明的那样,青少年和青年时期的孤独可能预示着老年的孤独,那么干预介入的时间就需要提前。[37]

至于孤独对个体的老年人意味着什么,目前并没有多少系统性的、有依据的研究发现。研究者们始终假设,工业化社会中的老年人健康状况都极其恶劣,身体上与人隔绝,无法工作,生活贫困。许多人确实需要援助,更何况老年是孤立感和孤独感尤其强烈的一个阶段。然而,正如古希腊人提议的那样,我们如果要替老年阶段做准备,就需要去考察哪些人**不孤独**,而非哪些人孤独。关注**不孤独的老年人**能够帮助我们建立适当的健康与社会保障干预,同时兼顾个体的差异。全球范围内的比照表明,正是在老龄化发生的大背景下,个人没有选择的余地,才导致了孤独,甚至对于年老体弱的人也是如此。因此,可以成为反思和成长机遇的,并不是变老这件事本身。[38]

显然,社会经济因素和环境因素也在发挥作用。健康幸福的基础要素必然包括对日常活动的支持和安全舒适的家庭。然而,如果向外延展,幸福的一个决定性原则就是:一个社会是融合的还是隔离的;这个社会是否为老年人和行动不便的人提供支持,提供与**社会其他人群**一起融入社会的机会。把老年人集中在疗养院或者下午茶舞会上,也许有其经济上的意义,却未必能缓解他们的孤独感;人与人之间共同的经历、有意义的联结也不完全建立在年龄之上。要针对老年孤独建立个性化的方案,最重要的一步必定是更好地了解老年孤独的多变性。

例如,性别仍然是识别孤独的一个重要变量,在人生的每个阶段都是如此。传统上,在老一辈人看来,男性是工人阶层的家庭中唯一的供养者,他们的同性社交或是同性别的关系网络是以工作为中心的。工作为他们带去了友谊、地位和收入；当然，大规模工业化备受指责的原因之一就是：它制造了一种按件计酬的心态，降低了个人在任务完成时对"最终产品"感到自豪的能力。退休又撤走了一个人的社会网络和个人强化性别认同的方式，这是不是同样会引发失落感和孤独感呢？失业和退休对老年女性来说同样困难。对于一些已婚女性来说，性别认同主要是通过家庭和社交网络聚集起来的，而不仅仅是一份带薪工作。而丧偶或独身的老年女性则是社会成员中最为弱势的群体，她们不太可能成为大家庭关系网络的一部分，同时更有可能在现实生活中离群索居。

地理因素和空间感也很重要。在贫困的内城和偏远的乡村，孤独的比例更高，虽然这些环境与年龄、性别和种族的交集更值得人们关注。[39] 种族差异可以跨越空间和地点，对制造缺失感起到重要的作用。例如，针对使用操场和社区空间的社会学研究表明，一些族群比其他族群更容易去利用和发掘共享的社会空间。针对老年人的一个主要调查地点就是公共图书馆。尽管在21世纪的头十年，地方政府为了削减社会开支关停了越来越多的图书馆，但图书馆一直以来还是起到了一定的公共作用：将社会各阶层的人口聚集在一起，并且提供了让社区得以运转的公共社会空间。在21世纪，想要不花钱就享用的物理空间寥寥无几。换句话说，图书馆提供的不只是书籍，无论这些书对社会结构多么具有批判性，无论个体能否通过阅读找到各自的陪伴。因此,保护图书馆不仅有道德和教育方面的原因,也有医学和健康方面的理由。[40]

2014年"中心论坛"[1]一项关于"独自变老"(Ageing Alone)的报告提议采取一系列的社会干预措施,防止老年人因反复住院成为国民健康服务体系和社会保障的负担,因为"在现有的金融环境下,提供额外的服务可能并不容易"。报告证实,重点必须放在"各个年龄段的个体有意愿融入当地的社区"。报告还建议,要为人们提供正式的、结构性的团聚机会,这样"现代社会才能自行组织起来,共同应对孤独"。[41]

所以,当下是一个相当有意思的历史时刻,一方面政府优先提倡个人主义,而另一方面却鼓励人们调整社区思维观念。崇尚个人主义的政府优先提倡的社区理念是承认问责的必要性(这在传统意义上的communitas观念中同样存在),而政府在其中不必起到什么作用,只是他人运作的社区的一个观察者和辅助者。

老年人的未来

本章我主要关注针对孤独老年群体的哲学和经济学上的

---

[1] 中心论坛(Centre Forum),英国一家独立智库,旨在通过基于证据的研究影响全国性的辩论和政策制定。

应对方法。我仍相信,超越"孤独流行病"叙事的唯一途径,是和其他社会群体一样,为老年人的孤独找到一个基于历史、贯穿始终的应对方式。在本章结尾,我想考察的是数字化时代的老年人有着怎样的未来,以及社交媒体在社区这层意义上可能扮演何种角色。技术革新可能会在各个层面对孤独产生影响,"远距离的亲近"(intimacy at a distance,形容数百万老年人远离家人独居、通过视频通话或发短信联系家人)并不一定比近距离生活更糟糕,近距离生活还会引起各种各样的矛盾。但还有一个问题是,老年人对于社交媒体的态度是如何形成的?

在发表于《赫芬顿邮报》的《银发网民的崛起:科技如何丰富老年人的生活》一文中,弗兰·惠特克-伍德写道:认定老年人无法从数字化科技中获益是傲慢的,尤其是在那些建立了新的社交网络的老年人取代行将就木的老年人的情况下。惠特克-伍德驳斥了"数字鸿沟"的观念,认为如今老年人上网的速度比以往任何时候都要快。她引用英国国家统计局的研究,发现在六十五岁以上的人中,有百分之七十五在使用互联网;其中,与其他人群相比,七十五岁以上的女性人数增幅最大。这反映了一个事实:"科技极大地改善了老年生活的质量,并且老年人终于开始意识到,科技如何改变了变老这件事的面貌。"[42]

该文使用了简化的语言,这对于思考老年孤独是如何被框定为一种寻求治疗的疾病,是很有启发性的。诚然,数字化技术能够为老年人的生活方式提供诸多解决方案,包括与家人、朋友、社会群体建立联系,如何获得物资和服务,还包括享受医疗保健和医疗技术。但在老年群体中,孤独和数字化技术之间的关联并非那么简单。数字化技术既不会为老年人提供和年轻人一样的应对孤独的权宜之计,也不会解决"真实生活中"实际关系的匮乏;更不会解决具体的孤独,或是靠养一只宠物就可能满足的对身体接触的渴望。数字化技术也未必能缓解寡(鳏)居、悲伤所产生的隔绝感,或是与同龄人之间的孤立感。按照社交媒体使用中的某些约定俗成的做法,呈现给别人的大多是特定样貌的自我——通常是"幸福的"、经过修饰的自我,有着亲密的家庭关系,收入稳定,朋友众多,家庭和谐,这甚至可能会导致攀比和低自尊,进而加剧孤立感和孤独感。[43]社交媒体和数字化技术并没有让社交关系获得改观,而只是复制了现实中的社交关系。人们在社交媒体上的社交方式往往与其现有的联结方式并存,只是再现了业已存在的互动模式及社交习惯。那些没有社交的孤独的老年人,并不会因为使用了脸书就感到自己更能融入现实生活。

要对健康和社会干预起到积极作用,支持政府减少社会各阶层孤独的目标,确保老年人不会被抛弃,我们就需要根据不同社会群体的具体背景、经历和期望,发展一种基于证据、有历史依据的理解方式,来理解孤独对于不同群体意味着什么。这是一个比评估英国和其他国家之间的差别更为复杂的问题,尽管这将有助于理解国家和文化的影响。我们需要更加明确地了解老年人、青少年、单亲父母、穷人、无家可归者,以及其他可辨别的弱势群体的孤独的结构体系。为了更进一步细致地了解这一点,我们需要考察:在一个社会中,词语是如何在不同时间、不同地点具有了不同的意涵,比如"老年人"、"社区",以及"孤独"、"归属"、"家"这样的词语。

第七章

❼

无家可归与漂泊无根:
没有一个能叫"家"的地方

家（Home），名词。

- 人或动物栖身的地方。
- 一处住所；一个人的房屋或安身之地；家人或一户人家的固定居所；家庭生活和兴趣的所在地。
- 收容所，避难所；一个人天然归属或感到放松的地点或区域。
- 一个人的祖国或故土。

——《牛津英语词典》

"家"，对你来说意味着什么？也许是笑容满面的家人如棉花糖般柔软的样子，摆满食物的餐桌，一家人依偎在沙发上，或者为了抢遥控器打打闹闹。父母赶过来参加一次户外烧烤野餐，周末和相爱的人在咖啡馆里闲坐，抵达希思罗机场时有朋友来接。或许这个词还有不同的含义。"家"可以是一种物理结构，一处楼房、一幢公寓，或是一个房间；也可能是范围更大的郡、国家、大洲。然而，家也可能是战场，一个彼此争吵和憎恨的地方；或是一种难以企及的理想，它关乎一个人已经失去或从未体验过的安全感和归属感。在布莱恩·比尔斯顿[1]2017年写的《难民》这首诗中，在字面意义上，家是某种可以分享也可以不分享的事物，这完全取决于阅读故事的方式。¹

在前面几章，我谈到了孤独的童年、孤独的婚姻、孤独的寡（鳏）居和孤独的老年，所有这些都通过家庭内部的空间布置才得以发生——无论是温莎城堡富丽堂皇的环境，还是兰开斯特[2]疗养院的一个单人间。我们世界中的大部分物质文化、环绕在我们周围的事物，赋予了我们生活的样态和意义，也为我们提供了个体与集体身份感。我会在第八章继续探讨上述主题与消费文化、身体语言、孤独之间的关联。

这里我想要探究的，是孤独之于无家之人的意义。所谓无家之人，即我们所说的无家可归者、难民、被迫离家并且还在寻找新家的人。无家之人和孤独之人的共同特点是脆弱，且被排斥在传统的社会群体和支持网络之外。

和其他工业化国家一样，在21世纪的英国，无家可归的问题与日俱增。因为欧洲难民危机，人们漂泊无根的问题同样日益严峻。²然而，在无家可归和难民隔离这两种情形之

---

[1] 布莱恩·比尔斯顿，被称作"推特上的桂冠诗人"，是一位叼着烟斗的神秘人物。因为不在媒体上露面，公众对他所知甚少。出版有诗集《你赶上了回家的末班车》《某人的日记》。在《难民》一诗中，他写到了世人对难民的偏见，这首诗从后往前读会产生不一样的效果，详见 https://brianbilston.com/2016/03/23/refugees/comment-page-2/。
[2] 兰开斯特，英国英格兰西北部的一个滨海城市。

下，孤独便成为健康和社会政策忽略的领域之一。部分是因为孤独问题尚未得到充分研究，但同时也反映出：尽管情感和身体的创伤可能阻断日常生活和文化融合，但人们对流离失所的人复杂的心理需求还缺乏广泛关注。[3] 而且，如果对无家可归与漂泊无根的人如何产生和体验孤独没有明确的感知，那么对难民和无家之人的负面经历就不可能有协同一致、多部门合作的回应。

民族认同、家园与归属等彼此关联的主题，使得无家可归与漂泊无根成为孤独的历史及文化中一个独特的问题，而这些主题背后有着某些根本性的东西。本章追问的是：对孤独的文化理解能给健康和政策干预带来什么影响；反之，无家可归者和难民的孤独体验会给我们对作为21世纪情感集群的孤独的理解带来什么影响。

无家可归：一个近期出现的历史问题

无家可归（homelessness）是一个新现象，至少当这个词指代的是缺少稳定居所和伴随的心理、身体和社会问题时的确如此。在工业化、城市化和清拆贫民窟的社会背景之下，"无家可归"这个词从19世纪50年代开始在印刷文本中被提及。在17世纪以前，无家可归的现象极少，很大程度上是因为社会层级秩序的特性，以及大家庭结构下的家长制体系

("家庭"不仅表示生养或婚姻关系,还包括仆人)使得每个人都要对其他人负责。

《牛津英语词典》将"无家"(homeless,在名词"homelessness"出现之前)界定为"没有家或永久居所"的状态,虽然这个词在17世纪之前很少使用。[4] 1613年,自封为"水诗人"的约翰·泰勒在《世界第八大奇迹》中首次提到了"无家可归"这个词:"他最好从他的统帅梅恩那里唤起记忆,带着他那队无家可归、漂泊在外的奴隶。"[5] 17世纪,从战场上归来的战士经常讨论他们对无家可归的军队和变成"无主之人"的恐惧。[6] 1729年,爱尔兰作家塞缪尔·马登[1]在《特米斯托克利斯:他的国家的情人,一部悲剧》中提到了"一个无家可归、没有希望、众叛亲离的仇敌"。[7] 但一直到19世纪,无家可归才被当作一个城市问题:在《每月记事》(1831)第一辑中,弗朗西斯·威金斯请读者"想象自己是一个穿着不修边幅、笨拙的男孩,无家可归,身无分文,在费城的街道上流浪"。[8] 在《大脑和神经:它们的病痛与疲惫》一书中,托马斯·斯特雷奇·道斯医生(他写了大量关于19世纪一种普遍的神经疾病"神经衰弱症"的文章)写道:"如果把几千人在电器上浪费的钱花在伦敦无家可归的穷人身上,会对他们的神经和良知大

---

[1] 塞缪尔·马登(1686—1765),爱尔兰作家,都柏林皇家学会创办人。1729年,他创作的悲剧《特米斯托克利斯》在伦敦首演大获成功,这也是他首次以作家身份在公众面前亮相。

有裨益。"[9]这里提到的"良知"很重要,我们据此可以判断,人们对于无家可归之人的态度发生了转变:无家可归变成了社会道德图景上的一处污点。尽管慈善家一直都关注哪些穷人值得救济,哪些不配得到帮助,但无家可归问题在文化上是十分复杂的,对于那些符合悠久的基督教行善传统的更幸运的人,人们会抱有仁慈的同情心。[10]从20世纪起,无家可归才被当作一个社会和政治"问题"来呈现。

1966年11月16日,由杰里米·桑福德编剧、肯·洛奇执导的电视剧《凯西回家》在英国广播公司第一频道播出。[11]该剧讲述了主流媒体极少触及的无家可归的主题,一经播出便因题材颇具煽动性,引发了公众的震撼和评论界的称赞。它讲述了同名人物凯西和她的丈夫雷格是如何陷入贫穷和无家可归的境地。该剧催生了许多支持无家可归者的慈善机构,引发了一系列要求政府采取行动的政治运动。巧合的是,《凯西回家》播出几天后,英国为无家可归者设立的慈善组织"流浪者基金会"[1]成立,次年"危机救助"[2]成立。住房政策在之后的十年间也逐渐改革,《(无家可归者)住房法案》于1977

---

[1] 流浪者基金会(Shelter),英国住房慈善组织,在英格兰、威尔士、苏格兰和北爱尔兰为无家可归者或住房条件恶劣的人寻找住房,或为他们提供改善住房条件的建议。
[2] 危机救助(Crisis),英国非营利性质的流浪者救助平台,旨在为无家可归者提供生活上的帮助,同时协助流浪者脱离流浪生活,让他们拥有一技之长,独立生活。

年通过。[12] 该法案赋予议会如下法律职责：安置享有"优先权"的无家可归者，以及向所有人提供咨询和援助。[13]

尽管《凯西回家》具有社会变革的性质，尽管英国政府扩大了住房和福利改革以防止无家可归，救助无家可归者，20世纪80年代期间英国无家可归者的人数还是迎来了大幅度的增长。房价通胀、分到的市政住房被出售、失业率上升、精神健康和毒品问题增多，以及禁止十六至十七岁以下的人群申请住房补贴，这些都使得在街上游荡的人数增加了。到20世纪80年代，无家可归作为一个与高速城市化相关的社会问题在政治上变得根深蒂固。多伦多大学住房系的教授J. 戴维·赫赞斯基研究了《纽约时报》从1851年到2005年的历史数据，发现"无家可归"这个词在四千七百五十五篇文章中被使用——其中约百分之九十的文章发表于1985—2005年这二十年间。在1980年以前，"无家可归"这个词很少被使用。[14]

到了21世纪，无家可归的现象还在进一步增多。从2010年起，大范围的福利改革使得问题变得更加严重了。2013年，仅英格兰一地就有超过十一万二千人宣称自己无家可归，较此前四年增长了百分之二十六。在同一时期，伦敦风餐露宿的人数增加了百分之七十六，约增至六千人。批评者将这一系列增长归咎于七十亿英镑住房补贴的削减、福利改革、可负担性住房的缺乏。[15] 露宿在外的人只占全体无家可归人口的一小部分，孕妇、带未成年小孩的父母以及被当地议会划分到"弱势"

群体的人都分到了房子，虽然这可能只是暂时的。在街上是看不到这些"隐秘的无家可归者"的，但他们栖身于提供床位加早餐的旅店，或是朋友和家人闲置的房间和空沙发。他们惨痛地陷入贫穷、虐待、不幸和靠人救济的恶性循环之中。

1981年，联合国宣布1987年将会成为"无家可归者收容安置国际年"，这表示无家可归已经成为一个严峻的国际问题。当时联合国并没有使用"无家可归"的说法，很大程度是因为这个词还不太为人所知。无家可归的情况与缺乏社会和家庭支持、联结有关，这也是我们这里讨论的重点：与无家可归相伴而生的抑郁、焦虑、孤独、匮乏、贫穷以及虐待的恶性循环，意味着无家可归远非没有住处这么简单。尽管我们在争论住房问题时通常隐含地认为无家可归仅仅是指没有房子的状态，但事实上它还有更多其他的含义，包括更高发的成瘾、精神健康问题和孤独。

谁是无家可归者？

无家可归存在性别和阶层偏向，也会受到年龄和个体是否脆弱的影响。男性更容易因失业或吸毒而无家可归；女性则更可能出于患有身体或精神疾病、遭受虐待的原因漂泊在外。移民及其他得不到救助的群体同样更有可能受无家之苦；2013年，东欧移民占了伦敦露宿者的百分之三十。[16] 年轻人，尤其是年龄在十六至二十四岁之间的群体占到了无家可归者总人数的百分之八。很多无家可归者没有接受过正规教育或者没有职业资质，而且大多数人都曾在当地的看护机构或监狱里待过。总体而言，无家可归折磨着那些拥有最少财产的人们，相应地，在一个以消费者为导向的、个人主义的社会里，他们被认为是生产力最低的人。在提倡自我推销和自我复原的大背景之下，人们认为无家可归者并不能为社会提供有效的贡献。更有甚者，提供社区意识、(除了通过贫穷形成的认同感之外的)身份认同感和安全感的社交网络也将他们拒之门外。

20世纪80年代，人们普遍认为，社区因个人对财富的追求而产生了分裂。这种观点在21世纪又因一系列的立法得以强化，其中就包括允许更短的保底租赁期和低于市场价格的租金(福利上限由政府设定)的《地方主义法案》(2011年)，以及加剧了英国无家可归问题的《福利制度改革法案》[1]。该法案也制造了富人和穷人之间更大的分化。这实际

---

[1] 英国于2011年颁布了《福利制度改革法案》，政府将整合、统一发放个人和家庭所得种类繁多的补助、津贴和救济金，如果失业者不申请就业或拒绝政府提供的就业机会，那么三个月内不得领取每周六十五英镑的救济金。这是一项承诺帮助失业者再就业的法案，拒绝工作、靠领救济金度日的失业者将会面临处罚。这也是英国政府六十年来最大的福利改革方案，帮助英国政府在四年中减少福利支出约五十五亿英镑。但也有批评声音说，政府一方面缩减福利支出，一方面强迫穷人和失业者找工作，只会让他们的处境更艰难。

上意味着,对很多人来说,他们不光失去了在真实生活中能为他们遮风挡雨的家,还无法得到包括健康和社会救助在内的一系列相应的服务。例如,高达百分之七十的无家可归者存在精神健康问题(要么是精神问题致使他们无家可归,要么是无家可归直接导致了他们的精神问题),被围困在了剥夺所致的贫穷和靠他人过活的怪圈之中。[17]

考虑到问题触及的范围之大,就可以理解为什么孤独作为无家可归的一个方面被研究得最少。由于政府开支缩减,那些十万火急、迫在眉睫的危机必然被优先考虑。而现实情况是,无家可归者和其他被边缘化的社会群体一样经历着孤独,经历一种与他们的身体、情感、社交联系及幸福脱节的感受。此外,孤独也可能是造成无家可归的一个重要因素,毕竟后者常常与家庭和社交孤立联系在一起。无家可归者是社会中最为边缘化的一群人,人们普遍认为他们会感到"与整个社会脱节、隔绝,孤身一人,孤独寂寞"。[18] 鉴于无家可归者被污名化,鉴于与"无价值、孤独、社会疏离甚至自杀"等感受有关的负面刻板印象,孤独和无家可归的交集就尤其成问题了。[19]

或许并不出人意料的是,针对无家可归人群和孤独人群的研究表明,孤独在无家可归人群中的发生率总体上比一般人要高。[20] 在一项针对无家可归人群中的孤独的研究中,研究者评估了五项指标:1.情绪困扰(包括"与孤独相关的痛苦、内心混乱、无助及空虚感");2.社交缺陷、社交疏离;

3."成长与发现",即通过孤独的经历可能会产生的内心力量和自立;4.人际孤立(包括缺乏亲密关系或基本的恋爱关系);5.自我疏离,指"一个人以麻木、固化、否定为特征的与自我疏离"的程度。[21] 报告发现,那些感到孤独的无家可归者的特点是:有更高水平的人际孤立和更低水平的"成长与发现"。无家可归者并不总能被大众认可,也不经常和周围人互动,这表明露宿街头的人可能怀有更高程度的孤独。

"家"有多重要,又有多缺乏

现代性对家庭和私人领域的重视,19世纪以来工作和家庭的分离,以及与无家可归相关的羞耻与责任之间复杂的摇摆和牵制,这些因素可能会使我们猜测,无家可归者体验的孤独是与众不同的。我们或许还可以推断出,这种孤独体验根据年龄、性别、种族、残疾与否、精神健康状况,以及露宿街头的时间长短等情况而异。举例来说,无家可归的女性过去遭受性虐待或身体虐待的情况更普遍,患有精神病的比例更高,尝试自杀的行为更频繁,并且有严重的健康问题。[22]

因此,无家可归是更广泛的情绪问题的一部分,其中孤独起到了一定作用。萨塞克斯大学的安娜贝尔·托马斯与海尔格·迪特玛尔发现,针对无家可归的英国女性的调研本身就不多,并且同样重要的是,从女性的角度来检视无家可归的研究也寥寥可数。她们于2007年做的一项社会学分析表明，"'家'作为保障和安全之地的概念（相对于情感上更弱的'住宅'概念），在那些有稳定住处的人中间颇有影响力，而无家可归者则不然"。同样，在拥有稳定住处的女性中，与"家"这个词相关联的安全和保障主题在无家可归，又曾于童年、青少年、成年时期遭受虐待的女性中并不存在。

我们需要记住的一点是，无家可归不仅仅表示没有栖身之所的结构性状况，尽管无家可归通常就是这么被定义的。它更深层的含义是一种以缺乏人身安全与社会归属为特征的社会和情感经历。想要理解无家可归对心理的影响，我们就需要去探究它是在何种情绪状况之下发生的，它与家的个体和社会意义有何关联，以及了解与之相关的诸如"家庭""归属"等概念。

难民与孤独

现在我想谈谈难民和寻求庇护者的具体状态。这群人承受着一系列独特的政治、社会、经济、社交压力及刻板印象；并且和无家可归者一样，由于全球冲突和气候变化的原因，他们已经成为一个越来越普遍的群体。[23] 成年和儿童难民时常经历多重创伤，这些创伤会通过一系列精神和身体疾病以及长期的孤独感表现出来。这种十分危险的情感状态多与不稳定的、未知的、经常充满敌意的环境有关,尤其在英国2016年全民公投脱欧之后更为普遍。[24] 2011年一项针对难民精神需求的研究表明,约有百分之九十的调查对象经历过"心理痛苦",包括想起故乡时的痛苦和悲伤,还有身处新环境与周围人隔绝的孤独感。[25] 新的难民身份带来的困境,可能源于自我同隔绝的他人之间的比较——"我望向周围,看到那么多感到幸福和安稳的人,然后我会想:'为什么不是我?为什么我就成不了那样的人?为什么我得不到他们拥有的一切?'这让我无时无刻不想大哭一场。"[26]

这种主观、消极的比较在所有孤独的表征中都很常见;一个人意识到匮乏感,不仅是感觉到自己想要什么,还可能和他人拥有什么有关。难民们被迫与他们的家乡和家人们分离,同他们熟悉的环境以及感官体验——与家有关的视觉、声音、气味等分离。物质文化对于一个人情感生活(与孤独体验)的构建至关重要;而如果失去了这些体认的对象,再加上失去了社群的认同,甚至在很多情形下被社会排斥——对于那些无法找到归属的人而言是一场灾难。尤其是那些年龄尚轻的难民和寻求庇护者,他们或许与别人格格不入,无法建立新的人际关系,就更有可能因为"被遗落"而感到孤独。健康和社会服务更关注创伤和一些实际的问题,而不会去关注幸福、社会联结和孤独,因而会忽视难民和寻求庇护者的孤独。[27]

在最近一篇有关黎巴嫩叙利亚老年难民健康状况及需求的文章中,研究人员探究了接受慈善援助的六十岁以上老人的身心健康。[28] 约翰斯·霍普金斯大学彭博公共卫生学院难民及灾害应对中心的乔纳森·斯特朗和他的同事们发现,年龄较大的难民面临着各种与高龄有关的不利因素,这符合本书记叙的社会变革类型。这些不利因素始终存在,不管这群人是因为哪些具体的冲突、被迫的迁移才成为难民的。行动和健康上的障碍会让他们依赖别人,但社交关系会随时间推移而减少,在人生早期的工作和人际关系中积累起来的自尊会下降。相较于年轻一代,经济不稳定的老年难民还有其他的不利因素。与全球老年人口增长同步,由于健康和生育能力的提升、寿命的延长,人们可能期望活得更久。因此,影响老年人健康和幸福的问题(包括孤独感)同样影响到了难民。尽管如此,难民群体的孤独还是有一些独有的特征需要我们去考察。

首先,在危机情形之下,医疗服务并不一定会被看作社会的当务之急,例如与年龄相关的助听器问题。老年人因而在感官上愈发与他们周遭的环境和社群相疏离。老年人又很少被包含在女性和儿童等"弱势群体"的服务范畴之内,针对老年人的精神健康服务也往往落后于其他类型的干预措施。危机情况还会对食物供给和消费产生负面影响(老年人在这方面往往会输给年轻人),并且影响到与食物相关的文化习俗,而这些文化习俗往往能促进社交和包容。考虑到食物和围绕饮食进行的活动对于维系社会凝聚力、提升幸福感的重要意义,就不难想象在就餐时被边缘化是如何减损了幸福感,又是如何加重了孤独。

斯特朗及其合作者的这份报告还着重关注了家庭环境和日常生活的物质文化。除了饮食习惯和消费习惯难以延续、支离破碎之外,难民在现实中的住宿条件也相当简陋,而且没有什么家具。约有百分之二十六的叙利亚老年难民住在帐篷里,百分之十一住在公共楼房、烂尾建筑或是其他可容栖身的场所中。百分之四十左右的人还需要照顾别人,要么是照顾配偶,要么是看护孙子孙女。关于英国的健康与孤独问题,其中一个最缺乏研究的方面就是看护者在情感上的孤立,尤其是当社会救助不充足时,[29] 年长的人往往要看护他们的配偶,并与老年的脆弱以及照顾他人的额外责任做斗争。[30]

老年难民除了在健康和经济上不稳定、家庭动荡之外,难民身份还会因以下情形产生更大的压力:思念并担忧还留在战区的亲眷、深爱的人过世所引发的悲痛,以及经历并逃离危险所留下的创伤。可能给他们带来稳定、舒适的常规生活,譬如熟悉的食物、气味、声音,也基本上都不复存在了。难民们会出现负面的情感状态,包括焦虑(尤其是当一个人遇到危急情况,身边却没有可伸出援手的朋友或家人,这同样也是老年孤独的一个主题)、抑郁(尤其是受过教育的老年难民)以及孤独感。斯特朗及其合作者将这种种孤独感归结于以下因素:"财务状况差","居住条件差,"老年难民生病时没有朋友可以帮忙照料"。[31]

正如本书论及的作为情感集群的孤独一样,孤独在很大程度上是由一系列不同的情感状态构成的。这些情感包括悲伤、失眠、无力(抑郁症的特点之一)、对未来感到焦虑,以及为可能失踪或死亡的家庭成员感到悲痛。在针对叙利亚难民的这项重要研究中,一个有关孤独的发现是,在难民人群中,孤独挥之不去,如影随形。除了各种健康困境、社交困难,其中包括如何被文化多元的新社区接纳,如何延续让难民和"家"重新联系在一起的传统和活动(常常是在艰难的财务、医疗和社会背景下),孤独的影响可以像悲痛和创伤一样使人感到无能为力。

这些关于无家可归者、难民群体的孤独意涵与经历(在此被描述为无家可归和漂泊无根)的见解,对于将孤独作为一个卫生和社会政策问题来研究有着现实的意义。在每种情况下,没有家而缺乏安全感,难以被社区接纳、融入社区,以及常常经历精神和身体残疾、经济不稳定,恰恰是这一系列的安全感匮乏带来了额外的孤独感。而孤独的经历又与具体的生活有关,与通过客观的人居环境传递的幸福(或不幸福)等情绪感受有关。

以上例子表明,孤独是一种主观经验,它不仅关乎人的精神,还关乎人的生理状态;还会催生从恐惧、憎恨,到愤怒、悲伤这一系列具体的情感反应。孤独的身体语言尤为复杂,但为了了解孤独从何而来,又因谁而起,我们没有理由不去读懂我们的身体。孤独的具体表现当然不仅关乎身体,还涉及我们身处其中的物质世界。我们在这个世界中的种种经历和密切关系,总能通过我们的身体,通过那些定义我们的事物来调节:从衣物、瓶瓶罐罐,到车子、地毯,这些物品会赋予个人和社会以意义。在孤独的相关研究中,孤独的身体感受是一个一直被忽视的课题,也是现在要来讨论物质性与身体的原因。

第八章

❽

喂养饥饿:
物质与我们孤独的身体

那感觉就像是浅滩,你常常觉得自己缓缓滑入一种"我不在乎,无所谓"的错觉,只有关闭一切感受,你才不用去面对寒冷。孤单也是。那感觉有点沉重,让你觉得自己很渺小,就像在一大群橘色的圆点中间,而你偏偏是蓝色的那个。

——佚名,十二岁

孤独很难定义。它没有反义词,且完全是主观的;在不同的时间和地点,不同的人群,甚至是同一个人在不同的人生阶段中,对孤独的感知也会不一样。童年的孤独和成年人的孤独,以及这本书里提及的所有个体或社会群体的孤独,都是不同的。此外,在揭示孤独的过程中,我们作为研究者,作为人类,同样参与到孤独的心理经验、语言表达和身体体验中来。目前关于孤独的心理已有了充分的研究,这些研究强化了孤独是一种心理和个人的体验,而不是一种社会和身体体验的观点,但孤独的具体体验被忽视了。同样被无视的还有,孤独的身体是如何与周遭世界建立关系的。部分原因可能是,将孤独作为一种活生生的身体经验来定义、衡量和描述是困难的,而这对于历史学家而言更是难上加难。

另一方面，**独处**（solitude）的物质文化则很容易被发觉：浴室里的单支牙刷、厨房里的一把餐叉、玄关里利落摆放着的一双鞋——这些标志着单身的物品和象征孤独的物品并不相同，这将我们再一次带回到独自一人和**感觉到**独自一人之间的不同。曾有一些关于独身的物质文化展览，例如生于罗马尼亚的研究者、艺术家让-洛林·斯泰利安在网上做过的展览。[1] 而孤独的物质文化则更容易被人忽视，但这样的文化却是孤独经历和交流的核心。比如，新唯物主义有关健康的理论就是用"集合"这个概念来描述身体居于物质、人际"关系和影响"的网络之中。[2] 孤独和其他情感状态一样，都遵循具身原则且通过该原则来定义：个体经验既是物质的、身体的，也是象征的、语言的。

身体和物质实践为一个人的归属（belonging，这是一个有局限性、不令人满意的词汇，在本书中用于表述孤独的反面，以解决孤独的"反义"语言不存在的问题）提供了基本途径。日常生活、传承、文化、宗教、民族认同的物品和姿态，是构成个体和社会身份的关键来源。[3] 我们讲述有关自身身份及历史、我们居于世界中的位置，以及与他人关系的故事——我们的过去、现在和未来，都是通过客观存在的物品来建构的：食物、书籍、运动、衣着、照片、家具、建筑、室内陈设和每日稍纵即逝的事物。与语言叙事、身体姿态一道（后文我会继续说明这一点），客观物品是我们构建身体与精神世界、与自我和他人沟通情感经历的途径。

正因为这些客观物品讲述了我们是谁、我们身处这世界什么位置的故事，当我们自身和身份的其他面向被割断、漂泊无依时（正如难民或移民所经历的），它们对于表明意义就尤其重要了。被迫离开家园，"从定义上意味着一个人改变了我们与我们所归属的物质世界之间的关系"，正如一位学者所说的那样，这是"一个由地点、事物和其他人组成的世界"。[4] 举例来说，针对20世纪20年代和40年代门诺派[1]女性难民的食物记忆的研究表明，她们围绕食物和烹饪建构的自我和身份叙事，与世代承袭的饥饿与贫穷这些更宏大的主题有关。[5] 尤为引人关注的是，神经学家约翰·卡乔波和帕特里克·威廉将孤独比作一种身体上的饥饿，认为它是个体或部落为了生存而释放自身需要的某种信号。[6] 身体饥饿的意象不仅与生活经验的身体性一致，而且还与食物的物质文化和生存实践一致，后者将个人的身体包围其中，并且帮助我们从社会经验中汲取意义。这一点我们能从艺术家达利亚·马丁根据弗兰兹·卡夫卡1922年发表的短篇小说《饥饿艺术家》改编的同名电影中一窥究竟。

卡夫卡的这部小说探究了作者所熟知的死亡、艺术、苦难

---

[1] 门诺派，当代新教中的一个派别，16世纪创办于荷兰，因创建者门诺·西门斯而得名。曾因信仰差异而遭到罗马天主教国家的迫害，被迫流亡到玻利维亚、加拿大、墨西哥等国。

与孤独主题。这位艺术家在公众对他作品的兴趣减弱时，数次将自己饿了四十天的时间。在马丁的电影里，最后一次挨饿以观众颇具同情的反应，还有用心策划和选择的音乐、灯光、视角呈现出来，这些通通指向了身体感官：艺术家凹陷的面颊、空洞悲伤的双眼、耳朵里的轰鸣，心跳也成了指示时间的钟表。

有关《饥饿艺术家》的大多数阐述都集中在它为我们讲述的有关19世纪欧洲和美国饥饿艺术家的真实奇观上（据说后来启发了美国幻觉魔术师戴维·布莱恩[1]），或者艺术家的角色是如何被社会吞噬的。[7]而我感兴趣的是，这部作品如何向我们讲述了有关身体的孤独、物质世界中的孤独身体。观众们吃吃喝喝，寻欢作乐，表演着团结，而艺术家却孑然一身。与艺术家黯淡无光的色彩比起来，观众们神采奕奕，他们嘴唇魅惑，眼里有光。马丁的电影提醒着我们，身体的归属也是具有感官属性的，进而言之，在孤独的情境之下，感官的感受会消失。饥饿艺术家最终既说不出话，也听不到声音；他无法调用自己的感官；他的身体被抽离了、孤立了，只能与粗布麻衣和干草为伍。

饥饿艺术家被剥夺了人的归属。他饥饿不只是因为缺少食物，还因为缺乏与人类的接触。和别人一起吃饭是一种团

---

[1] 戴维·布莱恩，生于1973年，美国著名幻觉魔术师。2003年9月5日—10月19日，他将自己吊在伦敦泰晤士河畔的玻璃箱中，仅靠喝水度过了四十四天。

结的仪式，它让我们感觉自己是这个社会的一员。将饥饿艺术家与他者的领域隔开的不只是笼子的栏杆，还有他内在的疏离感。人性得以救赎的唯一时刻，就是一个小姑娘靠近笼子，伸出手，触碰了艺术家。触感，我们每每提到情感时最容易忽视的感觉，无论从字面意思还是象征意义来看，它都给了我们希望与联结的时刻，哪怕它稍纵即逝。最终，这个瘦骨嶙峋的身影与人类的世界愈发隔绝，他滑到了一层干草底下，直到笼子里被换成了一头黑亮的美洲豹。

饥饿艺术家并非独身一人，但他是孤独的；他心理上的禁锢和躯体上的孤绝同样显见。被观看却从未**被看见**，艺术家的孤独透过他褴褛的衣衫、垂丧的体态，以及身体和情感上对人类世界的逃避传递出来。人们凝视着艺术家，却没有看见"他"；他们将他的身体视作一件物品、一种景观。社会归属所需的那种移情的凝视不存在了。人在不想要孤独时，孤独便如同牢狱。与社会隔绝时会孤独，身处人群之中亦然。马丁的电影促使我们去思考个人的肉身及其相对于他人的位置，思考孤独的身体能被置于怎样不同的凝视之中。"我一直希望你们赞赏我的饥饿表演。"艺术家最后对看管人说道。他非但没有被赏识，还一直是人们蔑视、嘲讽、怜悯的对象，以及最让人难堪的——冷漠的对象。

无论如何，个体对社会和物质世界的介入必然会留下印记。本章考察了我们应该如何理解孤独的经历，还有这种经

182

历带来的身体影响。首先，与独特的情绪感受类似，孤独也会通过身体语言将一系列感受传递给他人。其次，孤独会在物质文化的范畴内，通过身体经验发生。我们周围环绕着的物体、居于其中的身体，是我们将孤独理解为饥饿的根本。在以神经为中心的西方，重新将身体纳入孤独的讨论尤其重要。

现代医学和健康的干预将孤独看成一种精神折磨，部分原因是病态的孤独往往与抑郁、焦躁和较低水平的自尊相联系。将情感从精神的范畴分离出来是19世纪科学分类的一个产物。[8] 但孤独的确会引发身心疾病。并且孤独是一种身体的、活生生的经验，它将我们与物质世界和他人的世界联系在一起。我们与那个物质世界的联系总是建立在情感上的；这种情感联系无须与消费主义和过剩挂钩，尽管在商品化的西方社会往往是这样，这反过来又关系到孤独的兴起。在我们转向身体语言之前，我想先探究孤独和物质文化之间的关联。

孤独与物质世界

在21世纪，肆意蔓延的消费主义和物质主义被认为是过度个人主义的表征，并被指责为各种社会弊病的根源。杜克大学的莫妮卡·鲍尔等心理学家和神经学家已经得出了这样的结论："物质至上的人"（虽然这样的定义无疑是有问题的）

比不那么物质的人更不容易快乐。[9]人们认定物质至上的价值观损害了社会联结,削弱了个体满足亲密关系需求的能力。无法满足的贪欲和商品消费,以及随后对更多或不同商品进一步的需求(这种需求永不会被满足),这种消费主义的"恶性循环"被认为对社会各阶层都产生了影响,包括希望寻求同伴认同的青少年和穷人。[10]因此,物质至上的人可能会被看成以自我为中心、自私自利、社会适应性弱。[11]物质主义消费和个人主义之间的关系已经很明确了,即一个人更倾向于根据自己的个人财产来自我定义,而且通常与他人处在竞争关系而非合作关系。

在这种语境下,有越来越多的文献研究物质文化和幸福之间的关联,但关于孤独与物质文化之间具体关系的文献少之又少。[12]孤独实际上可能会让人更加物质至上,而不只是物质至上的产物;孤独与物质主义之间已经建立了关键联系,这种联系周而复始地循环起作用。这就意味着,人们越渴望、越去购买消费品,他们对于社会联系的需求明显就会越低,然而,人的社会联系越少,就会越渴望消费品。这种模式假定了人们对于"相互关联"(relatedness)和社会联结有着基本的需求;这是一种可以导致物质产品取代人际关系的需求。[13]

正如我在本书其他章节所主张的那样,我们不需要为了认识到历史上的社会关联或者说"社会中的个体"的重要性,就对人类心灵采取生物还原主义的态度。例如,诗人亚历山大·蒲柏[1]的《人论》(1734)探讨了个人、社会与上帝关系的基础,同讲究礼节和文明时代的许多作家一样,他认为:"自爱和互爱等同。"[14]个体在社会中彼此合作,是18世纪伴随个人主义勃兴而从我们视野淡去的诸多方面之一。

21世纪有关孤独的社会学研究表明,相较于蒲柏所处的时代,如今物质极大丰盈,触手可得,所提供的抚慰和补偿或许可以取代令人满意的人际关系。虽然这种替代可能也只是暂时性的。此外,在孤独的人间,较为常见的一个现象是将物体(与非人类的陪伴)拟人化,在物质实体中看到人的面孔和情感表达。[15]这让我们想起了电影《荒岛余生》中由汤姆·汉克斯饰演的查克·诺兰德被困在荒岛上的行为。受了伤的诺兰德在他之前丢掉的排球上按下了一个血手印。后来他沉思片刻(这暗示了孤独),用吐沫沾湿手指,为排球画上了眼睛、鼻子和嘴,把它放在一块岩石上,它于是有了躯干。"威尔逊"就成了他的主要伙伴。

物质抚慰和物质补偿往往比人际关系更易实现,因此,前者也可以替代后者的匮乏。在心理学中,这种方式与依恋理

---

[1] 亚历山大·蒲柏(1688—1744),英国诗人、文学批评家,启蒙运动时期新古典主义的诗人代表,著有讽刺长诗《夺发记》(1712)、《愚人志》(1742)、哲理诗《道德论》(1731—1735)。蒲柏原本计划写一部关于人、自然和社会的鸿篇巨制,后只完成了《人论》的部分。《人论》由四篇信札体长诗组成,分别探讨了人在宇宙中的位置、人的本性与处境、人的社会关系以及人的幸福问题。

论相契合，即早期的童年经历（包括无法与照料者建立联系）会导致日后对于物质对象的依赖。[16] 然而，物质对象往往只能提供短期的满足感，从而强化了首先会导致消费主义的占有欲。

在本书开篇我说过，最好将孤独理解为一个情感集群，而非单一的状态；孤独整合了一系列彼此迥异且往往互相冲突的情感状态，形成了一个自洽的整体。在物质文化的范畴内，我们会发现与孤独相关的情感状态，包括欲望、嫉妒、怨恨和失望，都在贪婪的物质至上的循环中轮番出现。关于消费者情感的研究，有大量的社会学和心理学文献，我在这里不再赘述。与我们现在讨论的目的相关的是，焦虑、嫉妒、欲望等情感成了广告业的目标，而一旦得到了那个物质对象，消费者的情感周期就会迅速从贪欲转变为失望。[17] 消费主义的"欲望之火"就如同渴慕已久的激情之爱一样，都被描述成难以熄灭的情感。[18]

我意识到，消费主义这个词可能被过度使用了，并且我们很难去界定什么才算"过度"消费主义（尤其是物质文化作为一个整体，已经成为定义自我和社会群体的一个不可或缺的因素）。有证据表明，当一个人感到孤独时，可能会花更多钱买东西，而孤独并不会因为这个人的购买习惯而填补，反而会加剧。因此，在21世纪，购物疗法已经被认定是一种与孤独有关的模式和行为。[19]

然而，消费也可以是为了追求社会凝聚力，而非为了个体的自我表现。尽管为了维系社会认同而追求物质往往与青年文化画等号，但这在移民群体中也很常见，他们为了巩固和庆祝共同根基与遗产也可能会转向对物质财富的追求。在老年人当中，对物质的追求也相当显著，对他们来说，随肌肤一起松弛的社会纽带会激发老年人对归属、对建立有意义联结的渴求，进而可能导致他们对特定的物质对象产生依恋。在一篇发表于《老龄化研究杂志》的论文中，人类学教授罗伯特·鲁宾斯坦探究了个人物品对老年人的重要意义，进一步强调了"客体关系"理论的观点不仅与一个人儿童期的社会心理发育有关，更塑造和贯穿了一个人的一生，因为"宝贵的物质财富……是自我的标志，对自我的持续塑造意义重大"。[20] 既然自我塑造是一个持续不断的过程，那为什么在老年阶段就不能继续下去呢？

西方社会老年人的典型特点是社会纽带的缩减（因朋友和家人的过世、与所爱之人地理上相距甚远、精神和身体的孱弱），他们赖以生存和延续的物质对象往往又和他人有关；对于"家庭"和传承来说，所有这些主题都持续为个体生命提供着超越此时此地的意义。物质实体还有助于团体的延续和传达；不只是个体与他人之间的关系，例如互送礼物，而且还会通过古董或传家宝隔代相传。[21] 另外，获得、照管、传递这些物品，使得拥有者承担了特殊的角色和责任，从而将他们置于更广的社会和历史语境之中,或许还会为他们提供额外的意义和联结的来源。因此,物质文化为个人归属提供了共同的"社会文化准则",以及能够抵御或反过来去构建孤独感的个人化的内在意义。[22]

孤独与身体

物品不会凭空存在,而是通过情感、使用者的身体语言与个体和社区联结在一起。我感兴趣的是,物品、情感与身体自我之间的接触,这些围绕物品而做出的行为是如何为情感状态(包括孤独感)提供线索的。美国作家朱利叶斯·法斯特在《身体语言》这本书中写到了一个案例,尤其与老年人有关。法斯特讲述了一位正考虑要不要被送到疗养院的老年女性。[23] 在"身体即信息"这一节,法斯特描述了话题的核心人物"格蕾丝阿姨",在家人讨论时保持着沉默,对于自己是否要被送走,她并不想发言,因为她不想成为任何人的负担。她"坐在家人们中间,抚弄着她的项链,不时点头,拿起雪花石膏制成的小小的镇纸抚摸着,一只手顺着沙发的天鹅绒游走,接着把玩木雕"。家人们迟迟决定不了,他们才终于发现格蕾丝阿姨在做什么:"格蕾丝阿姨自从开始独居,便开始喜欢抚弄物品。她会触碰和抚摸一切伸手可及的东西。家里人都知道这一点,但直到那一刻,每个人才明白过来她想通过抚弄传达些什么。她是在通过身体语言向他们讲述，'我很孤独。我太渴望陪伴了。救救我！'"[24]

格蕾丝阿姨的故事让我想起了我的外婆罗斯。尽管她在频繁失智的时段似乎并不会注意到自己的容貌，但在清醒的时刻，对她而言万分重要的就是头发是否梳得整齐。无论多么难得一用（偶尔理发师过来，用的也是自带的工具），她的梳子都骄傲地静置在床头桌上。但那无关紧要。梳子和饼干盒一样，都是与祖母一生的社会和心理身份认同相连的物品。身体的整洁提示着一个人与这个世界的情感交流，而社会自我正是通过每日的互动得以呈现并得到确认的。我的外婆罗斯在她的一生中多次赢得过选美比赛；保持整洁是她自我意识的核心，也是与他人相联结的核心。这显然是她行动的方式，是她打扮自己的方式——包括她频频节食，穿上黄色的太阳裙和搭配好的帽子，就为了坐在泥泞的河岸上看我哥哥钓鱼。（在难得的一次威尔士之行中，我确信，我城里的外婆肯定以为那里和亨利赛艇日[1]的环境差不多。）我到现在还会想知道，那把梳子是不是和外婆在清醒时感受到的孤独有关？

---

[1] 亨利赛艇日（Henley's Regatta），又称皇家亨利赛艇日，是每年初夏在英格兰泰晤士河畔亨利镇的泰晤士河面上举办的赛艇活动，始于1839年。亨利赛艇日于每年7月的第一个周末（周三到周日）举行，在一英里长的河面上竞速。该活动也是英国社交季节的重要活动之一，对参加人员的着装有着严格要求。

它是不是让她回想起曾经置身于社会和家庭关系网络中的时光？那些记忆究竟加剧还是缓解了她的孤独？

许多历史和当下的例子都说明，孤独可以通过身体和物质对象以及风景和建筑环境来传达。孤独作为一种情感状态，可因感官经历、记忆、丧失感而被诱发，大多数情况下是源于一个人不再拥有曾拥有的东西。孤独可以在一个世界和另一个世界之间架起桥梁，从陪伴你的人变成折磨你的人，从形影不离变成心头绞痛。譬如，维多利亚女王因为丈夫阿尔伯特的死而备感孤独，这种孤独会在悲伤和怀旧的时刻被诱发；它既是一个永恒的存在，也是偶尔到访的过客。1862年6月3日，在守寡约六个月后，维多利亚在日记中描述了自己重返皇室的主要居所温莎时的感受，阿尔伯特正是在那里过世的：

> 可怜和悲伤的温莎啊，夏日的草木郁郁葱葱，一切都像是早些年在阿斯科特[1]的时光。物是人非！……与爱丽丝［维多利亚女王的次女］一路向弗罗莫尔驱车前行，那儿是多么美丽啊，到处都是鲜花，杜鹃、丁香，空气里满是香味。噢！真是让我回想起从前快快乐乐的时日，让我

---

[1] 阿斯科特，英国英格兰东伯克郡的一座小镇，位于温莎以南六英里，以皇家赛马场而闻名。

心里好难受……孤独感和凄凉吞没了我。[25]

维多利亚女王触景生情,用现实中的事物缅怀阿尔伯特的炽热之心,可谓世间难得。她身边尽是半身胸像、阿尔伯特的手模、照片、"数不胜数的"纪念碑和纪念物。[26]与国家层面大规模生产纪念物(纪念匾和半身胸像、盘子和手帕,以及大众能想象到的一切纪念品)相呼应,维多利亚保留了阿尔伯特在温莎的皇家居所(阿尔伯特就是在那里过世的)、奥斯本和巴尔莫勒尔房间的原貌,保存了两人互相交换的礼物,从阿尔伯特第一次送她的花束到婚礼上的花环。她亲自安排制作胸像和雕塑,包好阿尔伯特的头发和手帕,送给她的孩子们,并且余生都保持着穿黑衣的习惯。[27]阿尔伯特过世以后,维多利亚将她的家和周遭环境都布置成了透着孤独的复杂建筑,她会和那些物品对话,好似其中盛有阿尔伯特的灵魂。她会把象牙制的缩微雕塑放进口袋;只要想和他分享自己的某次经历,比如看到的一处美景,她就会打开印有他容貌的项链坠,细细回想。[28]她还在弗罗莫尔建造了一座皇家陵墓,思念阿尔伯特的时候,她一次次回到那里:

> 午后,和路易斯一起驱车前往心爱的陵墓,在那里我能感受到宁静、平和!安睡在此定是有福的,我总能想到我亲爱的阿尔伯特如今就住在那里。我是多么渴望自

己也能长眠于此啊,远离争斗、愤怒、谩骂和这世间的种种邪恶欲念。[29]

"谢天谢地,"维多利亚后来在日记中写道,"我越来越感觉到我心爱的阿尔伯特**无处不在**,不只是在那里。"[30] 她身边围绕着那么多阿尔伯特的纪念之物,他又怎么会不在场呢?

维多利亚时代的哀悼习俗和如今21世纪的英国不同。而无论是在婚姻中还是在丧偶期,物品都能言说孤独和不幸,正如人们通过礼物和纪念日来表达爱情和陪伴一样。20世纪90年代,我曾研究了17、18世纪的大量婚姻诉讼,当时是由教会法庭来负责监督婚姻法的。在我研究这个课题时,大多数历史学家都在关注18世纪以降情感生活更为复杂和微妙的转变,尤其是婚姻和其他有法律规范的文化领域(例如,血腥竞技和作为公共景观的酷刑展示的减少)。我的研究则结合了婚姻的社会学和人类学视角,聚焦于爱与愤怒是如何通过家庭这个私人领域来表达的,比如,从餐具到床,从蛋奶冻到壁炉,这些物质文化都成为家庭语境之下爱或恨的象征。[31] 有的女人无权触碰物品,这等于被婚姻共同体拒斥;而丈夫的预期行为,也反映了夫妻之间延伸出婚床之外的家庭亲密关系。随着情感与物质文化之间的关系越来越受到历史学界的关注,这项研究正在被重新发现。[32]

无论是公主还是乞丐,无论是在21世纪还是在17世纪,个体参与物质实体和客观环境中均表明：个人的情感世界和社会关系两者之间存在着同样的权力平衡。要经由过去的物质文化寻找孤独的痕迹则更加困难，尤其是考虑到孤独（loneliness）从18世纪末才开始在语言中存在。在那之前，"独自一人"（oneliness）指涉的是孤身的状态，而无关乎任何情感上的匮乏。在《宗教情感社会学》（2010）中，奥利·里斯和琳达·伍德海德阐明了身体改造（比如，禁食、摆出某种姿势或跳舞），以及感官刺激（比如，通过击鼓或强烈的味觉、嗅觉）历来在宗教的公众展示中尤为常见，但在私人单独与上帝交流时却未必如此。[33] 宗教意义上的独处指的是个体与上帝之间的"私人关系"，而不是个体、物质实体及符号与社会群体之间复杂关系的组成部分。[34]

与物品的情感关联能揭示出孤独与独处之间的交集，不仅仅是在宗教语境中。发人深省的是，如果比较一下随时间推移或是在不同文化中的孤独表征，我们就会了解个人、物质与孤独之间的关联是否在发生着变化。一个相关的主题就是将物质实体人格化，以及为了替代人的陪伴而使用动物疗法。许多研究表明，以动物为中心的疗法不仅对老年人的情感联系很重要，而且对鼓励人与人之间的关系也很重要。宠物为我们提供了一份谈资、一种借口、一次机会，让我们得以走出去，走到这个世界之中。一项针对住进疗养院的人过往经历的调查显示，每个星期和家养动物互动一次，足以大幅降低他们的孤独感。[35] 如果宠物不可行, 机器狗也可以有正面的功效。[36] 因此, 将动物陪伴引入疗养院或许有助于缓解老年群体的孤独感。[37]

孤独的身体

如果没有身体去思考、感受、相信, 就不可能理解和体验自我。然而, 我们的身体可能不仅需要用我们自己的眼光去看待, 还要依据科学、医学和神学加以审视; 身体是我们的自我与这个世界的交汇。[38] 情感是精神与身体经验的中间点, 通过讲述和记忆组织起来, 并在代际之间传递; 情感还被嵌入了我们现实中的物理结构和由物质构成的世界。因此, 在表述情感、交流族群、基因遗传、习俗和行为上, 身体语言是理解孤独的核心。

我在其他章节探究了孤独是如何被看成一种身体和情感折磨与情感状态的。有关孤独的论述大多关注精神层面——无论是从保护和促进心理健康的角度, 还是通过假定"精神"必须优先于"物质"来强迫自己进行锻炼、社交等诸如此类的活动。[运动品牌耐克1988年提出的口号"只管去做"(Just do it)就是一个贴切的例子。][39] 21世纪, 人们注重将情感看成心理状态, 这或许是现代医学一个合情合理的立场。然而, 孤独既关乎身体也关乎精神, 它不仅给身体带来消极的影响,例如，中风和心脏病高发造成了老年人经济上的忧虑。[40] 同时，孤独也是一种感觉体验，与其他强烈的内在情感状态有关，包括但不限于悲伤、嫉妒、愤怒和怨恨。

现代西方医学主要将孤独视作一种与抑郁、焦虑等病态相关的精神状况，因此倾向于关注精神（或者狭义生物医学意义上的脑部疾病），而不是身体。对抗疗法医学[1]将精神与身体二分的原因，则根植于19世纪以来医学学科在哲学与实践方面的发展。[41] 如今的医学已经不太强调对孤独进行预防了，虽然前现代的历史大多将过度的孤独视为一种全身性的病痛，而非心理疾病。此外，因为孤独可能与抑郁有关，今天针对孤独的治疗都间接依靠抗抑郁药物来进行，要么是作为独立的治疗，要么是结合其他疗法。有的医生的确会建议采用其他治疗方案，例如运动、节食、针灸等，但这些针对身体的活动都是次要手段，其目的是让个人重新养成健康的社交习惯。而形成一种有意义的整体方法以至必然相关的社交网络，就大不一样了，因为强制形成的社会联系（比如要求某人必须出门去见人）毕竟是不可持续的。[42] 要想避免孤独，就需要建立基于共同理解的、有意义的联结，哪

---

[1] 对抗疗法医学，指现代医学中采取针对疾病本身的成因直接对抗、移除，使用药物的活性成分或物理操作（手术）等方法治疗疾病或伤势，例如以抗生素消灭病菌，用手术切除肿瘤，或是用放射线杀死癌细胞，以人造血管代替栓塞的血管等。由顺势疗法的创始人塞缪尔·哈内曼在1810年首先提出。

怕这种联结是由猫或狗,而不是由人来建立的。[43] 花时间与情感上疏远的人待在一起甚至比独自一人更孤独。相较而言,据说爱抚宠物会增加让人愉悦的荷尔蒙(包括催产素),并且有助于减轻压力,与朋友或爱人的陪伴和接触效果大体相同。[44]

喂养"饥饿"

在其他人身边感到孤独,或者"在人群中感到孤独"(lonely in a crowd)这一术语,与社会疏离很普遍时药物滥用和康复项目中所使用的语言非常相似。预防医学教授史蒂夫·萨斯曼描述了与依赖、戒断、恢复相关的身体症状,包括"无法接纳自我的不适感",以及为减轻这种不快的感受而产生对饮食的渴望。[45] 耐人寻味的是,在与孤独状态相关的情感集群中,吃吃喝喝常被作为隐喻、象征和实用的标志来使用,以此缓解和安抚个人或集体。神经学家约翰·卡乔波将孤独比作一种能在人与人之间传播的心理"传染病",还称孤独是一种内在的"饥饿"。这是因为,在卡乔波的社会神经学研究方法中,"与他人关系的断裂"被视为"一种危及生命的情形;在这种情形下,孤独演变成改变行为的信号——酷似饥饿、口渴或是身体的疼痛"。[46] 精神健康慈善机构Mind在建议人们如何克服孤独时运用了相同的比喻:"将孤独感想象成饥饿感是很有用的。就像你的身体利用饥饿来告诉你需要食物一样，孤独就是你的身体在告知你：你需要更多的社会接触。"其中暗含的意思是，与我们用食物喂饱忍饥挨饿的身体这种方法一样，去见"更多的人或者不一样的人"也能填饱孤独带来的饥饿感。[47]

除了拿食物做对比之外，在谈到孤独（或缓解孤独）时，另外一个常用的比喻就是温度：字面意义与象征意义的冷和热。孤独是冷的。德国神经病学家、有"当代西格蒙德·弗洛伊德"之称的弗里达·弗洛姆-赖克曼[1]是最早将孤独界定为一种病态精神状况的人之一。她在1959年的一篇论文中详述了一位饱受精神分裂性抑郁症折磨的女性是如何惊呼的："我不晓得为什么大家都觉得地狱里热浪喷涌，烈火燃烧。那根本不是地狱。地狱更像是你被冻在了一块冰里。那才是我现在待的地方。"[48]

相反，当一个人与周围的人疏离、备感孤独时，身体的温暖有一种生理和象征意义上的补偿效应。当一个人与家人和朋友有联系时，泡个热水澡可能不会影响这个人内在的温暖，但对于离群索居的人来说，泡热水澡的确会为他们带去一些身体和心理的变化。[49]似乎是为了反映缺失社交的温

---

[1] 弗里达·弗洛姆-赖克曼（1889—1957），美籍德裔心理分析师和心理治疗师，被视为应用心理分析治疗精神疾病的先驱之一，也是新精神分析学的代表人物。

暖，孤独的人对温热饮食、洗澡和淋浴表现出了更为热切的渴望。与食物之间的关联也尤为重要；饮食不规律（包括暴饮暴食），与隔绝感和孤独感有着类似的相关性。[50]

肥胖的女性报告的孤独程度远远高出不肥胖的女性。就西方国家对肥胖有着较高的社会污名化程度来讲，这个结果似乎是可以理解的。然而，在同一项研究中，相较于不肥胖的男性，肥胖的男性并没有报告更高程度的孤独。这反映了现实中可能存在对于外貌期待的性别偏见。[51] 至于阶层和种族对孤独经历有着怎样不同的影响，还有待继续考察。例如，许多心理学和社会学的文章表明，黑人女性"比白人女性对自己的身体更满意"，因此，相较于白人女性，黑人女性体验到的与身体质量指标和身体形象相关的不安全感更弱。[52]

失眠、孤独和肥胖之间也有关联。人们越来越意识到睡眠缺乏与体重增长之间的关系，以及焦虑在睡眠障碍中的作用，因此，孤独会对饮食和睡眠这类基本的身体功能产生影响也就可以理解了。而精神病专家则认为，因为皮质醇（"压力激素"）的分泌变化会同时导致失眠和体重增加，所以孤独感和睡眠不足会导致身体发生实质性的变化。年轻人尤其会碰到这个问题。[53]

古代和前现代的医师将日常饮食和睡眠管理看作一种自我照料的"身体习惯"。所谓的非天然物（non-naturals，外在于身体同时作用于身体的条件）不仅包括睡眠和营养，还

198

包括锻炼、空气质量和情绪调节。19世纪以前，所有有关情绪状态的讨论核心就是身体及其习惯。医师为了让病人摆脱"坏血"会为他们放血，或是通过催吐和清洗，清除掉滞留在体内的有害体液。虽然到了19世纪，体液的说法几乎彻底消失了，但放血疗法仍以各式各样的形式继续存在。[54] 18世纪，人们通过不同的治疗手段来应对过度孤独，包括锻炼、身体之间的亲近。

从身体角度来应对孤独在医疗史上已有明证。20世纪以前的非药理干预就符合且融合了非天然物的传统观念：新鲜的空气、锻炼（最终是有利于荷尔蒙而非体液[55]）、营养丰富的饮食、充足的睡眠、与他人的联结，以及养成一种居于世界之中而非从世界抽离的平衡之道。21世纪，人们靠对身体而非精神进行刺激性疗法来应对独自一人的情况，是颇为耐人寻味的。与强迫式的社交方式，比如聊天和思考（包括认知行为疗法[1]）不同，21世纪的治疗手段还包括跳舞、养宠物、组团做饭、吃吃喝喝，以及一系列能够让精神与感觉性身体、社交性身体相结合的活动。在英国开展的促进社交和独立的慈

---

[1] 认知行为疗法（cognitive behavioural therapy，简称CBT），指通过改变患者对某些人、事或自我的看法和态度等不合理的认知问题来治疗他们的心理问题，是20世纪60年代由A.T.贝克发展出的一种短程、认知取向的心理疗法，主要针对抑郁症、焦虑症等心理疾病和不合理认知导致的心理问题。

善活动——从"男人棚屋"运动[1]到老年英国在唐卡斯特[2]办的"独立圈子"——都在实践层面意识到了体育活动和身体技能在避免孤独方面的重要作用。[56]

关于克服孤独的健康和社会保障建议，很少涉及具体的身体体验或预防策略。在英国，人们已经转向了"社会处方"，即医生不仅可以开药，还能与当地的志愿者团体合作。有批评者认为，社会处方正在全英国推广，但仍不够严谨，也少有成功的例证；最坏的情况是，社会处方虽减轻了国民健康服务体系的财政压力，却导致个人得不到充分的救助。[57]

另外，社会处方并没有重塑现代医学的身心二分观念，或是将孤独的身体性置于中心位置，也没有触及孤独的感官层面，或是声音、气味、景象、触感对生活经验的影响：从火车车厢的咔嗒声到苹果花的香气，我们生命和记忆中的物质环境会让我们回想起关乎身体的活生生的经历。而孤独"流行病"的提法并不会考虑这些。举例来说，除了接触宠物之外，人们，尤其是老年人群对身体接触的渴望也不太会被提及。这不仅反映出西方医学理所当然地将精神和身体割裂开来的

---

[1] "男人棚屋"运动，据英国《每日邮报》2012年12月1日报道，在英国，越来越多的人会选择棚屋作为家以外的居住地。《英国医学杂志》的研究显示，独居在花园掩映下的棚屋有助于降低血压，有益健康。"男人棚屋"最早出现在澳大利亚，后来在英国也渐渐盛行起来。

[2] 唐卡斯特，英国南约克郡的一个城市。

做法，还说明了我们总体上对于老年人的感官体验的忽视。无论是作为一个社会整体，还是在医学领域，我们都更倾向于将老年人的身体想象成正在崩坏的、无性的身体，而不是和年轻人的身体一样是承载自我、欲望和需求的容器。当然，我们在谈论老年人的时候，并没有把性亲密的缺乏考虑在内。[58]

与身体对话，借身体交流

他人的孤独之所以如此难以被察觉，部分原因是孤独并不是单一的情感状态，而是一种情感的集群。[59]可以说这对所有的情感都适用，部分是由于情感的特质即稍纵即逝，还因为情感与触发该情感的事件、认知环境息息相关。因此，对一次浪漫的怠慢感到愤怒，可能会带有屈辱或悲伤的意味；对故作炫耀的竞争对手的嫉妒可能与失望和气愤有关，那种与感知、环境毫不相关的恒定不变、单一的情感状态是不存在的。然而，和大多数情感状态不同，孤独并不是通过一系列能被社会理解的独特体态来表达的。例如，在西方文化中，表达愤怒常常和如下反应有关：眼睛发光，握紧拳头，面色变红。而爱则可能通过心跳加速、脸颊涨红甚至是羞愧（低头缩肩）暴露出来。与这些独特且可识别的特点相比，自古以来并没有约定俗成的姿态或显示符号来传达孤独的感受。[60]即便是以低垂的眼睛、耷拉的肩膀为特征的悲伤，也无法始终代表孤独的特点。因为孤独的人不总是悲伤的,有时他们会感到愤怒、怨恨、羞耻、顺从,甚至平静如常。

因此,许多身体姿态和行为可能就在暗示孤独。颇具讽刺意味的是,其中一种行为表征就是:有些孤独的人无法破译和理解他人的情感,也就是说,他们的编码系统"受损"了。[61] 毕竟,学习解读和破译身体语言是一项社会技能。如果由于被迫独处而缺乏这方面的实践和参与,或是过于担心自己无法**正确地**完成社交任务(可能被人拒绝),可能就会导致情感交流的困难。

身体语言在传达社交含义时可以是有意的,也可以是无意的。(眼泪就是一个很贴切的例子,眼泪既可以是"鳄鱼的眼泪",也可以是真诚的眼泪。)**抑制情绪化的身体语言**,例如,压抑愤怒的姿态也是一种具体化的语言。要解读情绪化的身体,就需要我们关注姿势、举止、语调、活动、仪容仪表,以及通过衣着和身体的整饰表达的外部信息。"人类身体没有哪种属性——无论是身形、身材、身高还是肤色——不是在对观察者传达某种社交含义的。"历史学家凯斯·托马斯在20世纪90年代曾这样说。健康、职业、教育、环境、性别、阶层和种族的差异会留下印记,而旁观者的感知和偏见则为身体姿态和手势赋予了新的含义。[62]

上文我提到了老妇人格蕾丝阿姨,当她的亲戚们为要不要把她送进疗养院争论不休时,她摆弄物品的行为给她的感受提供了线索，否则人们很难知道她在想些什么。这些感受可能对于格蕾丝本人来说也很难知晓，她也不清楚哪些行为是自己有意为之的。孤独的人并不总是能够如这般自我察觉，并且他们遵循的行为模式可能也不尽相同：格蕾丝阿姨变得过度依赖物品，换个人可能就会摧毁物品。1998年，为了研究老年人中发生的孤独，伦敦天主教社会关怀机构的安妮·福布斯为《英国医学杂志》撰文写道，全科医生需要更好地辨别病人的孤独表征，尤其是那些年老体弱的病人。福布斯列出了孤独人群的一系列身体特征，其中包括：说话滔滔不绝，长时间抓握手或手臂，神情颓丧，胳膊和腿紧紧交叉在一起，衣着色彩单调。可惜的是，福布斯的想法似乎并没有在医学领域得到进一步发展。从医学专业的角度来看，用以上每一项身体信号来识别孤独都不够具体，因为这些身体信号还与下列因素相关：抑郁障碍，恐惧情绪（说话滔滔不绝），焦虑（长时间抓握手或手臂），害羞（胳膊和腿紧紧交叉在一起），或者缺乏经济来源（衣着色彩单调）。

然而，福布斯的解释和医学社会学家的研究之间也有一些有趣的相似之处。医学社会学家探究的是健康与社会医疗背景下的"护理的物质性",[63] 以及文化及情感地理学家的研究；情感地理学家长期以来一直关注空间、场所和物质文化的情感特性。[64] 社会历史学家也一直在关注外貌与精神状态之间的关联。想想看迈克尔·麦克唐纳至今仍意义重大的

《神秘的疯人院》(1981),这本书探讨了17世纪衣衫褴褛和人的外表同抑郁症之间的关联。[65]类似的说法同样见诸现代早期婚姻中关于女性外表的讨论,认为女性的外表与她们在社会上受尊敬的程度、地位以及心理健康息息相关。因此,那些被丈夫拒绝给好衣服穿的女性同样也被剥夺了社会接受度和地位。[66]另一方面,认为穿着干净整洁的衣服、外在地表现亲和力(包括张开手臂、舒展的体态)与不孤独有关,而与内化的、"文明的"行为准则无关,这种假设似乎也是有问题的,它无视了不同性别、种族和国籍的交流差异。一个人伤心难过时仍用微笑来掩饰情绪,无非是想通过"故作坚强"来避免孤独带来的羞耻感。

有关切身的孤独感,一个最常被忽略的方面是,孤独如何与老龄化和丧亲之痛一起,限制了人们寻求陪伴的愿望和能力,无论这种陪伴是多么有意义。这种从社交生活中抽离的表现不光是孤独人群的一大特征,同样也是他们的照顾者——这是(有偿和无偿)雇佣关系当中最孤独、也最缺乏研究和关注的人群——的一个特点。[67]因此,理解孤独寄生的身体语言和物质文化,对于更细微地理解21世纪的孤独尤为重要,也有助于我们了解如何经历、传达和预防孤独,以及如何从别人身上"读懂"他们的孤独。这或许也可以让人们了解到,在界定象征幸福的姿态、仪式和习惯时,孤独往往是不存在的,这对于辨别作为一种选择的独处与并不想承受的孤独之间的区别,以及人们何时可能欢迎干预是至关重要的。

如果孤独被视作一种身体状态,那么采用身体干预的方式自然会有帮助。像触碰这样的动作就提供了一种与他人交流的感官方式,无论形式是游泳、跳舞(增加了音乐带来的情感维度),还是散步或雕刻。[68] 假设孤独是一种全身体验,那么它的感官接触,引申来说就是个体在这个世界的感官参与,就非常重要了。我们听见的声音,我们感受到的气息,他人的触碰(爱、养育和性),所有这些都在我们作为一个个具体的个体,以及与他人相连的自我经验中发挥着作用。我住在伦敦的东芬奇利时,我朋友花园尽头的北线地铁对她来说不堪其扰,却让我感到宽慰:它提醒着我,我从来都不是孤身一人,而是更广阔生活网络的一部分,只要愿意,我可以随时参与其中,或抽身离开。

选择是很重要的要素。独处(甚至是适当语境下的孤独)既能给人鼓舞,也能让人在情感上养精蓄锐,特别是当你主动选择独处或孤独的时候。在西方社会,我们倾向于将与孤独相关的事完全看成是负面的,但孤独和独处其实都可以很疗愈,甚至能给人以创造力。这在很大程度上取决于孤独和独处是被人极度渴望,还是被迫为之、绵延持久,抑或是被解读为社会和情感缺陷的征兆。因此,孤独研究的一大挑战便是,除了识别孤独在人、时代、文化方面的差异以外,我们还应了解孤独何时丰富了人类境遇,而不是使人类生存陷入贫瘠。

第九章

❾

孤独的流云与空荡荡的容器:
如果孤独是件礼物

> 我进入了一间庇护所,一座修女院,虔诚地隐居。我曾经历剧痛,始终怀有某种恐惧;我是如此惧怕人即是孤独,是能一眼望穿的容器的底部。这便是我在这里,在8月前后的诸多经历之一,继而拥有了一种我称之为"现实"的意识:我眼前所见的抽象之物,停驻在丘陵地或天空,除此之外亦无关紧要,我便栖息于这些事物之上,继续存在着。[1]
>
> ——弗吉尼亚·伍尔夫,《作家日记》(1928)

孤独可以令人生畏,无论是在生存意义上,还是在日常生活中。尤其是当孤独与残疾、体衰、精神健康问题、脆弱联系在一起的时候,会使人陷入糟糕的窘境。但正如影响深远的英国现代主义作家,意识流写作风格的先驱弗吉尼亚·伍尔夫所言,纵然痛苦,孤独也是必要的,至少对于创作而言的确如此。"一眼望穿的容器的底部",体验与日常生活的劳碌不一样的现实,可以让人对自我和世界产生一种新的认识。

此外,我不只是在谈独处,尽管这当然也与创造力,与写作、绘画或者仅仅是思考的时间和地点有关。我谈论的孤独是一个人所拥有的与一个人所需要的之间有意义的匮乏感，就有意义的联结与社交而言，它可以成为一笔资产，而非负担，尤其是在一个人自主选择、仔细应对、小剂量摄取的情况下。

本章我将探讨艺术创作与孤独的关系，以及对孤独的追寻或忍耐（及重塑）是如何被想象成一种积极或消极的经验的。我会列出作家和艺术家们如何在他们的作品中与他们对孤独的渴望共处；以及围绕孤独而生的文学如何成为一种积极的追求，并沿袭了更早期与修道院生活、亲近上帝有关的精神性的隐居形式。这在威廉·华兹华斯的《水仙》之中得到了佐证，这首著名的诗歌表达了与自然和精神世界的独特交融可以通过独处时的沉思达到：

> 我孤独地漫游，像一朵云
> 在山丘和谷地上飘荡，
> 忽然间我看见一群
> 金色的水仙花迎春开放……
> 每当我躺在床上不眠，
> 或心神空茫，或默默沉思，
> 它们常在心灵中闪现，

> 那是孤独之中的福祉……
>
> ——威廉·华兹华斯,《水仙》(1804)[1]

通过独处和一个人对自己社会孤立的自觉认识,孤独能够提供一种与自然之间的神性交融。在浪漫的个人主义的语境下,孤独作为积极体验和消极体验的矛盾性有了新的意涵。因此,为了追求创作必须要经受孤独,已经成为艺术家文化符号的一部分:孤独,在阁楼里忍饥挨饿,为了创作甘愿忍受折磨。

但如果我们将追求孤独看作一种积极而非消极的状态,我们又能学到些什么呢?当人们时常认为孤独消极的一面远远超过积极的一面时,是否可以用有益于21世纪的分类方式重新来界定孤独呢?要回答这些问题,我们首先需要转向浪漫主义者,对于他们来说,人文主义思想下的自我意识已经开始取代正统神性的需要。

孤独的浪漫主义者

在备受赞誉的《孤独的城市》(2017)一书中,作者奥利维亚·莱恩高度评价了孤独带来的愉悦与痛苦,并将孤独视

---

[1] 见《世界抒情诗选:灰烬的光芒》,西川主编,飞白译,天津人民出版社2020年版。诗题为《我孤独地漫游,像一朵云》。

为一项颇具创造性的事业和城市身份的独特表现。[2] 莱恩完美地诠释了现代城市图景之下孤独的悖论性处境——一个人虽然理论上距离他人更近了，但实际上被匿名化了，无所凭依。她将自己在大城市中的孤独经历与现代艺术——包括美国现实主义画家、版画家爱德华·霍珀[1]作品中一个个不具姓名的自我——联系起来。霍珀表现的现代美国生活，比如旅馆前厅孤独的身影或是独自吃饭的人，总是萦绕着一种可能有人陪伴的气息，但不知为何又从他人中抽离，这已经成为城市环境的疏离氛围的代名词。[3]

对于浪漫主义诗人而言，孤独与一种世俗的、创造性的特定身份交织在一起。这种身份关乎性别，并且将文明和自然思想与追求美、爱和灵魂结合在一起。孤独作为一种最宽泛意义上的浪漫主义理想，这种愿景与18世纪末和19世纪英国浪漫主义诗人的诗歌与作品有关。它汇集了早期关于神性和精神的思想观念，并将其重新加工成一种人文主义、有时是神性的心境。

美国文学批评家、散文家威廉·德莱塞维茨概括了浪漫主义独处理想的出现，认为这种独处理想源自18世纪，有着宗教上的根源：

---

[1] 爱德华·霍珀（1882—1967），美国最重要的现实主义画家之一，以描绘寂寥的美国现代生活风景而闻名。他的画作捕捉到了现代社会"都市荒原"的场景，"霍珀式风格"通常指的就是这类疏离的氛围和人群中的孤独。

如今，自我不再与上帝相遇，而是与自然相遇，为了遇到自然，一个人必须首先与自然接触，并且要以一种特殊的敏感去接近自然：诗人作为社会先知和文化典范取代了上帝。然而，浪漫主义同样承袭自18世纪社会同理心的观念，浪漫主义的独处与社交能力之间存在着辩证的关系。[4]

浪漫主义者并不是天生就反社会，也不是自始至终都需要独处，尽管这曾经是人们普遍相信的观念。[5] 和华兹华斯一样，这些浪漫主义者花时间独处是为了与自然交融，他们珍视反思自己所见之物的时间，但当他们与其他诗人、作家一起消磨时间时，他们也热衷于社交，享受城市社会中的欢宴交际。[6] 实际上，对于浪漫主义者来说，写作的意义在于履行一项社会服务，与追求个人和精神上的善好；写作即找寻答案，可能会帮助一个人在日益机械化、城市化，有时甚至是野蛮的工业革命环境下，或是在威廉·布莱克[1]笔下的"黑暗的撒旦工厂"中，走出自己的路。[7]

---

[1] 威廉·布莱克（1757—1827），英国浪漫主义诗人、版画家，以神秘主义和富于想象力的诗歌为世人所知。"黑暗的撒旦工厂"（dark, satanic mills）引自威廉·布莱克的最后一部长诗《耶路撒冷》。生活在社会改良、工业革命、理性主义和神秘主义相互交织的时代，威廉·布莱克认为自己负有帮助英国建立一个以爱为基础的新社会秩序的使命，他将这个乌托邦称为"耶路撒冷"。

和布莱克一样，华兹华斯也在第一代英国浪漫主义诗人之列（1798年，他与塞缪尔·泰勒·柯勒律治合作发表了《抒情歌谣集》，虽然1800年的第二版中仅署了华兹华斯的名字）。在1802年出版的《抒情歌谣集》中，华兹华斯提供了一种新型诗体的元素，这种诗体摒弃了18世纪僵化的修辞，转向了一种自发的、据说可以通过自然的静谧和亲近土地而获得的写作风格。[8]以过剩的伤感和对自然界的敏感为特点的中产阶级浪漫情感的形成，使得在自然界中与上帝交流所需的自我反思和内省成为可能。

华兹华斯终其一生都保持着对宗教的虔诚，虽然并非所有的浪漫主义诗人都是如此。他的《水仙》一诗强调了独处及安静的思考对于创造过程的重要性，这与想象力（向内看的心灵之目）和神性的存在是并行的："每当我躺在床上不眠/或心神空茫，或默默沉思/它们常在心灵中闪现/那是孤独之中的福祉。"在这里，独自一人的状态并不是负面、消极的。在华兹华斯的作品中，孤独没有独处那么明显，这也反映了18世纪并没有出现作为病态情感状态的孤独。

早期浪漫主义者以自然为纲，此外，他们认为，特定的自然环境可以唤起或者增加孤独感。地理学家，尤其是文化地理学家在阐述客观世界之于情感的影响时深谙其道。[9]在21世纪，孤独的一个特别引人关注的方面就是人缺乏与一切和"自然"有关的事物的接触，尤其是在城市和贫困的环境中。

一些研究证明,如果日复一日看不到绿植,人更容易面临精神健康问题,例如孤独;越来越多的证据表明,绿色空间具有促进康复的功能。[10] 环境作为健康之源的医学化过程,让人回想起18世纪关于气候和"呼吸空气"的讨论,这些讨论涉及与健康相关的自然,以及健康与身体习惯的整体观念。[11] 值得注意的是,在21世纪的生活中,城市贫困与缺少绿地之间的关联,以及在浪漫主义时期将自然作为抚慰人心之源而进行的阶层化解读,两者都十分重要。对于华兹华斯笔下的"农夫"来说,自然世界的风景在前工业化时期更为常见,并且绝大多数情况下都意味着艰苦的体力劳作,而与安静的沉思无关。[12]

直到1818年,作家、哲学家、女权拥护者玛丽·沃斯通克拉夫特的女儿玛丽·沃斯通克拉夫特·雪莱创作了《弗兰肯斯坦,或现代的普罗米修斯》,人们才开始大范围地讨论独处和社会孤立的问题。雪莱的小说受到早期作家的哥特式元素影响,比如霍勒斯·沃波尔[1]的小说《奥特朗托堡:一个哥特故事》(1764);也探讨了当时的社会和政治问题,比如对暴民统治的忧惧、乡村景象(包括瑞士的群山和苏格兰的荒野)的凄凉,与华兹华斯作品中的田园牧歌、医学及科学对界定人性

---

[1] 霍勒斯·沃波尔(1717—1797),英国作家,文中提到的《奥特朗托堡》以中世纪城堡为背景,首创了集神秘、恐怖、超自然元素于一体的哥特式小说风格。

（或人性的缺失）的作用形成对比。还有的文学作品有意重述了《创世记》的神话，比如《失乐园》就讲述了万能的造物者将自己创造的一切遗弃在了隔绝、绝望和罪恶之中。雪莱的作品以约翰·班扬的话作为题记："造物主啊，难道我曾要求您，用泥土把我造成人吗？难道我曾恳求您，把我从黑暗中救出吗？"[13]

在雪莱的《弗兰肯斯坦》中，同名的医生靠寻求独处来缓解内疚和悔恨："我回避人的脸孔；所有喜悦或自满的声音是对我的折磨；独处是我唯一的安慰——深邃、黑暗、死亡一般的独处。"[14] 这里能看到一点迹象：现代异化可能会成为20世纪初的作家关注的核心，在这种异化中，孤独既是短暂的喘息，也是苦难的根源。重要的是，《弗兰肯斯坦》中没有提及"孤独"（loneliness），只有一处提到了"孤独的"（lonely），意思还更接近独处的状态。独处的凄凉可能源于被造物者遗弃，这似乎符合了我的推测，即从18世纪末开始，社会外在形式日益世俗化，导致了作为一种情感状态的孤独感的产生：孤独也不仅仅指代独自一人的状态，而是一种近似于被遗弃的感受。在玛丽·雪莱写作的年代，尽管许多浪漫主义诗人在政治和社会上都很激进，但女性的艺术创作依然是被边缘化的。最近有一些学者主张，身处浪漫主义圈子中的女性作为艺术家，经受了独特的异化和孤独。的确，她们可能不会像同时期的男性一样，为了寻找水仙花而无拘无束地四处游荡。[15]

更何况,在浪漫主义时期,与同时期男性的写作相比,女性的写作并不受重视。[16]

孤独与现代主义主题

直到20世纪初,在弗吉尼亚·伍尔夫的作品中,独处和孤独才明确地联系在了一起,孤独变成了一种令人痛苦的情感状态,也成为创作过程中的必需。或许孤独的确是"剧痛……始终怀有某种恐惧",但当一个人每天都被熙攘的生活、朋友和熟人包围,孤独对于一个人得以经历不同的"现实"是很有必要的。伍尔夫在很多作品中都写到过独处和孤独,她提到过,向外维持表面的社交,同时满足为了创作而独处的内在需求,一直都是一项挑战。值得注意的是,直到20世纪20年代,在精神病学和精神健康的讨论中,有关"外倾"的外向型人格者(借用瑞士精神病学家卡尔·古斯塔夫·荣格首创的说法)以及潜在的神经过敏的内倾型人格者的概念,开始取得进展。作家西尔维娅·普拉斯极其崇拜伍尔夫,她同样关注内向、孤独的人格与神经过敏之间的关系。因此,独处与精神疾病的关联——在古代和早期现代对于体液的传统理解中,这一直是一个潜在的风险——在现代变得更紧密了。在21世纪,当精神疾病和创造力经常被联系在一起时,它依然被视为情感脆弱的艺术家的一大特征。[17]尽管神经过敏症与孤独之间的关联未必是由荣格制造的,但值得注意的是,从20世纪初开始,相比于内向行为,西方世界更注重外向行为(合群、社交自信)。[18]

从1905年起,一群作家、艺术家、知识分子开始在弗吉尼亚·伍尔夫和她的艺术家姐姐凡妮莎·贝尔位于伦敦戈登广场46号的家中聚会。[19]这群自创了"布鲁姆斯伯里团体"[1]的成员十分自由,都有着富庶的白人家庭背景。他们对于传统的性、道德和婚姻观念怀有波希米亚式的拒斥,这也是这个团体自我认同的一部分。伍尔夫终其一生饱受精神疾病的折磨,可能是由于童年时期曾遭受性虐待而进一步加重了。[20]伍尔夫还意识到,孤独的时段是她能够写作、想象、创造新世界的核心时期,也使得她所创造的新世界能从循规蹈矩的日常生活中剥离出来:"这将是一段冒险和进击的时期,"在1929年5月28日的日记中,伍尔夫这样写道。"我感到相当孤独和痛苦。但孤独对写新书有好处。当然,我应该去交朋友。我应该更外向。我应该买好看的衣服,

---

[1] 布鲁姆斯伯里团体,英国20世纪初以"无限灵感,无限激情,无限才华"为理念的知识分子团体。成员包括作家爱·默·福斯特、弗吉尼亚·伍尔夫和她的画家姐姐凡妮莎·贝尔、历史学家里顿·斯特拉奇、经济学家约翰·梅纳德·凯恩斯等人。在20世纪的中国,以徐志摩、闻一多、胡适、梁实秋、凌叔华为代表的"新月社"就是以布鲁姆斯伯里团体为模板建立的,主要活动方式是诗人、作家、历史学家、政治家等以沙龙的形式聚会、出版杂志、开办书店。

出门去新房子转转。我应该时时刻刻同我头脑中的棱角缠斗。"

伍尔夫有时会明确写到自己需要独处，不一定是为了写作，有时也要思考写作，尤其是当一个新的主题正在成形的时候。在伍尔夫的作品中，应付社交与对创作的期待之间常常矛盾重重。这让我们回想起本书在第二章中谈到，西尔维娅·普拉斯为了符合女性身份的文化期待，绝望地努力着；她需要参与到家庭生活的细枝末节之中，无论这个家庭有多么不因循守旧，至少是她维系写作和保持创造力的立锥之地。这在历史上屡见不鲜；在家庭领域之内，女性的写作频频被置于次要位置。"一间自己的房间"或许是伍尔夫为女性作者喊出的战斗口号，但还有许多人仍在夹缝中写作。[21]

在伍尔夫1929年9月10日的日记中，她写到自己"很疲惫"，原文还特意加了引号。她当时在东萨塞克斯郡路易斯的查尔斯顿[1]野餐，凡妮莎·贝尔就住在那里。伍尔夫的丈夫出门"去野餐了"。"我为什么会感到疲惫呢？我从来没有一个人待过。这便是我抱怨的开始。比起身体上的劳累，我在心理上更累。"部分原因是她必须接连不断地招待别人，这

---

[1] 查尔斯顿指的是查尔斯顿农庄。据说伍尔夫常常会一早从位于路易斯镇的罗德梅尔的寓所蒙克之屋出发，步行穿过小河和南唐斯丘陵，走上七英里的路造访姐姐凡妮莎·贝尔的家。

让她压力重重："凯恩斯[1]来了，接着薇塔[2]来了，然后安杰丽卡和伊芙来了；然后我们去了沃辛[3]；然后我的头开始阵阵作痛——我在这里，却没有在写作——那没关系，但我无法思考，无法感受到任何事物。"[22] 和许多作家一样，对于伍尔夫而言，"无尽无休的陪伴和独自囚禁一样糟糕"。[23] 然而，独处太久也会出问题："我向下看，我觉得头晕……我没有孩子，朋友住得远，写作不顺，花了太多时间在食物上，还正在变老。我想了太多的前因后果；想了太多我自己的事。我不喜欢时间在我身边倏然而逝。"[24]

伍尔夫写日记的目的，似乎很大程度上就是为了让时间不再"倏然而逝"。在日记中，她讲述自己对于写作的焦虑、她相对于其他作家的地位，还有她对未来的恐惧。伍尔夫全神贯注于思考时间的流逝——在她的小说《到灯塔去》中表现得最为明显——也与之相关，因为关于时间与孤独之间的关系尚有诸多未被涉足的领域。[25] 我们与时间的关系——感知、记忆、联想——是情感主题的核心，也是我们与他人、与我们自身之间隔绝体验的核心。[26] 在我们快乐时，时间似乎比

---

[1] 约翰·梅纳德·凯恩斯（1883—1946），英国经济学家，因开创了经济学上的"凯恩斯革命"而称著于世，被后人称为"宏观经济学之父"。
[2] 薇塔·萨克维尔·韦斯特（1892—1962），英国作家、诗人、园艺家。曾与伍尔夫有过一段情事，伍尔夫的小说《奥兰多》就是这段关系的产物，被薇塔的儿子奈吉尔·尼克尔森称作"文学艺术上最长、最动人的情书"。
[3] 沃辛，英国南部沿海城市。

我们无聊、悲伤、痛苦之时流逝得更慢了。这种对于时间的主观体验与我们对孤独的感知有关。当人们因为社会孤立而感到孤独时,与人见面的时间间隔似乎会变得非常漫长,而与所爱的人一起度过的时间则会飞快流逝。[27]

我想知道与"布鲁姆斯伯里团体"的联络会不会填补伍尔夫其他关系不能填补的形单影只的感觉。尽管困难重重,但那些志同道合的人在一起——这些人未必赞同彼此的观点,却拥有共同的价值观和信仰体系,一定会在某种程度上减轻作家的疏离感和孤独感。另外,那些孤独的人组成了某种意义上的共同体。将自己定义为孤独的艺术家,并不代表一个人彻底远离了人世间的焦虑,而现实恰恰相反。正如伍尔夫在讨论"伟大的文学作品"时说的那样:"杰作的诞生并不是单一而独立的,杰作是多年共同思考的结果,是大部分人思考的产物,因此,单一声音的后面是群体的经验。"[1][28]

然而,在个体和经验的层面上,一些经历带来的感受会非常独特。其中一例便是悲痛。伍尔夫对于哥哥朱利安·索比因伤寒去世的反应,让人想起维多利亚女王在情感上与人疏离的那段时期同样"紧张、被沉默包围"。

---

[1] 译文引自[英]弗吉尼亚·吴尔夫:《一间自己的房间》,贾辉丰译,人民文学出版社2013年版。

> 我最后说的话是什么意思,我不太知道,因为我从未停止"见"人——内莎和罗杰、杰弗一家、查尔斯·巴克斯顿,本来还应该见见戴维勋爵……还要去见艾略特。哦,对,还有薇塔。不,这不是身体上的静默,是内心的孤独——如果有人能分析分析应该会很有趣。举个例子,我朝贝德福德走去……不自觉地自言自语,类似于:我为什么这么痛苦,没有人知道我多么痛苦,走在这条街上,与我的痛苦交战,就像在索比死后一样——孤身一人,一个人抗争着什么。[29]

"一个人抗争着什么"的感受在谈论孤独,尤其是与悲痛、丧失有关的孤独时很常见。从伍尔夫的作品中,我们能够读到孤独作为个人经验的多面性:对艺术创作有必要时,孤独是痛苦的;但如果伴有精神疾病,孤独则让人孤立和疏离,阻碍一个人与他人的交流。这种围绕孤独和创作而生的矛盾心理,尤其是有关折磨与社交之间的关联,也能在诗人莱纳·玛利亚·里尔克的作品中看到。

里尔克是波希米亚裔的奥地利诗人、小说家,他的写作关注信仰、孤独、身份等主题。在他有关存在主义的作品中,里尔克往往被定位成一位过渡人物——处于19世纪以查尔斯·狄更斯为代表的写作传统,与对传统世界观发起挑战的伍尔夫等现代主义作家之间。《时间之书》(1899—1903)被普遍认为是里尔克最重要的作品之一。他将该书献给俄裔精神分析学家露·安德烈亚斯-莎乐美，后者同弗里德里希·尼采、西格蒙德·弗洛伊德等许多作家都有关联。这本书讲述了基督教对上帝的追寻，全书由三部分构成：《僧侣生活之书》《朝圣之书》和《贫与死之书》。《时间之书》的书名源自中世纪法国盛行的一种装帧华丽的祈祷文。

在本书开篇我曾提到过，存在主义哲学的普遍影响与对意义的求索构成了现代主义主题的一部分。在里尔克的作品中，其重要影响显而易见，包括弗里德里希·尼采，他的那句"上帝已死"时常被引用，意思就是启蒙时代的理性主义扼杀了上帝存在的可能性。[30]

没有了上帝，人类不过是在世间漂泊而已，缺少家长式的忠告者或陪伴，而这种忠告或陪伴在早期的自我寓于世界（self-in-world）的表现形式中是存在的。《时间之书》描述了一系列试图定义、确认上帝并与上帝交流的过程，同时追寻着生命的意义之本。上帝变成泛神的"邻人"形象，"有时在长夜里，以重重的敲击惊动"，因为上帝和人类仅由"一面薄薄的墙"相隔。[1]

然而，叙事者要接近上帝或内在的自我也很困难，部分是由于语言的局限，部分是因为思路明晰的时刻——伍尔夫

---

[1] 译文参考自方思译本。[奥地利]里尔克：《时间之书》，方思译，精华印书馆1958年版。

概括为"真实的现实"——实在太过短暂。只有一个人在孤身独处、与他人隔绝("似一朵流云独自漫游")、很少分心之时,才可能捕捉到现实。1914年,里尔克写信给露·安德烈亚斯-莎乐美,向她倾诉自己的创作瓶颈和抑郁之苦。信中,里尔克运用了关于创作力、独处和孤独的类似观点,同时提到了人类居于自然中心却始终与自然隔绝的想法。他形容自己是一朵绽开的"小小的银莲花",因为被太多的经历填满,夜晚也无法合拢。他的感受不断受到外界的人和事刺激,以至于他感到自己被耗尽了:"空虚,被抛弃,被掏空。"[31]

自然世界的内核,有关它的想象、周而复始的特性,以及极富禅意的存在状态,艺术家和作家们时常以此描述让人警惕的对孤独的追求。要知道在20世纪,对于浪漫主义诗人而言,自然世界既可以被认为是从人类生存的残酷中逃离,也可以是泛神论的上帝崇高的存在证据,接近自然仍然可以获得更高的力量。从字面上讲,对健康的情感以及富于创造力的生活的追求,根植于坚实的大地,正如20世纪后期的诗人、散文家梅·萨藤的作品所展现的那样。萨藤一边播种,"为鸢尾花除草","在泥土湿漉漉的气息中饮酒",一边记录下了她对于独居、孤独、抑郁的思考,以及她对存在本质的顿悟。"保持生存的忙碌",萨藤建议,与其关注生活中的鸡毛蒜皮,毋宁让大自然引路,因为"没有什么是一成不变的,甚至痛苦也不例外"。[32]

萨藤出生于比利时，后因德国军队入侵比利时，全家逃往英格兰的伊普斯威奇[1]，之后又举家搬到美国波士顿。她在那里学习戏剧和写作，并于1937年出版了第一部诗集《在四月相遇》。七十岁那年，萨藤写到了自己与朱迪斯·马特洛克之间的同性亲密关系，以及她受到的一神论普世主义的家教，对于塑造她的身份来说有多么重要。[33] 1990年，住在缅因州的萨藤一度中风，这大大降低了她的工作能力，即便如此，她还是全身心地投入最后日记的写作中，直到1995年因乳腺癌过世。萨藤所有的作品都在温暖而诚恳地讲述自己的独居生活，讲述她的爱与关系、同性情感以及她对创作的求索。

萨藤最为人所知的作品或许就是《独居日记》（1972—1973）。在这本书中，萨藤探究了她身为艺术家遇到的挑战，还有她经历过的情感状态，包括抑郁和孤独。和弗吉尼亚·伍尔夫一样，萨藤同样写到了独居和孤独的缺点和益处，把孤独作为获得不同于日常生活中所遇到的现实的一种途径。对于萨藤而言，独居意义的矛盾之处在于"没有什么东西可以**缓和**内在的冲击，正如没有什么可以协调特殊情况下的紧张与压抑"。"内心的风暴"无论多么痛苦，有时也包含着"真谛……所以有些时候，一个人只得忍受一段时间的压抑，因为如果你能熬过这段时间，它可能会带来启迪"[2]。[34]

---

[1] 伊普斯威奇，英国东部萨福克郡的一个城镇，位于奥尔韦尔河河口。
[2] 译文引自［美］梅·萨藤：《独居日记》，杨国华译，译林出版社2018年版。

与同性恋者相关的"少数群体压力"带来的影响在历史上必然会导致特定的孤独经历,这些经历也取决于个体的阶层、地位、族裔、性别,以及社会、法律的大环境。[35] 英国的各类底层群体,我指的是那些在社会、政治、经济上处在权力体制与意识形态之外的人群,传统上都受到过特定形式的异化和排斥。21世纪的健康与社会保障工作探究了"年轻的同性恋者"在文化上遇到的特殊挑战,发现疏离造成了非常显著的孤独与较高的"心理伤害"程度。[36] 而**恰恰由于**底层群体同现实之间的疏离,他们在社区参与和社会支持方面已经并且仍在形成一股巨大的潜力。与其他因族裔、种族或阶层被边缘化的群体一样,社区实践为底层人群的社会融合提供了途径。[37] 在这个过程中,很重要的一个例子就是,自20世纪80年代起,LGBT(女同性恋者、男同性恋者、双性恋者及跨性别者)的出现和发展创造了可供选择且更具包容性的"社群"的定义——随后这一群体又将"疑性恋"(Questioning)、"酷儿"(Queer),以及"双性人"(Intersex)也纳入其中,形成了LGBTQI群体。[38]

本章提到的艺术家和作家为了创作目的追求独居甚至是孤独,这样的例子并非孤例。几个世纪以来,诗人和作家都在寻求关于个体与社会、人类与更高权力的关系等问题的答案,在这些问题中,他们将自然世界与神性世界并立,试图弥合个体感受与社会、客观环境之间的裂痕。这类问题的核心便是独处与孤独之间的关联,以及从何时起独自一人的负面含义超出了其正面含义。在存在主义哲学的影响下,20世纪的人们比以往任何时候都更强调人类经验的孤独本质。用法裔美国艺术家路易斯·布尔乔亚的话说就是:"你独自生。你独自死。从生到死之间的价值,唯有信任与爱。"[39]

21世纪关于孤独的讨论大多将孤独视为一种情绪状态的病态。之所以会这样,除了经济原因之外——孤独与造成经济损失、引发道德责任讨论的情感和身体疾病联系在一起,还因为自精神科学出现以来一直占据着主导的一种隐含的假设,即认为独处和内向是神经质的、消极的状态。然而,内向与独处恰恰对于创造力来说是必不可少的。那么,我们能从关于孤独的创造性讨论中学到什么?这些讨论会有助于解决21世纪的孤独问题吗?

安静自有其价值,独处亦然,但这种价值完全是主观的。只有当孤独是一种自主的选择时,才既有复原作用,又具破坏的威力。本书中探讨的大多数案例研究所牵涉的孤独,都被视为社会经济匮乏的一种危害。这里讨论到的作家和艺术家在社会中也都享有一定的特权地位。但这并不是说他们个人的路途就没有困境,而是说总体而言,孤独的人必须去应对使他们与他人疏离的经历和生命阶段,而出于实践或理论等原因,他们很难建立起有意义的人际关系。社会上想象的七十五岁的寡妇(在大多数慈善广告中都是一副孤独的面孔)

正从窗口向外张望,寻找着伙伴,对于她们而言,告诉她们向内看,通过创作或除草来找到自我满足,是徒劳无益的;或者去建议有三个孩子的无家可归的母亲,让她通过哲学的自省逃离社会经济的困境,可能并没有什么裨益。因此,阶层、特权、残疾人歧视以及对那些在身体上依赖他人之人的忽视,与一种狭隘的假设相互交织着,并且挑战了这种假设,即孤独对于**任何人**都是智力和情感上的馈赠。[40]

此外,将独处以至孤独作为一种创作经验来追寻,最大的一个特点就是这种追求只是暂时的。以恢复或创作为由从社会中撤离,对于个人关注、理解某些心理和艺术真理是如此必要,却未必持久。虽然在日常生活中或许会有宁静时刻的一方空间(例如21世纪兴起的"正念"应用程序和午餐时间的冥想),但时间维度依然很重要。[41] 自主选择的短期孤独(或独处)真的会和日复一日被迫独处,只能听嘀嗒嘀嗒的钟表声一样吗?我不这么认为。

孤独也有多种形式——社会的和个人的孤独、创造性与毁灭性的孤独。辨识出这些差异,以及个体对外界各种不同的联系的需要(还有身体和精神在应付、克服疏离方面的重要性),我们可能需要采取更富想象力、更有意义、更以个体为中心的方法来对待孤独。我们也许甚至可以找到应对新自由主义时代的孤独这种"现代流行病"的工具。

结　语

在新自由主义时代重构孤独

孤独并非没有历史或普遍存在的,也不是一种单一的情感。孤独是一种个体和社会的集群,由包括恐惧、愤怒、憎恨、悲伤在内的多种反应构成。孤独的表现方式因环境而异,包括:族裔、性别、性、年龄、社会经济阶层,以及心理体验、国别和宗教信仰。孤独既关乎身体也关乎心理,它的出现可以追溯到18世纪末,当时"孤独"是作为一种谈论独处这种负面情绪体验的新方式而出现的。在此之前,"孤独的"(lonely)或是"独自一人"(oneliness)形容的是其他人不在场,均不带有任何相应的情感缺失。

　　大范围、横跨时间来解释情感的变化是有问题的,但我相信,这对于我们理解孤独为何在2019年如此普遍,而在两个世纪以前却不那么常见是至关重要的。这种从独自一人(oneliness)到孤独(loneliness)的语言转变势必呼应了更广意义上的社会文化变化。我这里尝试以一种长时段的历史方法来阐释孤独,这种方法侧重于人及其所处环境之间不断发展的关系,包括文化环境、自然环境、人口环境。[1]这种长时段的历史方法在20世纪末略微受到了冷遇,当时社会和文化历史学家专注于偶发或短期事件,想借此探究它们背后的系统性含义。受"语言学转向"的影响,跨学科的文本意义分析肯定了语言的创造性力量,而非语言的反思性力量,从而产生了一系列具有非凡创造性与开拓意义的作品。[2]

然而,在情感的历史中,长时段的研究对于最具影响力的理论方法来说至关重要。[3]解释情感的变化、追溯其变化的本质以及这种变化在多大程度上体现了表达的惯例或情感生理学的"原始感觉"(raw feels),是将情感作为历史学概念来理解的核心。情感历史的关键观念包括"情感学"(emotionology,用于描述任一特定社会的标准)、"情感语言"(emotives,用于解释动情的语言在创造身份方面所做的工作),以及"情感社群"(emotional communities,用于描述被特定社会群体接纳的行为的不同情感标准)。[4]在一些研究方法中,并没有先于语言(pre-language)而存在的情感,情感是通过被谈论而存在的。英裔澳大利亚作家萨拉·艾哈迈德和人类学家、社会学家一道,论证了情感的社会建构既是社会实践,也是心理活动。[5]艾哈迈德认为,情感既不是"远在别处",也不是"近在心中",而是个人作为社会主体与生俱来的:"情感在现实中作为流通的结果而成形";正是通过个人作为社会世界的一部分参与到社会世界中,情感才得以创生。

上述方法是如何对于我们思考孤独的历史起到作用的呢?所有这些方法关注的核心皆是语言,并且证实了目前围绕孤独产生的道德恐慌其实是无益的。这表明了孤独"远在"天地之间,通过人与人之间的传染在你我身上发生,而不是通过与社会构造互动的主观经验产生的。我们将个人经历带到这世界,这些经历反过来又塑造了我们自身;我们与他人的交往同样也在塑造我们,这个双向的过程接连不断,持续往复。这就是为什么我们在情感上根植于客观的外在世界,我们在这个世界之中活过我们的一生,而不仅仅只是度过童年而已。和我们日常生活中无数细微的习惯一样,我们情感上的期待和信念不断内化,直至和呼吸一样自然。

这就是长期孤独如此难以改变的另一个原因吗?众所周知,身体习惯(如咬指甲、暴饮暴食)非常难戒断;同理,要摆脱负面的思维方式也是难上加难。关于克服焦虑或不安情绪,国民健康服务体系给出的首要建议就是认知行为疗法,而认知行为疗法的大前提是:我们能重新定义我们关于某个问题或某种情境的想法,进而改变自己的情感反应。[6]认知行为疗法花销相对低廉,周期较短,因此一般是首选的疗法;在特定范围的问题中也有过成功的先例。但对于复杂的案例,或是当情感由来已久、与身体或创伤相关联时,认知行为疗法就没有什么助益了。而且,负面情感会让人上瘾,即便它们让人不快,[7]有时这种不愉快本身会产生舒适感。我记得自己还抽烟的时候,早上抽过烟后,附着在舌根上那股灰尘一样的苦味让我感到恶心。但这种味道我很熟悉,没有它感觉就不能称之为早晨。同样,在那些让你感到孤独的人身边共度时间,也会使你感到不快却又有些熟悉。就像第一根香烟的苦味一般。若一件事成了你的一部分,就很难去改变。

担心孤独会让人更容易经历孤独吗？也许会。道德恐慌这种预设的前提是集体性的情绪感受会增加这种情感传播的概率。鉴于孤独关系到多种围绕身份的主题,比如自尊、归属、疏离、丧失,它几乎无所不包,从而可以成为任意话题的由头。因此,针对孤独的研究架构以及共同参与的跨学科方法就非常重要了——孤独的含义是什么？孤独于何时何地发生？如何被谈论？感受如何？

无论孤独的表现形式如何,有一点是明确的：孤独是由匮乏所界定的内在不适感。我前面已经论证过,由于一系列独特的社会、政治、医疗、哲学和经济变化,孤独作为一种感受、一种谈论这种感受的方式于1800年前后出现。我们很难确定上述情况是如何与个人感知联系在一起的。与萨拉·艾哈迈德不同,我并不认为个人和社会领域是等同的,虽然我很欣赏这种观点赋予情感的政治权力。我选择将自我和社会看作相互作用和影响的两个范畴,它们在一个人的一生中不断变化和发展。从出生起,自我就在与我们周遭世界的关联中得以发展、校正、重新界定（字面义是通过神经连接,比喻义是借由社会联结）。这一双向的过程是社会建构模型的核心,正如法国批评理论家皮埃尔·布迪厄所强调的"惯习"（habitus）,即内在行为规范的重要性,这种双向过程使得特定的存在、思考和感受方式看上去是自然而生的。[8]

《孤独传》全书就是在探讨这一内化过程的原理。文化结构的变化，包括世俗化、进化理论、工业化、竞争性的个人主义、现代心理与情感框架，以及存在主义与异化哲学，一并构成了孤独的社会语言；在这种语言中，自我被描述成是与他人分离且不同于他人的。随着时间的推移，通过日常的练习——语言、手势、仪式、书面与口头表达，孤独作为语言学框架兼情感集群出现。

社会结构也通过这种对于自我与世界的对话性反思而发生了变革。几个世纪以来，基于地方关系网和大家庭而形成的面对面的关系转变成了基于家庭与工作的分离、薪资雇用取代家庭经济的关系；在后一种关系之下，即便是社会中最贫困的成员，也能凭借自身的努力实现自给自足。老年人成为一个独异的类别，消耗着社会资源。针对老年群体及其他弱势社群实行的有条件救助形成了新兴的权力官僚，社会契约由此被重新制定。而"社群"的观念（无论这个词的含义多么有问题）则让位于货币化的价值观念，在这种价值观念中，一个人在世界上的地位取决于他的经济贡献和作用。[9]

进化理论观念和比喻的大量涌现，就是由个体期待和社会结构塑造的观念系统的一个例证。譬如，"适者生存"这种说法已经成为社会变革逻辑的一部分而被视作理所当然了。

"适者生存"的概念为个人主义的重要性提供了一种简略表达,即个人主义之所以重要,不仅是出于利益,还有生存上的考量。[10] 一心求胜的社会达尔文主义以各式各样的形式,成为人类经验方方面面的常态:从考试、职业抱负,到恋爱、约会,从经济生产到新自由主义的自由放任主义政策。进化论原则几乎已经成为政治、经济、社会决策、组织经验的隐喻式框架中一项习焉不察的隐性准则。竞争是一种进化的需要,这一观点在西方已经通过"驱动"(drives)、"本能"(instincts)等语言变得含蓄而内化了;它强化了一种心照不宣的理念,即"原始"欲望和对自身利益的追求是相当自然且不可避免的。[11]

在最基本的层面,假设人类"本能"是为了自我保护(参见理查德·道金斯有关"自私基因"的论断,虽然这一观点尚未被完全接受),不仅允许还颂扬了新自由主义——西方自20世纪80年代起围绕自由市场的资本主义及个人原则而提出的政治哲学。[12] 顾名思义,新自由主义借用了自由主义的精神,尤其是19世纪与自由放任的自由主义相关的政治理论:私有化、财政紧缩、自由贸易、刺激私人经济、国家放松管制。[13]

变革哲学和经济理想共同塑造了出现于19世纪的个人主义追求。这种理想的语言是性别化的、男权主义的——野性的、女性化的自然世界遭到了机械、男性化世界的劫掠,则是工业化意象中常见的主题,它所支撑的意识形态框架也概莫能外。[14]

在上述语境下,伴随着科学、医学、哲学和经济话语对自由主义、世俗主义、竞争等观念的持续强化,我们似乎完全有理由认为,"孤独"在19世纪作为一个术语被发明出来,不仅是为了反映全球化变革的异化属性,还因为一种新的情感体验形式诞生了。全知仁慈的上帝退场了,以竞争为主的个人主义持续传播着,于是真空出现了——自我孤立无援,依赖于家庭和社会关系,而由于全球的变化,这些关系始终处在变动不居的状态。对宗教的虔诚信仰继续存在,与科学一道蓬勃发展,但社会的外在仪式和表演已经发生了改变,而恰恰是这些确保了个体在世界中的位置。当然我并不是说从上帝到天使,从国王、农民到土壤这个按等级划分的"伟大的存在之链"中每个实体都处在让人满意的状态,[15]但它的确会优先考虑关乎责任的"联合体"(commonweal),并且赋予个体与他人、与体系、与保护个体的更高权力之间的联结感。

在本书中,我试图论证孤独以哪些具体方式影响着个体与社会,这种影响不仅仅与外部环境相关,还和个人经验有关。《孤独传》呈现了在不同的时代,孤独是如何对人的生命带去不同的影响,且孤独自身也有其生命周期。一切情感都关乎政治:作为修辞手法,作为社会实体,作为社会和政治关系的组织方式。但在当下这个历史时刻,没有哪种情感比孤独更与政治休戚相关。

因此,我已经论证了我们需要将孤独置于历史中去考量,不光是为了孤独本身,还为了揭示孤独的常态化所寄生的层级结构。在21世纪的政治措辞中,孤独是普遍的和超越历史的这种假设,意味着孤独是人类的境遇,它既不是社会政治与经济决策的产物,也不是政府选择将经济自由置于社会责任之上的后果。

作家、记者、政治活动家乔治·蒙比奥特认为,新自由主义关注消费、强调个人所得是通往幸福的途径,从而催生了孤独。[16]我赞成这个解释。为了与蒙比奥特研究社会不平等、环境保护的整体方法保持一致,我们需要将孤独视为一种由环境产生的情感状态。我与蒙比奥特的观点的不同之处在于其历史性与问题的范畴。的确,新自由主义是罪魁祸首。新自由主义鼓励各个领域的私有化、放松管制和竞争,其中就包括健康和医疗保障领域。但出现于20世纪的新自由主义(通常和美国总统罗纳德·里根、英国首相玛格丽特·撒切尔提出的自由市场相提并论)在"社会契约"的演变中有一个更早的先例,它定义了国家对于个人的权威合法性以及公民的权利和义务。

社会契约理论的前身始现于古代。研究经济政治思想的历史学家多坦·莱谢姆主张,新自由主义必定源自彼时。[17]社会契约理论的鼎盛时期从17世纪中期延续到19世纪,囊括托马斯·霍布斯（1651）[1]、约翰·洛克（1689）[2]、让-雅克·卢梭（1762）[3]等人的作品。[18] 简单概括来说就是，霍布斯认为，没有法律，人类生命就会回归到"污秽、野蛮和短暂的"自然状态。唯一的解决之道便是绝对政府。相反，约翰·洛克和让-雅克·卢梭则认识到个人在社会中的重要性，以及被统治本身的内在权利和义务。

随着人们越来越多地谈论功利主义，有关社会契约的讨论在19世纪式微。古典自由主义和经济自由主义都是在19世纪早期发展起来的，均主张法律之下的公民自由，呼吁将经济自由置于优先地位，并支持工业化的发展。经济自由主义的核心理念不再强调政府的家长式功效，而转向个人判断，认为个人是生来自私且受利益驱动的。古典自由主义者（选择

---

[1] 英国政治家、哲学家霍布斯于1651年出版了《利维坦》一书，原书名为《利维坦，或教会国家和市民国家的实质、形式和权力》。书中论述了对社会基础与政府合法性的观点，认为社会若要和平就必须有社会契约，社会契约的结果即有着绝对权力的"利维坦"，而只有利维坦国家强大的中央权威才能避免混乱和战争。

[2] 英国思想家、哲学家洛克于1689—1690年出版了政治著作《政府论》，上篇驳斥了当时占统治地位的君权神授说和王位世袭说，下篇系统地阐述了公民政府的起源、范围和目的。《政府论》倡导有限权力的政府、天赋人权、自由、平等、私有财产神圣不可侵犯、法治、分权、人民主权等理念。

[3] 1762年，卢梭出版了政治著作《社会契约论》，分四卷分别阐述了社会结构和社会契约、主权及其权利、政府及运作形式以及几种社会组织。卢梭认为社会契约为其他一切权利提供了基础，其核心是权力的转让，即一切人把一切权力转让给一切人；社会契约的结果是集强制权力与自由权力于一身的"公意"。

性地)借用苏格兰道德哲学家、经济学家亚当·斯密最为人所知的作品《国富论》(1776),主张人们追求自身利益符合整个社会的共同利益。

孤独作为一种现代的情感状态,创生于以下讨论如火如荼的时期:国家的权利和义务、经济独立、在更高权力缺席的情况下的个人权力、世界上的富人之间对于地位的争夺,以及穷人之间的生存斗争。在进化思想被抛出来并用于捍卫大量自我膨胀的政策的时代,出现于19世纪末的新古典自由主义推动了社会达尔文主义的产生,后者将自然选择的进化概念应用于人类社会中。[19]

社会达尔文主义背后隐藏的四大信条包括:支配行为的生物法则、预设了挣扎求生始终存在的人口压力、通过竞争证明的身体及性优势,以及这一过程对未来世代的累积性影响。[20]个人自主性和个体贪欲变成了资产而不再是责任,正如它们在18世纪相对讲求集体主义的世界中被感知到的那样,那时诗人和作家们认为个人幸福和社会幸福总是息息相关的。

针对老年人的健康和社会保障就是一个恰当的例子。英国并不像欧洲其他国家(如意大利)那样,拥有在家庭中赡养老人的文化传统。但老年人在一家人的家庭经济中也能起到一定作用,即便是体弱的老人也可以帮忙照看孩子,做些简单的家务。一旦家庭的工作搬到工厂,而年老体衰更多地与经济责任而非文化资产相关联时,将家中的老年人送到济贫院的现象就愈发普遍了。济贫制度是依据1834年新的《济贫法》从外部强加的初始官僚体制而组织的,而不牵涉面对面的关系。

如今,老年人造成了政府的恐慌。和大多数工业化地区一样,英国的人口日益老龄化,人的寿命变长。我们看到,越来越多的人感到孤独,随之而来的是现代人在身体、精神和社交方面的虚弱。如果不对孤独多样化的历史意义进行系统的研究,孤独就会成为情感疾病的总括,与灰白头发和皱纹一样,成为人变老之后必然要经历的事情。然而,行动迟缓、健康不佳的老年人只要拥有较强且有意义的社会及家庭联系,就不会感到孤独。真正感到孤独的老年人,是那些没有良好的人际关系、贫穷、饱受"未被满足的需求"(例如洗澡、穿衣、吃饭等基本需求)之苦的老年人。并且,上述因素直接受政府钱包的制约。

然而,在2018年,就在政府设立"孤独部长",提议让社区参与进来,并将孤独理解为一种人类体验的同一时间,政府却在继续剥夺尚在形成中的社区资产和空间,尤其是最缺钱的社会领域:图书馆、社会保障、"独立生活基金"[1]补助、公

---

[1] 独立生活基金(Independent Living Fund,简称ILF),英国为帮助残疾人独立生活设立的补助项目,申请到这项补助的个人可以利用这笔钱支付或雇用他人在家中协助自己。

营房屋。不只是老年人由于政府政策的缘故更易受到孤独的折磨,无家可归者和难民同样会经历相当严重的孤独,他们不仅没有栖身之所,还失去了象征着安全的家。20世纪80年代以来,在本书第一章所描述的社会经济、哲学、科学等诸多变化的新自由主义政策之下,无家可归的现象持续攀升,随之而来的是无家可归者在情感和社交方面的匮乏。

那么,在新自由主义时代,"社区"(community)究竟意味着什么?它又在哪里呢?这个词因为被过度使用,几乎丧失了意义。从许多方面来看,互联网时代都是自由市场思想与追求个人主义的缩影,这一点颇为讽刺,因为互联网最初缘起于共同利益的观念。因此,发明了互联网的英国工程师蒂姆·伯纳斯-李曾呼吁为互联网建立法律法规体系。[21] 作为社交网络的线上社区的出现,并没有取代建立在共同责任与共同利益基础之上的现实生活社区的本质。人们指责社交媒体加剧了孤独,阻止了我们在真实生活中彼此相连。然而,个体、社会和政府的职责就是要认识到:线上交流的情感和社交模式恰恰是真实生活的复制,包括社交焦虑、"潜水",还有诸如在网络上发布煽动性文章等更不道德的行为特征。互联网可能有助于建立新的社区模式来对抗孤独,但前提是它被用于促进线下领域的自我关怀和大众福祉。

如今,互联网的一大作用就是被用来寻找爱情或性。浪漫之爱填充了上帝退场之后人们急需寻找重要他者的空白。按照依恋理论，正如浪漫电影、小说、诗歌、戏剧和歌曲中所表达的那样，毫不夸张地说，爱情是一个人所需的一切。自19世纪以来，"灵魂伴侣"既创造了一种不切实际的爱情观，也在一个人没有灵魂伴侣时造成了缺失感。爱情理想的含义，尤其是对女性来说，是自相矛盾且有问题的，特别是当爱被描绘成控制和包容一切的时候，特别是当一个人自我尚不完善的时候。这种爱情理想，对在其他方面才华横溢且独立自主的女性的生命造成了历史性的影响。这在西尔维娅·普拉斯的作品中表现得尤为明显，她终其一生都饱受慢性孤独的侵扰，始终经受着与世界之间的断裂感。

当爱不复存在，其缺憾造成的威力甚至更强大。离婚虽可能让人痛苦、形单影只，但如果身处婚姻中依然感到孤独，离婚可能也意味着自由。守寡（鳏居）或许会使人孤苦伶仃，但如果婚姻中充斥着虐待，这未尝不是解脱。伴侣过世带给人的悲痛与地位无关。维多利亚女王所经受的丧失之痛，和18世纪的店主托马斯·特纳并无差别。18世纪还没有用"孤独"这种语言表达孤独，支撑悲痛之中的特纳的信念就是，上帝的意志永远都是对的。而对于维多利亚女王而言，阿尔伯特亲王的死标志着她开始了长达几十年的哀悼以及自我认同的孤独，尤其是围绕让她回想起过世丈夫的物品与风景而生的孤独感。

这种物质性很重要，正如身体很重要一样。我们需要探索新的方法来理解孤独在不同临界点的影响，重新探索很可能产生孤独的人生转折期，从而预防和抵抗它——必要或者想要时可采取行动。我们需要同时从身体经验和精神体验两个方面来理解具体的孤独。不仅通过身体，还要通过物质文化和商品世界去理解孤独的迹象和症状，这将有助于在孤独发生之时建立自我意识和社会意识，并形成健康和社会保障干预，进而做出改变。在这个方向上已经有了一些措施，例如，英国政府在2018年底宣布，允许英国全科医生通过国民健康服务体系开设舞蹈课，以此来对抗孤独。[22]但所谓的"社交处方"并不能弥补基本社会保障或各项必要供给的缺失，例如社会、医疗、身体、精神、智识，这些对于人类蓬勃发展、对于虽值得推敲却又无处不在的幸福都是不可或缺的。[23]

然而，也有例外，在以神经为中心的21世纪，孤独的身体被忽视了。我们不会去注意观察其他人的身体语言，看能否察觉到孤独的存在（因为孤独是一种情感"集群"，包含着愤怒、忧伤、悲痛、恐惧，并没有外在的常规表达方式）。我们同样不被鼓励通过身体力行来防止或缓解孤独。时至今日，社会保障大幅缩减，许多年迈多病的人都得不到药物的帮助，更遑论"身体治疗"了。但有证据表明，尤其对那些日常关系中没有身体接触的人来说，按摩疗法可以减轻孤独感。[24]医疗人员在舒缓治疗中发现，按摩能产生"生存的喘息……通过人温暖的手,确认临终病人的个人价值"。[25] 按摩提升了个人的价值感和自尊,抵消了与社会脱节的感觉。

调用身体及感官,可以让人们回归到社会联结之中。斯皮茨慈善信托基金有一个正在推进中的缓解老年人孤独感的音乐项目。[26] 众所周知,老年失智症患者听到他们年轻时听过的音乐,会容光焕发,还有助于遏制寂寞。作曲家奈吉尔·奥斯本曾利用音乐和创造性艺术辅助受过创伤的儿童。由此可见,音乐对所有年龄段的孤独都会产生积极的影响。[27] 跳舞将动作**和**音乐结合在一起;在巴西,人们发现交际舞可以缓解老年人的孤独感。[28] 研究人员发现,跳舞能增进精神、情绪和身体的健康,并且能抵抗社交孤立。那么食物呢?除了一起做饭、吃饭的仪式能带来归属感之外,安慰进食带来的是身体上的归属感:"鸡汤确实对心灵有益。"[29] 孤独及其治疗方法也与性别有关。全球男性棚屋协会(起源于澳大利亚)为男性提供了因专注于共同任务而一起工作的机会(比如做木工),有助于培养幸福感和联结感,同时避免了让大多数男性望而却步的情感外露的交谈。[30]

最后,我们需要意识到,孤独既有益处也有坏处。孤独可以支持创造性的思考和活动,也能促进情感的疗愈。既然孤独充当了自我和世界之间的缓冲,那么时间本身不一定就是消极的。独处和孤独之间有着重要的区别,但即便是孤独,也会带来收获。它可以给人提供自我反省和自我认知的空间,尤其是如果一个人性格内向、容易被社交消耗，就更是如此。毫无疑问，主动选择的短期独处（也许伴随着冥想沉思、阅读或放松）对于某些人群来说具有恢复性的效用。虽然孤独的益处可能与自然世界，以及艺术创作带来的好处有关，但许多社会经济条件较差的个体无法获得这样的经验。多项研究表明，"在逆境中"茁壮成长是许多在社会上处于弱势的青年最热切的希望。[31] 而对于身兼三职、精疲力竭的单亲母亲而言，独处的黄金时光很可能就是在一边播放网飞[1]剧一边叠衣服中度过，而不是读一部小说。与慢食[2]的理念一样，自我照顾和自我完善也建立在阶层之上，并且取决于人的心智、体能和时间。[32]

我并不是说富人就不会感到孤独，但出于本书通篇所论述的原因，孤独感在穷人和弱势群体中尤其明显。[33] 没钱雇护理人员，没有购房所需的信用分数，没有政治影响力来获得公民身份，没有资源支付食物、衣服和医药费，社会经济方面的匮乏会导致特定的孤独感，而这种孤独只有财富能够缓解。然而，仅有财富并不能将一个人从个人主义的存在焦虑中解放出来。有钱人隐居式的孤独，是众多文化形象和故事的一

---

[1] 网飞，美国最受欢迎的在线影片提供商之一，成立于1997年，总部位于加利福尼亚州。
[2] 慢食，反对按照标准化、规格化生产单调的快餐食品，提倡有个性、营养均衡的饮食习惯。

大主题。[34] 财富本身具有孤立的属性，会给原本有可能成为朋友的陌生人的意图蒙上一层阴影。它鼓励的是一种有限的社交方式，在这种情况下，就算感情上的联系或许并不紧密，一个人也很难跨出身份相同者的社交圈子。本书谈及的人生瓶颈期，从童年孤独到失去所爱，从离婚到寡（鳏）居再到变老，都没有考虑收入、地位、职业等因素。此外，一旦一个人迈入老年，财富的缓冲作用就变得没什么意义了。虽然一个人在老去的年岁里可能会体会到更多的慰藉，但耄耋老人们之间友情和亲情的消逝，才是他们经历的最大磨难。[35]

重构孤独

在新自由主义时代，我们该如何重构孤独？其一，我们需要认识到历史上致使孤独产生的政治和经济结构。其二，我们需要将孤独放置在具体的个体及社会情境之下，了解孤独对于不同的人有着不同的含义；此外，孤独与独处之间的关联和两者之间的差异一样重要。其三，我们必须停止将孤独作为一个明确界定的实体来谈论；孤独是流动的，可以漫溢至健康、福祉等其他领域。即便是在一个人的一生之中，孤独也在不断发生变化。它可以转瞬即逝，也可以漫长无涯。它可能与独处有关，也可能和社交有关。人们尽管在需要什么、重视什么等方面存在着个体差异，但对于有意义的联结的寻求是普遍的。如果被迫缺乏这种有意义的联结，人最终往往会表现为孤独，但未必一定如此。

大多数谈孤独的作品，包括本书在内，着眼点都是西方世界。我们需要对孤独的含义和功能进行更多的比较研究，不仅要关注不同生命阶段的孤独，还要关照不同的文化背景；我已经谈到了英语和阿拉伯语中的"孤独"在语言学上的区别。中东国家体验到的孤独有可能和英国不一样，因为似乎不存在关于孤独的通用语言。这并不是说集体主义社会就拥有一切问题的答案，也不是说这些社会的家庭或社区的本质能够涵盖一切，例如，虐待老人就是西方语境之外的一大问题；[36] 而是说理解孤独需要一种联合起来的方法，这种方法考虑以其他方式来看待个人、身体、社会、情感，甚至是自我。

关于孤独这种"流行病"，有一点是明确的：我们应该质疑这种情绪化的语言和它引起的道德恐慌。正因被定义为流行病，孤独方才蔓延。约翰·卡乔波等神经学家所做的工作，对于我们理解情感状态的社会属性有着不可估量的价值。这些神经学家通过传染（contagion）的语言强化了孤独的生物学模式。而传染的语言就像感染（infection）的语言一样，在文化上（作为一个强大且适用的隐喻）具有诱惑力，但在政治上和道德上却是有问题的。当涉及"污染"（contamination）的负面含义时，传染的语言是无益的。[37] 譬如，想想看特朗普执政的美国围绕建墙而生的情绪化语言，以及将移民描述成一种痼疾的方式，对人们看待少数族裔的态度产生了毁灭性的影响。[38]

孤独流行病的语言充当了同样的功用。孤独变成了一次暴发，一场瘟疫、天灾和侵扰。孤独招致恐慌、反感和下意识的反应，而这些反应并不鼓励我们去思考它的意义是什么，为什么它被塑造成一个问题，以及它何时可能成为一种善的力量。这种语言还通过援引生物学上的必然性，忽视了孤独其实是文化和环境的产物，并非人类不可避免的境遇之一种。因此，媒体针对老年孤独的持续报道实则引发了老年人对于孤独的恐惧。变老成了某种需要焦虑之事，而不是让人骄傲的状态。（不过平心而论，大多数老年人家中都缺乏物资，这就足以让他们焦虑了。）

正因为是流行病，是一种病态，孤独才被划定为一个需要通过生物医学来解决的问题。没有什么比新闻更能说明孤独医疗化的问题了：2019年1月，神经学家研发出了一种"孤独药片"。"比赛开始了"，大大小小的报纸纷纷发声。为什么不呢？"如果类似于抑郁和焦虑这样的社交痛苦都有药可医，孤独为什么就不能有呢？"《卫报》的劳拉·安特里斯如此问道。[39] 芝加哥大学普利兹克医学院脑动力学实验室主任斯蒂芬妮·卡乔波与她已故的丈夫约翰·卡乔波在孤独的社会神经科学方面所做的个人及合作研究工作都很有影响力。

媒体针对这个故事的处理方式——远比标题所暗示的

要复杂——表明了孤独的医学化。已发布的临床研究结果显示，斯蒂芬妮·卡乔波及其团队全面分析了对孤独者行之有效的干预措施，包括增加社会接触、社会技能与辅导的机会。2015年正在研发"适合的药理治疗"，用以减少由重新建立关联引起的情绪不适；这种疗法与抗抑郁药的原理基本相同，但没有疲劳、恶心等副作用。[40]这种干预将"减弱孤独的个体大脑里的警报系统"，使他们得以"重新和他人建立联系，而不是与他人脱节"。

因此，"孤独药片"针对的并不是孤独本身，而是与孤独相伴的令人痛苦的情绪症状，区分这两者很重要（尽管这些症状本身可能导致社交退缩，最终引发孤独）。当然，卡乔波的方法深深根植于神经中心主义，即将孤独看作一种情感状态，这与本书中涉及的论点有着很大的区别。我的观点是，将大脑理解为情感的中心（以及将孤独理解为一种情感状态）并不是必然的，而是历史的产物。此外，还有一些客观具体的经验，表明了孤独是某种身体反应，而非精神反射（或者，如果不是笛卡尔所说的身心二分，至少也是精神和身体的双向互动）。[41]

孤独并非一无是处，也可以是有益且具有创造性的。孤独可以成为一笔财富，可以成为去追寻、去赢得、去守护的通向精神或世俗反思的瞬间。孤独可以是某种我们理解自我与他者的进路。但如果人们对于孤独不向往、不寻求，并且孤独绵延无期、诱发的也只有负面情感时,孤独也就不再是积极的了。另外,与任何情感状态一样,孤独传递的是这样的信号:我们在世上想要如何存在,我们想要拥有什么样的关系和依恋,我们心心念念、求之不得的是什么,哪怕(不管出于什么原因)这些需求没有被言说,也不曾被听见。我们需要区分积极孤独和消极孤独;区分为抵达某种情感和精神的澄明之境而有意寻求的独处或"独自一人",以及破坏性的、存在感缺失的孤独。对于孤独的积极而有效的回应,必然建立在对这些差异的历史性理解之上。

注 释

导 论

1. http://www.beatlesebooks.com/eleanor-rigby, accessed 11 May 2018.
2. K.D.M. Snell, 'The rise of living alone and loneliness in history', *Social History*, 42 (2017), pp. 2–28.
3. I. Kar-Purkayastha, 'An epidemic of loneliness', *The Lancet*, 376 (2010), pp. 2114–15; E. White, 'The loneliness epidemic', *Daily Mail*, 28 July 2011.
4. J. Bingham, 'Britain: The loneliness capital of Europe', *Daily Telegraph*, 18 June 2014.
5. 以下为参考性的样本, all accessed 12 May 2018: 'Loneliness a key concern for thousands of children', NSPCC, 18 June 2017: https://www.nspcc.org.uk/what-we-do/news-opinion/lonelinesskey-concern-thousands-children; S. Marsh, 'Teenagers on loneliness: "We want to talk to our parents. We need their guidance"', *The Guardian*, 8 April 2017: https://www.theguardian.com/society/2017/apr/08/teenagers-loneliness-social-media-isolation-parents-attention; A. Packham, 'More than 90% of mums feel lonely after having children and many don't confide in their partner', *Huffington Post*, 7 March 2017: https://www.huffingtonpost.co.uk/entry/mums-feel-lonely-afterbirth_uk_58bec088e4b09ab537d6bdf9; L. Hodgkinson, 'Living alone after divorce can feel like liberation. But trust me, it turns into aching loneliness', *Daily Mail*, 4 July 2012: http://www.dailymail.co.uk/femail/article-2168926/Living-divorce-feel-like-liberation-But-trust-turnsaching-loneliness.html; R. Vitelli, 'Grief,

loneliness and losing a spouse', *Psychology Today*, 16 March 2015: https://www.psychologytoday.com/us/blog/media-spotlight/201503/grief-loneliness-and-losing-spouse。

6. BBC News, 17 January 2018: http://www.bbc.co.uk/news/uk-42708507, accessed 1 May 2018.

7. https://www.jocoxloneliness.org, accessed 12 May 2018.

8. https://www.bbc.co.uk/news/uk-politics-46057548, accessed 1 April 2019.

9. https://www.jocoxloneliness.org, accessed 1 December 2017.

10. https://www.theguardian.com/uk-news/2016/nov/23/thomas-mairslow-burning-hatred-led-to-jo-cox-murder, accessed 1 June 2018.

11. https: //www.reuters.com/article/us-britain-eu-murder-idUSKBN13I190.

12. G. Monbiot, 'Neoliberalism is creating loneliness: That's what's wrenching society apart', *The Guardian*, 12 October 2016: https://www.theguardian.com/commentisfree/2016/oct/12/neoliberalism-creatingloneliness-wrenching-society-apart, accessed 1 July 2017.

13. L.C. Hawkley and J.T. Cacioppo, 'Loneliness and pathways to disease', *Brain, Behaviour and Immunity*, 17 (2003), pp. 98–105.

14. https://www.nhs.uk/news/mental-health/loneliness-increases-riskof-premature-death, accessed 3 June 2018.

15. L. Andersson, 'Loneliness research and interventions: A review of the literature', *Ageing & Mental Health*, 2 (1998), pp. 264–74, 265.

16. https://public.psych.iastate.edu/ccutrona/uclalone.htm, accessed 4 June 2018.

17. K.D.M. Snell, 'The rise of living alone'.

18. D.E. Christie, 'The work of loneliness: Solitude, emptiness and compassion', *Anglican Theological Review*, 88 (2006), pp. 25–46.

19. O. Laing, *The lonely city: Adventures in the art of being alone* (New York: Macmillan, 2016).

20. P. Ekman, 'Are there basic emotions?', *Psychological Review*, 99 (1992), pp. 550–3.

21. R. Plutchik and H. Kellerman, *Biological foundations of emotion* (Orlando, FL: Academic Press, 1986); R. Plutchik, 'A general psychoevolutionary theory of emotion', *Theories of Emotion*, 1 (1980), pp. 197–219.

22. 我与托马斯·狄克逊、科林·琼斯、罗德里·海沃德、埃琳娜·卡雷拉共同创办的伦敦玛丽皇后大学情感史研究中心是英国第一家这类机构。该中心培养了新一代情感史专家，大量跨学科的情感史文献也在这里诞生。

23. J.J. Gross, *Handbook of emotion regulation* (New York: Guilford Press, 2007); J. Plamper, *The history of emotions: An introduction* (Oxford: Oxford University Press, 2015); B. Rosenwein and R. Cristiani, *What is the history of emotions?* (Cambridge, UK; Malden, MA: Polity Press, 2018).

24. L.F. Barrett, *How emotions are made: The secret life of the brain* (London: Macmillan, 2017).

25. D. Konstan, *The emotions of the ancient Greeks* (Toronto; London: University of Toronto Press, 2006).

26. F. Bound Alberti, *This mortal coil: The human body in history and culture* (Oxford: Oxford University Press, 2016).

27. P.T. James, 'Obesity: The worldwide epidemic', *Clinics in Dermatology*, 22 (2004), pp. 276–80.

28. C.E. Moustakas, *Loneliness* (Englewood Cliffs, NJ: Prentice Hall, 1961), preface.

29. G. Monbiot, 'Neoliberalism: The ideology at the root of all our problems', *The Guardian*, 15 April 2016: https://www.theguardian.com/books/2016/apr/15/neoliberalism-ideology-problem-george-monbiot.

30. ACEVO, *Coming in from the cold: Why we need to talk about loneliness among our young people* (London, 2015).

31. J.M. Szczuka, M. Jessica, and N.C. Krämer, 'Not only the lonely—how men explicitly and implicitly evaluate the attractiveness of sex robots in comparison to the attractiveness of women, and personal characteristics influencing this evaluation', *Multimodal Technologies and Interaction*, 1 (2017), p. 3.

32. S.E. Caplan, 'Relations among loneliness, social anxiety, and problematic internet use', *CyberPsychology & Behaviour*, 10 (2007), pp. 234–42.

33. C. Rubenstein, P. Shaver, and L. Anne Peplau, 'Loneliness', *Human Nature*, 2 (1979), pp. 58–65.

34. S.R. Alterovitz and G.A. Mendelsohn, 'Relationship goals of middleaged, young-old, and old-old internet daters: An analysis of online personal ads', *Journal of Ageing Studies*, 27 (2013), pp. 159–65.

35. J.D. DeLamater and M. Sill, 'Sexual desire in later life', *Journal of Sex*

Research, 42 (2005), pp. 138–49.

36. S. Matt, *Homesickness: An American history* (Oxford: Oxford University Press, 2011).

37. R.L. Allen and H. Oshagan, 'The UCLA Loneliness Scale', *Personality and Individual Differences*, 19 (1995), pp. 185–95.

38. Tom Ambrose, *Heroes and exiles: Gay icons through the ages* (London: New Holland, 2010).

39. L.A. Jackson et al., 'Gender and the internet: Women communicating and men searching', *Sex Roles*, 44 (2001), pp. 363–79.

40. T. Scharf, 'Social exclusion of older people in deprived urban communities of England', *European Journal of Ageing*, 2 (2005), pp. 76–87.

41. Bound Alberti, *This mortal coil*.

42. V.A. Lykes and M. Kemmelmeier, 'What predicts loneliness? Cultural difference between individualistic and collectivistic societies in Europe', *Journal of Cross-Cultural Psychology*, 45 (2014), pp. 468–90.

43. H. Barakat, 'The Arab family and the challenge of social transformation', in H. Moghissi (ed.), *Women and Islam: Critical concepts in sociology*, vol. II: *Social conditions, obstacles and prospects* (Abingdon: Routledge, 2005), pp. 145–65. 感谢阿比盖尔·艾伯蒂协助翻译。

44. 见2018年由帕梅拉·考特领导的英国经济与社会研究理事会（ESRC）关于孤独的战略思考文件中提供的证据，我为该文件的形成做出了贡献。

第一章

1. F. Bound [Alberti], 'Writing the self? Love and the letter in England, c. 1660–c. 1760', *Literature and History*, 11 (2002), pp. 1–19.

2. H. Lee, *Virginia Woolf* (New York: Knopf, 1997).

3. Bound [Alberti], 'Writing the self?'.

4. A. Worsley, 'Ophelia's loneliness', *ELH*, 82 (2015), pp. 521–51.

5. F. Kaba et al., 'Solitary confinement and risk of self-harm among jail inmates', *American Journal of Public Health*, 104 (2014), pp. 442–7. See: http://www.wilson.com/en-us/volleyball/balls/outdoor-volleyball/cast-away-volleyball, accessed 31 January 2018.

6. S. Johnson, *A dictionary of the English language* (London: W. Strahan,

1755).

7. M. Raillard, 'Courting wisdom: Silence, solitude and friendship in eighteenth-century Spain', *Vanderbilt e-journal of Luso-Hispanic Studies*, 10 (2016), pp. 80–9.

8. G. Campbell, *The hermit in the garden: From imperial Rome to ornamental gnome* (Oxford: Oxford University Press, 2013); B. Taylor, *Mary Wollstonecraft and the feminist imagination* (Cambridge: Cambridge University Press, 2003).

9. C.R. Long and J.R. Averill, 'Solitude: An exploration of benefits of being alone', *Journal for the Theory of Social Behaviour*, 33 (2003), pp. 21–44.

10. 比格的一只鞋现存牛津的阿什莫尔博物馆：http://britisharchaeology.ashmus.ox.ac.uk/highlights/dinton-hermits-shoes.html, accessed 16 October 2018。

11. F. Bound Alberti, *This mortal coil: The human body in history and culture* (Oxford: Oxford University Press, 2016).

12. L. Gowing, *Common bodies: Women, sex and reproduction in seventeenth-century England* (New Haven, CT: Yale University Press, 2003).

13. B. Taylor, *Mary Wollstonecraft and the feminist imagination* (Cambridge: Cambridge University Press, 2003), p. 212.

14. L. Lipking, *Abandoned women and poetic tradition* (Chicago, IL: University of Chicago Press, 1988); Bound [Alberti], 'Writing the self'.

15. F. Bound Alberti, *Matters of the heart: History, medicine, emotion* (Oxford: Oxford University Press, 2010).

16. R. Burton, *The anatomy of melancholy, 1621* (Philadelphia, PA: J.W. Moore, 1857), p. iv.

17. D.E. Shuttleton, 'The medical consultation letters of Dr William Cullen', *Journal of the Royal College of Physicians of Edinburgh*, 45 (2015), pp. 188–9.

18. M. Louis-Courvoisier and S. Pilloud, 'Consulting by letter in the eighteenth century: Mediating the patient's view?', in W. de Blécourt and C. Usborne (eds), *Cultural approaches to the history of medicine* (London: Palgrave Macmillan, 2004), pp. 71–8.

19. W. Buchan, *Domestic medicine: Or, the family physician* (Edinburgh: Balfour, Auld and Smellie, 1769).

20. Taylor, *Mary Wollstonecraft*.

21. Cullen Project (1777 and 1779), http://www.cullenproject.ac.uk, docs ID 4087 and 4509.

22. J. de Jong-Gierveld, 'A review of loneliness: Concept and definitions, determinants and consequences', *Reviews in Clinical Gerontology*, 8 (1998), pp. 73–80.

23. J. Mullan, *Sentiment and sociability: The language of feeling in the eighteenth century* (Oxford: Clarendon, 1988).

24. W.M. Reddy, *The navigation of feeling: Framework for a history of emotions* (Cambridge: Cambridge University Press, 2001).

25. G.J. Barker-Benfield, *The culture of sensibility: Sex and society in eighteenth-century Britain* (Chicago, IL; London: University of Chicago Press, 1992).

26. L. Klein, 'Politeness and the interpretation of the British eighteenth century', *The Historical Journal*, 45 (2002), pp. 869–98.

27. J. Addison, *Selections from the Spectator*, edited by J.H. Lobban (Cambridge: Cambridge University Press, 1952), p. 173.

28. L.P. Agnew, *Outward, visible propriety: Stoic philosophy and eighteenth-century British rhetorics* (Columbia, SC: University of South Carolina Press, 2008); A. Pope, *An essay on man: Epistle III* (London: Printed for J. Wilford, 1733).

29. G.S. Rousseau, 'Nerves, spirits and fibres: Towards defining the origins of sensibility', *Studies in Eighteenth-Century Culture*, 3 (1976), pp. 137–57.

30. 我意识到"个人"这个概念本身就有问题，它依据历史情况而定。我感兴趣的是，其他历史学家会以何种方式来讨论这个概念，因为"个人"这个概念不只与"孤独"有关，还与"社会性"、"归属"和"自我"等相关的状态有关。然而这里所阐述的个人主义是18—21世纪种种社会力量的结果，正如加拿大哲学家查尔斯·泰勒针对"内向的转折"的讨论，被认为是现代对于个人身份理性、世俗化阐述的核心。C. Taylor, *Sources of the self: Making of the modern identity* (Cambridge: Cambridge University Press, 1992).

31. K.D.M. Snell, 'Agenda for the historical study of loneliness and lone living', *Open Psychology Journal*, 8 (2015), pp. 61–70 and 'The rise of living alone and loneliness in history', *Social History*, 42 (2017), pp. 2–28.

32. R. Stivers, *Shades of loneliness: Pathologies of a technological society* (Lanham, MD; Oxford: Rowman & Littlefield, 2004), p. 11.

33. O. Laing, *The lonely city: Adventures in the art of being alone* (London:

Canongate, 2017).

34. G.Beer, *Darwin's plots: Evolutionary narrative in Darwin, George Eliot and nineteenth-century fiction* (Cambridge: Cambridge University Press, 2000).

35. H.C. Sheth et al., 'Anxiety disorders in ancient Indian literature', *Indian Journal of Psychiatry*, 52 (2010), pp. 289–91; M.-G. Lallemand, 'On the proper use of curiosity: Madeleine de Scudéry's Célinte', in L. Cottegnies et al. (eds), *Women and curiosity in early modern England and France* (Leiden; Boston, MA: Brill, 2016), pp. 107–22.

36. R. Gooding, 'Pamela, Shamela and the politics of the Pamela vogue', *Eighteenth-Century Fiction*, 7 (1995), pp. 109–30.

37. A. Borunda, 'Mechanical metaphor and the emotive in Charles Dickens' Hard Times ', *The Victorian*, 3 (2015), pp. 2–10.

38. I.R. Morus, ' "The nervous system of Britain": Space, time and the electric telegraph in the Victorian age', *British Journal for the History of Science*, 33 (2000), pp. 455–75.

39. L. Spira and A.K. Richards, 'On being lonely, socially isolated and single: A multi-perspective approach', *Psychoanalysis and Psychotherapy*, 20 (2003), pp. 3–21; S. Freud, *The problem of anxiety*, 1916–1917 (New York: Norton, 1936), pp. 392–411.

40. M. Seeman, 'On the meaning of alienation', *American Sociological Review*, 24 (1959), pp. 783–91; É. Durkheim, *The elementary forms of the religious life*, K.E. Fields, trans. (New York: Free Press, 1996).

41. W. Schirmer and D. Michailakis, 'The lost Gemeinschaft : How people working with the elderly explain loneliness', *Journal of Ageing Studies*, 33 (2015), pp. 1–10.

42. L.P. Hemming, *Heidegger's atheism: The refusal of a theological voice* (Notre Dame, IN: University of Notre Dame Press, 2002); M. Heidegger, *Basic problems of phenomenology*, S.M. Campbell, trans. (New York: Bloomsbury, 2013); L. Svendsen, *A philosophy of loneliness*, K. Pierce, trans. (London: Reaktion, 2017).

43. J.-P. Sartre, *No exit* (New York: Caedmon, 1968).

44. M. Weber, *The protestant ethic and the spirit of capitalism*, T. Parsons, trans. (London: HarperCollins, 1991).

45. C.T. Burris et al., ' "What a friend..." Loneliness as a motivator of intrinsic religion', *Journal for the Scientific Study of Religion*, (1994),

pp. 326–34, 326.

46. C. Taylor, *A secular age* (Cambridge, MA; London: Belknap, 2007).

47. J. Brewer, *The pleasures of the imagination: English culture in the eighteenth century* (London: Harper Collins, 1997); R.J. Harnish and K.R. Bridges, 'Mall haul videos: Self-presentational motives and the role of selfmonitoring', *Psychology & Marketing*, 33 (2016), pp. 113–24.

48. J.T. Cacioppo et al., 'Alone in the crowd: The structure and spread of loneliness in a large social network', *Journal of Personality and Social Psychology*, 97 (2009), pp. 977–91.

第二章

1. S. Plath, *The unabridged journals of Sylvia Plath, 1950–1962*, edited by K.V. Kukil (New York: Anchor, 2000), p. 31. 感谢费伯、哈珀·柯林斯和企鹅出版社准许我在本章中引用西尔维娅·普拉斯的作品。

2. S. Plath, *Letters of Sylvia Plath, volume 1: 1940–1956*, edited by P.K. Steinberg and K.V. Kukil (London: Faber & Faber, 2017) and *Letters of Sylvia Plath, volume 2: 1956–1963* (London: Faber and Faber, 2018).

3. O. Blair, 'Sylvia Plath's daughter criticises feminist activists who blamed her death on father Ted Hughes', *The Independent*, 4 October 2015: https://www.independent.co.uk/news/people/sylvia-plaths-daughtercriticises-feminist-activists-who-blamed-her-death-on-father-tedhughes-a6679051.html, accessed 4 October 2018 and D. Kean, 'Unseen Sylvia Plath letters claim domestic abuse by Ted Hughes', *The Guardian*, 11 April 2007: https://www.theguardian.com/books/2017/apr/11/unseensylvia-plath-letters-claim-domestic-abuse-by-ted-hughes, accessed 4 October 2018.

4. A. Wilson, *Mad girl's love song: Sylvia Plath and life before Ted* (London: Simon and Schuster, 2013), p. 313.

5. Wilson, *Mad girl's love song*.

6. 有关奥托·普拉斯和奥里莉亚·肖伯早期关系的讨论，见Wilson, *Mad girl's love song*, chapter 1。

7. http://www.bbc.co.uk/programmes/articles/2yzhfv4DvqVp5nZyxBD8G23/who-feels-lonely-the-results-of-the-world-s-largest-loneliness-study, accessed 18 October 2018.

8. Plath, *Unabridged journals*, p. 33.

9. Plath, *Letters*, p. 14.
10. 8 September 1947 in Plath, *Letters*, p. 107.
11. 'I AM A SMITH GIRL NOW': 28 September 1950 in Plath, *Letters*, p. 180. 原文为大写。
12. 24 September 1950 in *Letters*, pp. 173–4.
13. 2 October 1950 in *Letters*, p. 185.
14. E.F. Perese and M. Wolf, 'Combating loneliness among persons with severe mental illness: Social network interventions' characteristics, effectiveness and applicability', *Issues in Mental Health Nursing*, 26 (2005), pp. 591–609.
15. 14 November 1950 in *Letters*, p. 223.
16. 7 January 1951 in *Letters*, p. 255.
17. 29 January 1951 in *Letters*, p. 268.
18. S. Plath, *Letters*, volume 2, letter to Aurelia, 10 December 1956, p. 27.
19. 19 November 1950 in *Letters*, p. 227.
20. 12 January 1951 in *Letters*, p. 259.
21. 10 December 1950 in *Letters*, p. 244.
22. 7 January 1951 in *Letters*, p. 254.
23. 7 January 1951 in *Letters*, p. 255.
24. 12 January 1951 in *Letters*, p. 258.
25. 13 January 1951 in *Letters*, p. 260.
26. 例如, letter to Marcia B. Stern, 8 July 1952 in *Letters*, p. 464。
27. J.T. Cacioppo, J.H. Fowler, and N.A. Christakis, 'Alone in the crowd: The structure and spread of loneliness in a large social network', *Journal of Personality and Social Psychology*, 97 (2009), pp. 977–91.
28. Plath, *Unabridged journals*, p. 29.
29. M.J. Bernstein and H.M. Claypool, 'Social exclusion and pain sensitivity: Why exclusion sometimes hurts and sometimes numbs', *Personality and Social Psychology Bulletin*, 38 (2012), pp. 185–96.
30. Plath, *Unabridged journals*, p. 30.
31. Plath, *Unabridged journals*, p. 26.
32. Plath, *Unabridged journals*, p. 33.
33. Plath, *Unabridged journals*, p. 149.
34. C. Millard, 'Making the cut: The production of "self-harm" in post-1945 Anglo-Saxon psychiatry', *History of the Human Sciences*, 26 (2013), pp. 126–50.

35. A. Stravynski and R. Boyer, 'Loneliness in relation to suicide ideation and parasuicide: A population-wide study', *Suicide and Life-Threatening Behavior*, 31 (2001), pp. 32–40.

36. Plath, *Unabridged journals*, pp. 150–1.

37. Plath, *Unabridged journals*, p. 150.

38. S. Plath, *Letters home: Correspondence, 1950–1963*, edited with a commentary by Aurelia Schober Plath (London: Faber and Faber, 1999), p. 124; discussion in Wilson, *Mad girl's love song*, p. 264.

39. 见普拉斯的心理分析师肯尼斯·泰罗特森的讨论：Wilson, *Mad girl's love song*, p. 265。

40. Wilson, *Mad girl's love song*, pp. 285–6.

41. 与克里斯·米勒德的私人谈话, 2017。

42. 28 December 1953 in *Letters*, p. 654.

43. Plath, *Unabridged journals*, pp. 186–7.

44. O. Sletta et al., 'Peer relations, loneliness, and self-perceptions in schoolaged children', *British Journal of Educational Psychology*, 66 (1996), pp. 431–45.

45. Wilson, *Mad girl's love song*, p. 287.

46. 25 December 1953 in *Letters*, p. 652.

47. 28 December 1953 in *Letters*, p. 657.

48. Wilson, *Mad girl's love song*, p. 291.

49. Wilson, *Mad girl's love song*, p. 302.

50. 后来随着普拉斯的作家身份更为著名，她的几篇论文在她过世后出版。这里的参考文献来自大英图书馆的一份副本：Sylvia Plath, *The magic mirror: A study of the double in two of Dostoevsky's novels* (Llanwddyn, Powys: Embers Handpress, 1989)。

51. Plath, *The magic mirror*, p. 12.

52. Plath, *The magic mirror*, p. 13.

53. Plath, *Unabridged journals*, p. 30.

54. Plath, *Unabridged journals*, p. 147.

55. H. Sweeting and P. West, 'Being different: Correlates of the experience of teasing and bullying at age 11', *Research Papers in Education*, 16 (2001), pp. 225–46.

56. Plath, *Unabridged journals*, p. 187.

57. Plath, *Unabridged journals*, p. 199.

58. Wilson, *Mad girl's love song*, p. 300.
59. 24 February 1956 in *Letters*, p. 113.
60. Plath, *Unabridged journals*, p. 21.
61. Plath, *Unabridged journals*, p. 25.
62. Plath, *Unabridged journals*, p. 211.
63. 4 May 1956 in *Letters*, p. 1185.
64. A. Van Gennep, *The rites of passage* (Abingdon: Routledge, 2013).
65. 9 October 1956 in *Letters*, p. 1293.
66. Plath, *Unabridged journals*, p. 51.
67. C. Waddell, 'Creativity and mental illness: Is there a link?', *The Canadian Journal of Psychiatry*, 43 (1998), pp. 166–72.

第三章

1. L.A. Baker and R.E. Emery, 'When every relationship is above average: Perceptions and expectations of divorce at the time of marriage', *Law and human behavior*, 17 (1993), p. 439.
2. *The symposium of Plato*, translated by B. Jowett (1968), available online at: http://classics.mit.edu/Plato/symposium.html, accessed 15 February 2018.
3. Aristophanes in *The symposium of Plato*.
4. Aristophanes in *The symposium of Plato*.
5. C. Darwin, *On the origin of species by means of natural selection, or the preservation of favoured races in the struggle for life* (London: John Murray, 1859). 有关进化生物学和心理学的进一步讨论，及其对于现代约会模式的意义，见 C. Ryan and C. Jethá, *Sex at dawn: The prehistoric origins of modern sexuality* (New York: Harper, 2010)。
6. G. Claeys, 'The "survival of the fittest" and the origins of Social Darwinism', *Journal of the History of Ideas*, 61 (2000), pp. 223–40, 223.
7. J. Speake, *The Oxford dictionary of proverbs* (Oxford: Oxford University Press, 2015), p. 104; J. Lyly, *The anatomy of wit: editio princeps, 1579: Euphues and his England*, ed. E. Arber (London: Edward Arber, 1868); J.E. Mahon, 'All's fair in love and war? Machiavelli and Ang Lee's "Ride with the Devil"', in R. Apr, A. Barkman, and N. King (eds), *The philosophy of Ang Lee* (Lexington, KY: University Press of Kentucky, 2013), pp. 265–90.
8. *Letter to a young lady* in Samuel Taylor Coleridge, *Letters, conversations*

and recollections of S.T. Coleridge, vol. 2 (London: Edward Moxon, Dover Street, 1836), pp. 89-90.

9. *Letter to a Young Lady*, p. 91.

10. D. Vaisey, *The diary of Thomas Turner, 1754 -1765* (East Hoathly: CTR Publishing, 1994), p. 229. 参见本书第四章对托马斯·特纳日记的讨论，以及他在何种语境下这样谈论他的妻子。

11. *Letter to a young lady*, p. 93.

12. *Letter to a young lady*, p. 90.

13. F. Bound [Alberti], 'An "uncivill" culture: Marital violence and domestic politics in York, c. 1660-c.1760', in M. Hallett and J. Rendall (eds), *Eighteenth-century York: Culture, space and society* (York: Borthwick Institute, 2003).

14. F. Bound Alberti, *Matters of the heart: History, medicine, emotion* (Oxford: Oxford University Press, 2010).

15. M.R. Watson, '"Wuthering Heights" and the critics', *The Trollopian*, 3 (1949), pp. 243-63.

16. D. Punter and G. Byron, *The gothic*, vol. 10 (Oxford: Blackwell Publishing, 2004).

17. J. Bhattacharyya, *Emily Brontë's Wuthering Heights* (New Delhi: Atlantic Publishers & Dist, 2006), p. 67.

18. S.R. Gorsky, '"I'll cry myself sick": Illness in Wuthering Heights', *Literature and Medicine*, 18 (1999), pp. 173-91.

19. S. R. Gorsky, *Femininity to feminism: Women and literature in the nineteenth century* (New York; Toronto: Macmillan, 1992), p. 44.

20. 有关拜伦式英雄在19世纪的起源的讨论，见 A. Stein, *The Byronic hero in film, fiction and television* (Carbondale, IL: Southern Illinois University Press, 2009), pp. 10-11。

21. S. Wooton, *Byronic heroes in nineteenth-century women's writing and screen adaptation* (Houndmills, Basingstoke: Palgrave Macmillan, 2016).

22. Cited in Stein, *The Byronic hero*, p. 27.

23. A. Ben-Ze'ev and R. Goussinsky, *In the name of love: Romantic ideology and its victims* (Oxford; New York: Oxford University Press, 2008).

24. L. Kokkola, 'Sparkling vampires: Valorizing self-harming behavior in Stephenie Meyer's *Twilight* series', *Bookbird: A Journal of International Children's Literature*, 49 (2011), pp. 33-46; J. Taylor, 'Romance and the female

gaze obscuring gendered violence in the *Twilight* saga', *Feminist Media Studies*, 14 (2014), pp. 388–402.

25. S. Meyer, *Eclipse* (Boston, MA: Little, Brown, 2007), e.g. pp. 50, 123, 519.

26. Meyer, *Eclipse*, p. 265.

27. Meyer, *Eclipse*, p. 265.

28. Meyer, *Eclipse*, p. 517.

29. A. McRobbie, 'Notes on post-feminism and popular culture: Bridget Jones and the new gender regime', in A. Harris (ed.), *All about the girl: Culture, power and identity* (Abingdon: Routledge, 2004), pp. 3–14.

30. A. Ford, *The soulmate secret* (HarperCollins e-books, 2014); C. Ozawa-de Silva, 'Too lonely to die alone: Internet suicide pacts and existential suffering in Japan', *Culture, Medicine, and Psychiatry*, 324 (2008), pp. 516–51; L. TerKeurst, *Uninvited: Living loved when you feel less than, left out, and lonely* (Nashville, TN: Nelson Books, 2016).

31. V. Walkerdine, 'Some day my prince will come: Young girls and the preparation for adolescent sexuality', in A. McRobbie and M. Nava (eds), *Gender and generation: Youth questions* (London: Palgrave Macmillan, 1984), pp. 162–84.

32. C. Rubenstein, P. Shaver, and L.A. Peplau, 'Loneliness', *Human Nature* 2 (1979), pp. 58–65.

33. M. Pinquart, 'Loneliness in married, widowed, divorced and nevermarried adults', *Journal of Social and Personal Relationships*, 20 (2003), pp. 31–53; K.L. Olson and E.H. Wong, 'Loneliness in marriage', *Family Therapy*, 28 (2001), p. 105.

34. 一个过时但仍相关的研究，见P. Parmelee and C. Werner, 'Lonely losers: Stereotypes of single dwellers', *Personality and Social Psychology Bulletin*, 4 (1978), pp. 292–5。

35. K. Lahad, '"Am I asking for too much?": The selective single woman as a new social problem', *Women's Studies International Forum*, 40 (2013), pp. 23–32.

36. C. Shipman, 'The anomalous position of the unmarried woman', *The American Review*, 190 (1909), pp. 338–46.

37. C. Hakim, 'Erotic capital', *European Sociological Review*, 26 (2010), pp. 499–518.

38. http://www.bbc.co.uk/news/blogs-trending-43881931, accessed 25 May 2018; J. Katz and V. Tirone, 'From the agency line to the picket line: Neoliberal ideals, sexual realities, and arguments about abortion in the US', *Sex Roles*, 73 (2015), pp. 311–18.

39. M. Griffiths, 'Excessive Internet use: Implications for sexual behavior', *CyberPsychology & Behavior*, 3 (2000), pp. 537–52.

40. J. Ward, 'Swiping, matching, chatting: Self-presentation and selfdisclosure on mobile dating apps', *Human IT: Journal for Information Technology Studies as a Human Science*, 13 (2016), pp. 81–95.

第四章

1. "老年英国"（Age UK）的广告见：https://www.youtube.com/watch?v=FALlh-aluEg, accessed 18 September 2018。

2. J. Pritchard, "I REALLY CRIED": 在真人秀《电视机》中，琼恩·伯尼考夫披露了在丈夫里昂突然离世后，她第一次在没有他陪伴的情况下看这个节目的心碎时刻。*The Sun*, 10 September 2018: https://www.thesun.co.uk/tvandshowbiz/7218092/june-bernicoff-leongogglebox-tears-empty-chair, accessed 18 September 2018.

3. M. Hegge and C. Fischer, 'Grief responses of senior and elderly widows: Practice implications', *Journal of Gerontological Nursing*, 26 (2000), pp. 35–43.

4. A. Barbato and H.J. Irwin, 'Major therapeutic systems and the bereaved client', *Australian Psychologist*, 27 (1992), pp. 22–7.

5. X. Zhou et al., 'Counteracting loneliness: On the restorative function of nostalgia', *Psychological Science*, 19 (2008), pp. 1023–9.

6. Zhou et al., 'Counteracting loneliness', p. 1023.

7. http://www.opentohope.com/lonely-not-powerful-enough-word-todescribe-widowhood, accessed 12 October 2017.

8. D.K. van den Hoonaard, *The widowed self: The older woman's journey through widowhood* (Waterloo, Ont.: Wilfrid Laurier University Press, 2000).

9. S. Cavallo and L. Warner, *Widowhood in medieval and early modern Europe* (Harlow, UK; New York: Longman, 1999).

10. Van den Hoonaard, *The widowed self*, p. 38.

11. P. de Larivey, *The widow (La veuve)*, translated by Catherine E. Campbell (Ottawa: Dovehouse Editions, 1992).

12. 见 the widow of Zarephath, 1 Kings 17.10-24, 以及 the discussion in R.A. Anselment, 'Katherine Austen and the widow's might', *Journal for Early Modern Cultural Studies*, 5 (2005), 5-25。

13. S. Mendelson and P. Crawford, *Women in early modern England, 1550-1720* (Oxford: Oxford University Press, 1998).

14. T. Fuller, *The holy and the profane states* (Boston, MA, 1864), pp. 52-3, discussed in M. Macdonald, *Mystical bedlam: Madness, anxiety and healing in seventeenth-century England* (Cambridge: Cambridge University Press, 1984), p. 77.

15. Anselment, 'Katherine Austen', p. 8.

16. Anselment, 'Katherine Austen', p. 18.

17. D. Vaisey, *The diary of Thomas Turner, 1754-1765* (East Hoathly: CTR Publishing, 1994), p. xviii. 所有引文均摘自这个版本。

18. Vaisey, *Diary*, xxi.

19. Vaisey, *Diary*, 30 August 1755, p. 13.

20. Vaisey, *Diary*, 10 February 1756, p. 28.

21. Vaisey, *Diary*, 22 February 1756, p. 31.

22. Vaisey, *Diary*, 24 June 1758, p. 155.

23. Vaisey, *Diary*, 5 April 1759, p. 180.

24. Vaisey, *Diary*, 3 October 1760, p. 212.

25. Vaisey, *Diary*, 28 May 1760, p. 205.

26. Vaisey, *Diary*, p. 213.

27. E. Gibson, *Trust in God, the best remedy against fears of all kinds: designed by way of spiritual comfort, to such unhappy persons as are subject to MELANCHOLY FEARS, and to others who are at any time under anxiety and dejection of mind upon just and reasonable fears of some approaching evil*, sixth edition (London: E. Owen, 1752).

28. Gibson, *Trust in God*, p. 8.

29. Vaisey, *Diary*, p. 228.

30. Vaisey, *Diary*, 27 June 1761, p. 229.

31. N. Rowe, *The royal convert: A tragedy* (London: Jacob Tonson, 1714), p. 35.

32. F. Bound [Alberti], 'Writing the self? Love and the letter in England, c. 1660-c. 1760', *Literature & History*, 1 (2002), pp. 1-19.

33. Vaisey, *Diary*, 14 June 1761, p. 227.

34. Vaisey, *Diary*, 27 June 1761, p. 230.
35. Vaisey, *Diary*, 1 July 1761, p. 230.
36. R. Sparić et al., 'Hysterectomy throughout history', *Acta chirurgica Iugoslavica*, 58 (2011), pp. 9–14.
37. F. Bound [Alberti], 'An "angry and malicious mind": Narratives of slander at the Church Courts of York, c.1660–c.1760', *History Workshop Journal*, 56 (2003), pp. 59–77.
38. Vaisey, *Diary*, 1 July 1761, pp. 230–1.
39. Vaisey, *Diary*, 17 January 1762, p. 243.
40. Vaisey, *Diary*, 16 October 1762, p. 259.
41. Vaisey, *Diary*, 17 September 1762, p. 258.
42. 这是特纳最后一篇日记：p. 323。
43. F. Bound [Alberti], 'An "uncivill" culture: Marital violence and domestic politics in York, c. 1660–c. 1760', in M. Hallett and J. Rendall (eds), *Eighteenth-century York: Culture, space and society* (York: Borthwick Institute, 2003).
44. Vaisey, 'Introduction', in *Diary*, p. xx.
45. M. Pavlíková, 'Despair and alienation of modern man in society', *European Journal of Science and Theology*, 11 (2015), pp. 191–200.
46. S. Solicari, 'Selling sentiment: The commodification of emotion in Victorian visual culture', *Interdisciplinary Studies in the Long Nineteenth Century*, 4 (2007), pp. 1–21.
47. C. Huff, 'Private domains: Queen Victoria and Women's Diaries', *Auto/Biography Studies*, 1 (1988), pp. 46–52.
48. C. Erickson, *Her little majesty: The life of Queen Victoria* (London: Robson Books, 1997), p. 56.
49. D. Marshall, *The life and times of Queen Victoria* (London: Weidenfeld & Nicolson, 1992), p. 27.
50. C. Hibbert, *Queen Victoria: A personal history* (London: Harper Collins, 2000), p. 123.
51. 见 H. Rappaport, *Magnificent obsession: Victoria, Albert and the death that changed the monarchy* (London: Windmill, 2012)。
52. Hibbert, *Queen Victoria*, chapters 14–36.
53. Hibbert, *Queen Victoria*, p. 299.
54. H. Matthew and K. Reynolds (2004-09-23), Victoria (1819–1901), queen of the United Kingdom of Great Britain and Ireland, and empress of India.

Oxford Dictionary of National Biography, retrieved 20 March 2018 from http://www.oxforddnb.com/view/10.1093/ref:odnb/9780198614128.001.0001/odnb-9780198614128-e-36652.

55. 参见Y.M. Ward, *Censoring Queen Victoria: How two gentlemen edited a queen and created an icon* (London: One World, 2014); Y.M. Ward, *Unsuitable for publication: Editing Queen Victoria* (Collingwood, Vic.: Black Inc, 2013)。

56. Queen Victoria's journal, RA VIC/MAIN/WVJ, 4 December 1861. 这里提到的所有条目：retrieved 11 February 2018, can be found at: http://www.queenvictoriasjournals.org。

57. Queen Victoria's journal, RA VIC/MAIN/WVJ, 5 December 1861.

58. Rappaport, *Magnificent obsession*, p. 80.

59. Cited in Rappaport, *Magnificent obsession*, p. 81.

60. Cited in Rappaport, *Magnificent obsession*, p. 82.

61. Queen Victoria's journal, RA VIC/MAIN/WVJ, 1 January 1862.

62. J. Baird, *Victoria the queen: An intimate biography of the woman who ruled an empire* (New York: Random House, 2016), p. 221.

63. Queen Victoria's journal, RA VIC/MAIN/WVJ, 2 January 1862.

64. Queen Victoria's journal, RA VIC/MAIN/WVJ, 6 January 1862.

65. Queen Victoria's journal, RA VIC/MAIN/WVJ, 7 January 1862.

66. Queen Victoria's journal, RA VIC/MAIN/WVJ, 20 January 1862.

67. Queen Victoria's journal, 8; RA VIC/MAIN/WVJ, 15 January 1862.

68. Queen Victoria's journal, RA VIC/MAIN/WVJ, 10 February 1862.

69. Queen Victoria's journal, RA VIC/MAIN/WVJ, 18 January 1862.

70. Queen Victoria's journal, RA VIC/MAIN/WVJ, 23 January 1862.

71. Queen Victoria's journal, RA VIC/MAIN/WVJ, 1 February 1862; 3 February 1862.

72. D. Russell, L.A. Peplau, and M.L. Ferguson, 'Developing a measure of loneliness', *Journal of Personality Assessment*, 42 (1978), pp. 290-4; C. Vega et al., 'Symptoms of anxiety and depression in childhood absence epilepsy', *Epilepsia*, 52 (2011), pp. 70-4; S. Ueda and Y. Okawa, 'The subjective dimension of functioning and disability: What is it and what is it for?', *Disability and Rehabilitation*, 25 (2003), pp. 596-601.

73. Queen Victoria's journal, RA VIC/MAIN/WVJ, 15 January 1862.

74. Queen Victoria's journal, RA VIC/MAIN/WVJ, 21 January 1862.

75. "每个人的(议会)演讲都饱含对阿尔伯特无尽的崇敬和赞赏",

维多利亚女王在2月7日的日记中写道,"饱含对我深切痛苦的同情!"
76. Queen Victoria's journal, RA VIC/MAIN/WVJ, 23 January 1862.
77. Queen Victoria's journal, RA VIC/MAIN/WVJ, 27 January 1862.
78. Queen Victoria's journal, RA VIC/MAIN/WVJ, 2 February 1862.
79. Queen Victoria's journal, RA VIC/MAIN/WVJ, 29 January 1862.
80. Queen Victoria's journal, RA VIC/MAIN/WVJ, 31 December 1864.
81. Queen Victoria's journal, RA VIC/MAIN/WVJ, 24 February 1866.
82. Queen Victoria's journal, RA VIC/MAIN/WVJ, 11 July 1868.
83. 首版出版于1890年,详见 http://www.kiplingsocicty.co.uk/rg_widowatwindsor1.htm。
84. C. Dickens, *Great expectations* (London: Chapman and Hall, 1861).
85. D. Lutz, *Relics of death in Victorian literature and culture* (Cambridge: Cambridge University Press, 2015).
86. K. Brittain et al., 'An investigation into the patterns of loneliness and loss in the oldest old: Newcastle 85+ study', *Ageing & Society*, 37 (2017), pp. 39–62.
87. B.L. Zhong, S.L. Chen, and Y. Conwell, 'Effects of transient versus chronic loneliness on cognitive function in older adults: Findings from the Chinese Longitudinal Healthy Longevity Survey', *The American Journal of Geriatric Psychiatry*, 24 (2016), pp. 389–98.
88. S.S. Alterovitz and G.A. Mendelsohn, 'Relationship goals of middle-aged, young-old, and old-old internet daters: An analysis of online personal ads', *Journal of Aging Studies*, 27 (2013), pp. 159–65.

第五章

1. R. Grenoble, 'Distracted driver dies after posting on Facebook about the song "Happy", taking selfies', Huffington Post , 28 April 2014: https://www.huffingtonpost.co.uk/entry/driver-dies-happy-song-facebook-_n_5223175?guccounter=1&guce_referrer_us=aHR0cHM6Ly93d3cuZ29vZ2xlLmNvbS8&guce_referrer_cs=EvR1NVWv5yUzi-ttXvYO5g, accessed 28 September 2018.
2. C.A. Kahn et al., 'Distracted driving, a major preventable cause of motor vehicle collisions: "Just hang up and drive"', *Western Journal of Emergency Medicine*, 16 (2015), pp. 1033–6.
3. A. Nassehi et al., 'Surveying the relationship of Internet addiction with

dependence on cell phone, depression, anxiety, and stress in collegians(Case study: Bam University of Medical Sciences)', *International Journal of Advanced Biotechnology and Research*, 7 (2016), pp. 2267–74.

4. C.T. Barry et al., 'Adolescent social media use and mental health from adolescent and parent perspectives', *Journal of Adolescence*, 61 (2017), pp. 1840–8.

5. Barry et al., 'Adolescent social media use', p. 1840.

6. T. Ryan and S. Xenos, 'Who uses Facebook? An investigation into the relationship between the Big Five, shyness, narcissism, loneliness and Facebook usage', *Computers in Human Behavior*, 27 (2011), pp. 1658–64.

7. J. Kim, R. LaRose, and W. Peng, 'Loneliness as the cause and the effect of problematic Internet use: The relationship between Internet use and psychological well-being', *CyberPsychology & Behavior*, 12 (2009), pp. 451–5.

8. D.M. Boyd and N.B. Ellison, 'Social network sites: Definition, history and scholarship', *Journal of Computer-Mediated Communication*, 13 (2008), pp. 210–30.

9. R.N. Bolton et al., 'Understanding Generation Y and their use of social media: A review and research agenda', *Journal of Service Management*, 24.3 (2013), pp. 245–67.

10. Bolton et al., 'Understanding Generation Y', p. 249.

11. P. Valkenburg and A.P. Schouten, 'Friend networking sites and their relationship to adolescents' well-being and social self-esteem', *Cyberpsychology & Behavior*, 9 (2006), pp. 584–90 (p. 585).

12. S. Bennett, K. Maton, and L. Kervin. 'The "digital natives" debate: A critical review of the evidence', *British Journal of Educational Technology*, 39 (2008), pp. 775–86.

13. S.D. Vogt, 'The digital underworld: Combating crime on the dark web in the modern era', *Santa Clara Journal of International Law*, 15 (2017), p. 104; D. Clay, V.L. Vignoles, and H. Dittmar, 'Body image and selfesteem among adolescent girls: Testing the influence of sociocultural factors', *Journal of Research on Adolescence*, 15 (2005), pp. 451–77; J. Carter, 'Patriarchy and violence against women and girls', *The Lancet*, 385 (2015), pp. e40–1.

14. https://www.ons.gov.uk/peoplepopulationandcommunity/wellbeing/articles/lonelinesswhatcharacteristicsandcircumstancesareassociatedwithfeelinglo nely/2018-04-10, accessed 1 June 2018.

15. http://www.bbc.co.uk/programmes/articles/2yzhfv4DvqVp5nZyxBD8G23/who-feels-lonely-the-results-of-the-world-s-largest-lonelinessstudy, accessed 2 October 2018.

16. A.M. Manago and L. Vaughn, 'Social media, friendship, and happiness in the millennial generation', in M. Demir (ed.), *Friendship and happiness across the life-span and cultures* (Dordrecht: Springer, 2015), pp. 187–206: https://www.multivu.com/players/English/8294451-cigna-usloneliness-survey/docs/IndexReport_1524069371598-173525450.pdf, accessed 6 June 2018.

17. W.Y. Chou, A. Prestin, and S. Kunath, 'Obesity in social media: A mixed methods analysis', *Translational Behavioral Medicine*, 12 (2014), pp. 314–23; J.P. Harman et al., 'Liar, liar: Internet faking but not frequency of use affects social skills, self-esteem, social anxiety, and aggression', *CyberPsychology & Behavior*, 8 (2005), pp. 1–6.

18. M. Corstjens and A. Umblijs, 'The power of evil: The damage of negative social media strongly outweigh positive contributions', *Journal of Advertising Research*, 52 (2012), pp. 433–49.

19. C. Beaton, 'Why millennials are lonely', *Forbes Magazine*, 9 February 2017: https://www.forbes.com/sites/carolinebeaton/2017/02/09/whymillennials-are-lonely/#24e5e5407c35, accessed 1 June 2018.

20. A. Muise, E. Christofides, and D. Desmarais, 'More information than you ever wanted: Does Facebook bring out the green-eyed monster of jealousy?', *CyberPsychology & Behavior*, 12 (2009), pp. 441–4.

21. Ryan and Xenos, 'Who uses Facebook?', p. 1842.

22. M. Pittman and B. Reich, 'Social media and loneliness: Why an Instagram picture may be worth more than a thousand Twitter words', *Computers in Human Behaviour*, 62 (2016), pp. 155–67.

23. R. Zhu et al., 'Does online community participation foster risky financial behaviour?', *Journal of Marketing Research*, 49 (2012), pp. 394–407.

24. H. Dittmar, 'How do "body perfect" ideals in the media have a negative impact on body image and behaviors? Factors and processes related to self and identity', *Journal of Social and Clinical Psychology*, 28 (2009), pp. 1–8; G.S. O'Keeffe and K. Clarke-Pearson. 'The impact of social media on children, adolescents, and families', *Pediatrics*, 127 (2011), pp. 800–4.

25. M.H. Immordino-Yang, J.A. Christodoulou, and V. Singh, V. 'Rest is not idleness: Implications of the brain's default mode for human development

and education' *Perspectives on Psychological Science*, 7 (2012), pp. 352–64.

26. M.A. Carskadon, 'Sleep in adolescents: The perfect storm', *Pediatric Clinics*, 58 (2011), pp. 637–47.

27. J. Lewis and A. West, ' "Friending": London-based undergraduates' accounts of Facebook', *New Media & Society*, 11 (2009), pp. 1209–29.

28. M.Z. Yao and Z.J. Zhong, 'Loneliness, social contacts and Internet addiction: A cross-lagged panel study', *Computers in Human Behavior*, 30 (2014), pp. 164–70; L.A. Jelenchick, J.C. Eickhoff, and M.A. Moreno, ' "Facebook depression?" Social networking site use and depression in older adolescents', *Journal of Adolescent Health*, 52 (2013), pp. 128–30; Ryan and Xenos, 'Who uses Facebook?', pp. 1658–64.

29. P. Seargeant and C. Tagg (eds), *The language of social media: Identity and community on the internet* (Basingstoke: Palgrave Macmillan, 2014), p. 5.

30. A.D. Kramer, J.E. Guillory, and J.T. Hancock, 'Experimental evidence of massive-scale emotional contagion through social networks', *Proceedings of the National Academy of Sciences*, 111 (2014), pp. 8788–90.

31. L. Mehlum, 'The internet, suicide, and suicide prevention', *Crisis: The Journal of Crisis Intervention and Suicide Prevention*, 21 (2000), p. 186.

32. G. Rosen, 'Psychopathology in the social process: I. A study of the persecution of witches in Europe as a contribution to the understanding of mass delusions and psychic epidemics', *Journal of Health and Human Behavior*, 1 (1960), pp. 200–11; G. Le Bon, *The crowd* (London: Routledge, 2017); W.R. Doherty, 'The emotional contagion scale: A measure of individual differences', *Journal of Nonverbal Behavior*, 21 (1997), pp. 131–54.

33. J.T. Cacioppo, J.H. Fowler, and N.A. Christakis, 'Alone in the crowd: The structure and spread of loneliness in a large social network', *Journal of Personality and Social Psychology*, 97 (2009), p. 977.

34. L.A. Frakow, 'Women and the telephone: The gendering of a communications technology', in C. Kramarae (ed.), *Technology and women's voices: Keeping in touch* (Routledge & Kegan Paul: New York and London, 1988), pp. 179–99, 179.

35. J. Tacchi, K.R. Kitner, and K. Crawford, 'Meaningful mobility: Gender, development and mobile phones', *Feminist Media Studies*, 12 (2012), pp. 528–37.

36. Cited in C.S. Fischer, *America calling: A social history of the telephone*

to 1940 (Berkeley, CA: University of California Press, 1992), p. 1.

37. Fischer, *America calling*, p. 247.

38. D.G. Krutka and J.P. Carpenter, 'Why social media must have a place in schools', *Kappa Delta Pi Record*, 52 (2016), pp. 6–10; J.K. Hammick and J.L. Moon, 'Do shy people feel less communication apprehension online? The effects of virtual reality on the relationship between personality characteristics and communication outcomes', *Computers in Human Behavior*, 33 (2014), pp. 302–10; M. Indian and R. Grieve, 'When Facebook is easier than face-to-face: Social support derived from Facebook in socially anxious individuals', *Personality and Individual Differences*, 59 (2014), pp. 102–6; C.L. Ventola, 'Social media and health care professionals: Benefits, risks, and best practices', *Pharmacy and Therapeutics*, 39 (2014), pp. 491–9; V. Burholt et al., 'A social model of loneliness: The roles of disability, social resources, and cognitive impairment', *The Gerontologist*, 57 (2016), pp. 1020–30.

39. K.M. Sheldon, N. Abad, and C. Hinsch, 'A two-process view of Facebook use and relatedness need-satisfaction: Disconnection drives use, and connection rewards it', *Journal of Personality and Social Psychology*, 100 (2011), pp. 766–75.

40. J.E. Katz, R.E. Rice, and P. Aspden, 'The Internet, 1995–2000: Access, civic involvement, and social interaction', *American Behavioural Scientist*, 45 (2001), pp. 405–19.

41. J.L. Clark, S.B. Algoe, and M.C. Green, 'Social network sites and wellbeing: The role of social connection', *Current Directions in Psychological Science*, 21 (2017), pp. 32–7.

42. Clark, Algoe, and Green, 'Social network sites'.

43. B. Anderson, *Imagined communities: Reflections on the origin and spread of nationalism* (London: Verso, 1991).

44. M.C. Benigni, K. Joseph, and K.M. Carley, 'Online extremism and the communities that sustain it: Detecting the ISIS supporting community on Twitter', *PLoS ONE* , 12 (2017), e0181405: https://doi.org/10.1371/journal.pone.0181405, accessed 2 October 2018.

45. H. Rheingold, *Virtual community: Finding connection in a computerised world* (London: Secker and Warburg, 1994), introduction.

46. https://www.reddit.com/r/The_Donald, accessed 2 October 2018.

47. Rheingold, *Virtual community*; B. Wellman, *Networks in the global*

village: Life in contemporary communities (Boulder, CO: Westview Press, 1999).

48. J. Ronson, *So you've been publicly shamed* (New York: Riverhead Books, 2015).

49. J. van Dijck, *The culture of creativity: A critical history of social media* (Thousand Oaks, CA: Sage Publications, 2014), p. 14.

50. Van Dijck, *The culture of creativity*, p. 11.

51. Laing, *The lonely city*.

52. M. Ratto and M. Boler (eds), *DIY citizenship: Critical making and social media* (Cambridge, MA: MIT Press, 2014), introduction.

53. Van Dijck, *The culture of creativity*, pp. 112, 144.

54. R. Yuqing et al., 'Building member attachment in online communities: Applying theories of group identity and interpersonal bonds', *MIS Quarterly*, 36 (2012), pp. 841–64, 843.

55. R. Yuqing et al., 'Building member attachment', p. 843.

56. *Oxford English Dictionary* online, accessed 3 June 2018.

57. 'Report on the investigation into Russian interference in the 2016 Presidential election', by Special Counsel Robert S. Mueller, vol. III, p. 4: 'Executive summary to volume I and volume II. RUSSIAN "ACTIVE MEASURES" SOCIAL MEDIA CAMPAIGN', pp. 24–6, U.S. Operations Through Facebook.

58. F. Comunello and G. Anzera, 'Will the revolution be tweeted? A conceptual framework for understanding the social media and the Arab Spring', *Islam and Christian-Muslim Relations*, 23 (2012), pp. 1–18.

59. S. Frennert and B. Östlund, 'Seven matters of concern of social robots and older people', *International Journal of Social Robotics*, 6 (2014), pp. 299–310; K. Devlin, *Turned on: Science, sex and robots* (London: Bloomsbury Sigma, 2018); I. Torjesen, 'Society must consider risks of sex robots, report warns', *BMJ: British Medical Journal*, 358 (2017), http://dx.doi.org/10.1136/bmj.j3267.

60. M. Tiggemann and I. Barbato, ' "You look great!": The effect of viewing appearance-related Instagram comments on women's body image', *Body Image*, 27 (2018), pp. 61–6; T.M. Dumas et al., 'Lying or longing for likes? Narcissism, peer belonging, loneliness and normative versus deceptive like-seeking on Instagram in emerging adulthood', *Computers in Human Behaviour*, 71 (2017), pp. 1–10.

61. P. Gale, *Your network is your net worth: Unlock the hidden power of connections for wealth, success and happiness in the digital age* (London: Simon and Schuster, 2013).

62. Y. Ren, R. Kraut, and S. Kiesler, 'Applying common identity and bond theory to design of online communities', *Organization Studies*, 28 (2007), pp. 377–408.

63. K.J. Miller et al., 'Effectiveness and feasibility of virtual reality and gaming system use at home by older adults for enabling physical activity to improve health-related domains: A systematic review', *Age and Ageing*, 43 (2013), pp. 188–95; A. Gallace, *In touch with the future: The sense of touch from cognitive neuroscience to virtual reality* (Oxford: Oxford University Press, 2014).

第六章

1. T.J. Holwerda et al., 'Feelings of loneliness, but not social isolation, predict dementia onset: Results from the Amsterdam Study of the Elderly (AMSTEL)', *Journal of Neurology, Neurosurgery and Psychiatry*, 85 (2012), pp. 135–42; R.S. Wilson et al., 'Loneliness and risk of Alzheimer disease', *Archives of General Psychiatry*, 64 (2007), pp. 234–40; W. Moyle et al., 'Dementia and loneliness: An Australian perspective', *Journal of Clinical Nursing*, 20 (2011), pp. 1445–53.

2. K. Holmén and H. Furukawa, 'Loneliness, health and social network among elderly people: A follow-up study', *Archives of Gerontology and Geriatrics*, 35 (2002), pp. 261–74.

3. 与凯伦·布鲁尔的私人谈话，纽约大学，2018年。

4. C. Harrefors, S. Sävenstedt, and K. Axelsson, 'Elderly people's perceptions of how they want to be cared for: An interview study with healthy elderly couples in northern Sweden', *Scandinavian Journal of Caring Sciences*, 23 (2009), pp. 353–60.

5. F. Shaw, 'Is the ageing population the problem it is made out to be?', *Foresight*, 4 (2002), pp. 4–11.

6. E. Shanas et al., *Old people in three industrialised societies* (London: Routledge, 2017), p. 2.

7. A. Rokach et al., 'Cancer patients, their caregivers and coping with

loneliness', *Psychology, Health & Medicine*, 18 (2013), pp. 135-44; A. Rokach, 'Loneliness in cancer and multiple sclerosis patients', *Psychological Reports*, 94 (2004), pp. 637-48.

8. D. Mintz, 'What's in a word: The distancing function of language in medicine', *Journal of Medical Humanities*, 13 (1992), pp. 223-33; M. Rosedale, 'Survivor loneliness of women following breast cancer', *Oncology Nursing Forum*, 36 (2009), pp. 175-83.

9. https://www.nhs.uk/Livewell/women60-plus/Pages/Loneliness-inolderpeople.aspx, accessed 8 March 2018.

10. https://www.nhs.uk/Livewell/women60-plus/Pages/Loneliness-inolderpeople.aspx, accessed 8 March 2018.

11. N.R. Nicholson, 'A review of social isolation: An important but underassessed condition in older adults', *Journal of Primary Prevention*, 33 (2012), pp. 137-52.

12. K. Windle, J. Francis, and C. Coomber, 'Preventing loneliness and social isolation: Interventions and outcomes', *Social Care Institute for Excellence*, 39 (2011); S. Kinsella and F. Murray, 'Older people and social isolation: A review of the evidence', *Wirral Council Business and Public Health Intelligence Team* (2015), pp. 1-16.

13. Cited in M. Glauber and M.D. Day, 'The unmet need for care: Vulnerability among older adults', *Carsey Research*, 98 (Spring 2016): https://carsey.unh.edu/publication/vulnerability-older-adults, accessed 8 June 2018.

14. K. Walters, S. Iliffe, and M Orrell, 'An exploration of help-seeking behaviour in older people with unmet needs', *Family Practice*, 18 (2001), pp. 277-82.

15. Walters, Iliffe, and Orrell, 'An exploration of help-seeking behaviour'.

16. Commission for Social Care Inspection, *Cutting the cake fairly: CSCI review of eligibility criteria for social care* (London: CSCI, 2008), discussed in A. Vlachantoni et al., 'Measuring unmet need for social care amongst older people', *Population Trends*, 145 (2011), pp. 60-76.

17. Vlachantoni et al., 'Measuring unmet need'.

18. Vlachantoni et al., 'Measuring unmet need'.

19. B. Simmonds, *Ageing and the crisis in health and social care* (London: Polity, forthcoming).

20. J.M. Montepare and M.E. Lachman, ' "You're only as old as you feel":

Self-perceptions of age, fears of ageing, and life satisfaction from adolescence to old age', *Psychology and Ageing*, 4 (1989), pp. 73–8.

21. H. Yallop, *Age and identity in eighteenth-century England* (London: Routledge, 2016); P. Laslett, *A fresh map of life: The emergence of the Third Age* (Cambridge, MA: Harvard University Press, 1991); P. Thane, *Old age in English history: Past experiences, present issues* (Oxford: Oxford University Press, 2000).

22. Yallop, *Age and identity*.

23. J. Carper, *Stop aging now! The ultimate plan for staying young and reversing the aging process* (London: HarperCollins, 1995).

24. Thane, *Old age in English history*, p. 299.

25. Thane, *Old age in English history*, p. 300.

26. 见, 例如, C.F. Karlsen, *The devil in the shape of a woman: Witchcraft in colonial New England* (New York: Vintage, 1989)。

27. F. Bound Alberti, *This mortal coil: The human body in history and culture* (Oxford: Oxford University Press, 2016), introduction.

28. A. Vickery, 'Mutton dressed as lamb? Fashioning age in Georgian England', *Journal of British Studies*, 52 (2013), pp. 858–86.

29. 有关传记的介绍, 见 A. Janssens, 'The rise and decline of the male breadwinner family? An overview of the debate', *International Review of Social History*, 42 (1997), pp. 1–23。

30. P. Sharpe, *Adapting to capitalism: Working women in the English economy, 1700–1850* (Basingstoke: Macmillan, 2000).

31. L.A. Botelho, *Old age and the English poor law, 1500–1700* (Woodbridge: Boydell Press, 2004), p. 137.

32. L.H. Lees, *The solidarities of strangers: The English poor laws and the people, 1700–1948* (Cambridge: Cambridge University Press, 1998), p. 116.

33. Yallop, *Age and identity*, introduction.

34. 一个过时但仍然有用的讨论, 见 J. Roebuck, 'When does old age begin? The evolution of the English definition', *Journal of Social History*, 12 (1979), pp. 416–28。

35. S.L. Gatto and S.H. Tak, 'Computer, internet, and e-mail use among older adults: Benefits and barriers', *Educational Gerontology*, 22 (2008), pp. 800–11.

36. G.M. Jones, 'Elderly people and domestic crime: Reflections on

ageism, sexism, victimology', *The British Journal of Criminology*, 27 (1987), pp. 191–201.

37. J. de Jong-Gierveld, F. Kamphuis, and P. Dykstra, 'Old and lonely?', *Comprehensive Gerentology*, 1 (1987), pp. 13–17.

38. Shanas et al., *Old people*, p. 3.

39. C. Victor, S. Scambler, and J. Bond, 'Social exclusion and social isolation', in C. Victor, S. Scambler, and J. Bond (eds), *The social world of older people: Understanding loneliness and social isolation in later life* (Maidenhead: Open University Press, 2009), pp. 168–200.

40. 见我的博文，http://the-history-girls.blogspot.com/2018/08/thelifeline-of-libraries-in-age-of.html, accessed 3 April 2019。

41. J. Kempton and S. Tomlin, *Ageing alone: Loneliness and the 'oldest old'* (London: CentreForum, 2014), p. 7.

42. https://www.huffingtonpost.co.uk/fran-whittakerwood/the-rise-ofthe-silver-su_b_16255428.html?guccounter=1, accessed 30 May 2018.

43. H. Song et al., 'Does Facebook make you lonely? A meta analysis', *Computers in Human Behavior*, 36 (2014), pp. 446–52.

第七章

1. 这首诗倒着读和正着读的意思不一样，表达的含义取决于读法。见 https://brianbilston.com/2016/03/23/refugees, accessed 1 June 2018。

2. https://ec.europa.eu/echo/refugee-crisis, accessed 4 April 2019.

3. A. Nickerson et al., 'Emotion dysregulation mediates the relationship between trauma exposure, post-migration living difficulties and psychological outcomes in traumatized refugees', *Journal of Affective Disorders*, 173 (2015), pp. 185–92.

4. 以下引用摘自 *Oxford English Dictionary* Online, 'homelessness', accessed 1 October 2017。

5. L. Woodbridge, 'The neglected soldier as vagrant, revenger, tyrant slayer in early modern England', in A.L. Beier and P.R. Ocobock (eds), *Cast out: Vagrancy and homelessness in global and historical perspective* (Athens, OH: Ohio University Press, 2008), pp. 64–87.

6. J. Taylor, *The eighth wonder of the world, or Coriats escape from his supposed drowning* (London: Nicholas Okes, 1613), n.p.

7. http://www.legislation.gov.uk/ukpga/1977/48/contents/enacted.

8. J. Henley, 'The homelessness crisis in England: A perfect storm', *The Guardian*, 25 June 2018: https://www.theguardian.com/society/2014/jun/25/homelessness-crisis-england-perfect-storm, accessed 29 May 2018.

9. S. Madden, *Themistocles, the lover of his country, a tragedy* (London: R. King, 1729), p. 2.

10. Henley, 'The homelessness crisis'.

11. F.S. Wiggins, *The monthly repository and library of entertaining knowledge*, vol. 1 (New York: Francis Wiggins, 1831), p. 27.

12. https://www.crisis.org.uk/ending-homelessness/homelessnessknowledge-hub, accessed 29 May 2018.

13. T.S. Dowse, *The brain and the nerves: Their ailments and their exhaustion* (London; Paris; Madrid: Baillière, Tindal and Cox, 1884), p. 134. See also M. Gijswijt-Hofstra and R. Porter, *Cultures of neurasthenia from Beard to the First World War* (Amsterdam: Rodopi, 2001).

14. 'Homelessness in Canada: Past, Present, Future', keynote address at Growing Home: Housing and Homelessness in Canada University of Calgary, 18 February 2009.

15. A. Rokach, 'Loneliness of the marginalized', *Open Journal of Depression*, 3 (2014), pp. 147–53.

16. A. Bloom, 'Review essay: Toward a history of homelessness', *Journal of Urban History*, 31 (2005), pp. 907–17.

17. Rokach, 'Loneliness of the marginalized', p. 148.

18. J. Sandford, *Cathy come home* (London: Marion Boyars, 2002); K. Loach, *Cathy come home* (BBC Television, 16 November 1966).

19. A. Rokach, 'Private lives in public places: Loneliness of the homeless', *Social Indicators Research*, 72 (2005), pp. 99–114.

20. http://www.legislation.gov.uk/ukpga/1977/48/contents/enacted, accessed 4 April 2019; D. Paget, ' "Cathy come home" and "accuracy" in British Television Drama', *New Theatre Quarterly*, 15 (1999), pp. 75–90.

21. Rokach, 'Private lives in public places', p. 103.

22. A. Tomas and H. Dittmar, 'The experience of homeless women: An exploration of housing histories and the meaning of home', *Housing Studies*, 10 (1995), pp. 493–515.

23. N. Myers, 'Environmental refugees: A growing phenomenon of the 21st

century', *Philosophical Transactions of the Royal Society B: Biological Sciences*, 357 (2002), pp. 609–13.

24. T. Piacentini, 'Refugee solidarity in the everyday', *Soundings: A Journal of Politics and Culture*, 64 (2016), pp. 57–61.

25. P.J.M. Strijk, B. van Meijel, and C.J. Gamel, 'Health and social needs of traumatized refugees and asylum seekers: An exploratory study', *Perspectives in Psychiatric Care*, 47 (2011), pp. 48–55.

26. Strijk, van Meijel, and Gamel, 'Health and social needs'.

27. Strijk, van Meijel, and Gamel, 'Health and social needs'.

28. J. Strong et al., 'Health status and health needs of older refugees from Syria in Lebanon', *Conflict and Health*, 9 (2015), pp. 8–10: https://doi.org/10.1186/s13031-014-0029-y.

29. E. Gruffydd and J. Randle, 'Alzheimer's disease and the psychosocial burden for caregivers', *Community Practitioner*, 79 (2006), pp. 15–18.

30. G.C. Wenger, 'Elderly carers: The need for appropriate intervention', *Ageing & Society*, 10 (1990), pp. 197–219.

31. Strong et al., 'Health status and health needs', p. 8.

第八章

1. https://schloss-post.com/objects-of-solitude, accessed 1 July 2017.

2. C. Buse, D. Martin, and S. Nettleton, 'Conceptualising "materialities of care": Making visible mundane material culture in health and social care contexts', *Sociology of Health and Illness*, 40 (2018), pp. 243–55, 244.

3. A. Pechurina, *Material cultures, migrations, and identities: What the eye cannot see* (Dordrecht: Springer, 2016).

4. S.H. Dudley, *Materialising exile: Material culture and embodied experience among Karenni refugees in Thailand* (New York; Oxford: Berghahn Books, 2010).

5. M. Epp, ' "The dumpling in my soup was lonely just like me": Food in the memories of Mennonite women refugees', *Women's History Review*, 25 (2016), pp. 365–81.

6. J.T. Cacioppo and W. Patrick, *Loneliness: Human nature and the need for social connection* (New York: W.W. Norton & Company, 2008).

7. http://www.contemporaryartsociety.org/news/friday-dispatch-news/daria-

martin-hunger-artist-maureen-paley-london, accessed 1 February 2019.

8. F. Bound Alberti, *This mortal coil: The human body in history and culture* (Oxford: Oxford University Press, 2016).

9. M.A. Bauer et al., 'Cuing consumerism: Situational materialism undermines personal and social well-being', *Psychological Science*, 23 (2012), pp. 517–23.

10. T. Kasser et al., 'Materialistic values: Their causes and consequences', *Psychology and Consumer Culture: The Struggle for a Good Life in a Materialistic World*, 1 (2004), pp. 11–28.

11. L. Van Boven, M.C. Campbell, and T. Gilovich, 'Stigmatizing materialism: On stereotypes and impressions of materialistic and experiential pursuits', *Personality and Social Psychology Bulletin*, 36 (2010), pp. 551–63.

12. R. Pieters, 'Bidirectional dynamics of materialism and loneliness: Not just a vicious cycle', *Journal of Consumer Research*, 40 (2013), pp. 615–31.

13. R.M. Ryan and E.L. Deci, 'Self-determination theory and the facilitation of intrinsic motivation, social development and well-being', *American Psychologist*, 555 (2000), pp. 68–78.

14. A. Pope, *Essay on man* (Princeton, NJ: Princeton University Press, 2016), with introduction by Tom Jones, pp. lxxvii, 61, 72.

15. 例如, N. Epley et al., 'Creating social connection through inferential reproduction: Loneliness and perceived agency in gadgets, gods, and greyhounds', *Psychological Science*, 19 (2008), pp. 114–20。

16. L.A. Keefer et al., 'Attachment to objects as compensation for close others' perceived unreliability', *Journal of Experimental Social Psychology*, 48 (2012), pp. 912–17.

17. R.W. Belk, G. Güliz, and S. Askegaard, 'The fire of desire: A multisited inquiry into consumer passion', *Journal of Consumer Research*, 30 (2003), pp. 326–51.

18. Belk, Güliz, and Askegaard, 'The fire of desire'.

19. Y.K. Kim, J. Kang, and M. Kim, 'The relationships among family and social interaction, loneliness, mall shopping motivation, and mall spending of older consumers', *Psychology & Marketing*, 22 (2005), pp. 995–1015.

20. R.L. Rubenstein, 'The significance of personal objects to older people', *Journal of Ageing Studies*, 1 (1987), pp. 225–38.

21. Rubenstein, 'The significance of personal objects', p. 229.

22. Rubenstein, 'The significance of personal objects', p. 236.

23. J. Fast, *Body language* (New York: M. Evans, 1970, repr. 2002), pp. 7–8.

24. Fast, *Body language*, p. 7.

25. Queen Victoria's journal, RA VIC/MAIN/WVJ, 3 June 1862.

26. Cited in H. Rappaport, *Magnificent obsession: Victoria, Albert and the death that changed monarchy* (London: Windmill Books, 2012), p. 136.

27. Rappaport, *Magnificent obsession*, pp. 136–7.

28. Rappaport, *Magnificent obsession*, p. 184.

29. Queen Victoria's journal, RA VIC/MAIN/WVJ, 22 February 1864.

30. Cited in H. Rappaport, *Magnificent obsession*, p. 184.

31. F. Bound [Alberti], 'An "uncivill" culture: Marital violence and domestic politics in York, c. 1660–c. 1760', in M. Hallett and J. Rendall (eds), *Eighteenth-century York: Culture, space and society* (York: Borthwick Institute, 2003).

32. S. Downes, S. Holloway, and S. Randles, *Feeling things: Objects and emotions through history* (Oxford: Oxford University Press, 2018).

33. O. Riis and L. Woodhead, *A sociology of religious emotion* (Oxford: Oxford University Press, 2010).

34. Riis and Woodhead, *A sociology of religious emotion*, p. 61.

35. M.R. Banks and W.A. Banks, 'The effects of animal-assisted therapy on loneliness in an elderly population in long-term facilities', *The Journals of Gerontology*, 57 (2002), pp. 428–32.

36. M.R. Banks et al., 'Animal-assisted therapy and loneliness in nursing homes: Use of robotic versus living dogs', *Journal of the American Medical Directors Association*, 9 (2008), pp. 173–7.

37. J. Heathcote, 'Paws for thought: Involving animals in care', *Nursing and Residential Care*, 12 (2010), pp. 145–8.

38. F. Bound Alberti, *This mortal coil*.

39. 诡异的是，这句口号出自1977年被犹他州行刑队处决的、被定罪的杀手加里·吉尔莫尔，这个杀手的遗言是："让我们动手吧。"（Let's do it.）参见 Jeremy W. Peters, 'The birth of "Just do it" and other magic words', *New York Times*, 19 August 2009: https://www.nytimes.com/2009/08/20/business/media/20adco.html, accessed 8 June 2018。

40. J.T. Cacioppo and W. Patrick, *Loneliness: Human nature and the need*

for social connection (New York: W.W. Norton, 2009): http://www.nytimes.com/2012/12/09/opinion/sunday/the-chill-of-loneliness.html?_r=1, accessed 9 March 2018.

41. Bound Alberti, *This mortal coil*, introduction.

42. L. Blair, 'Loneliness isn't inevitable: A guide to making new friends as an adult', *The Guardian*, 30 April 2018: https://www.theguardian.com/lifeandstyle/2018/apr/30/how-to-make-new-friends-adult-lonelyleap-of-faith, accessed 8 April 2019.

43. T. Duffey, 'Saying goodbye', *Journal of Creativity in Mental Health*, 1 (2005), pp. 287–95.

44. A. Beetz et al., 'Psychosocial and psychophysiological effects of human-animal interactions: The possible role of oxytocin', *Frontiers in Psychology*, 3 (2012), p. 234.

45. S. Sussman, *Substance and behavioural addictions: Concepts, causes and cures* (Cambridge: Cambridge University Press, 2017), p. 4.

46. J.T. Cacioppo and L.C. Hawkley, 'Loneliness', in M.R. Leary and R.H. Hoyle (eds), *Handbook of individual differences in social behavior* (New York: Guilford Press, 2009), pp. 227–40, abstract.

47. https://www.mind.org.uk/information-support/tips-for-everydayliving/loneliness/#.WvQenyPMzVo, accessed 9 May 2017.

48. F. Fromm-Reichmann, 'Loneliness', *Psychiatry: Journal for the Study of Interpersonal Processes*, 22 (1959), pp. 1–15, discussed in W.G. Bennis et al., *Interpersonal dynamics: Essays and readings on human interaction* (London: Dorsey Press; Irwin-Dorsey International, 1973), p. 131.

49. J.A. Bargh and I. Shalev, 'The substitutability of physical and social warmth in daily life', *Emotion*, 12 (2012), pp. 154–62.

50. B. Bruce and W.S. Agras, 'Binge eating in females: A populationbased investigation', *International Journal of Eating Disorders*, 12 (1992), pp. 365–73.

51. J.F. Schumaker et al., 'Experience of loneliness by obese individuals', *Psychological Reports*, 57 (1985), pp. 1147–54.

52. T.P. Chithambo and S.J. Huey, 'Black/white differences in perceived weight and attractiveness among overweight women', *Journal of Obesity*, 2013: https://doi.org/10.1155/2013/320326; K.J. Flynn and M. Fitzgibbon, 'Body images and obesity risk among black females: A review of the literature', *Annals of Behavioral Medicine*, 20 (1998), pp. 13–24.

53. T. Matthews et al., 'Sleeping with one eye open: Loneliness and sleep quality in young adults', *Psychological Medicine*, 47 (2017), pp. 2177–86.

54. I.S. Whitaker et al., 'Hirudo medicinalis: Ancient origins of, and trends in the use of medicinal leeches throughout history', *British Journal of Oral and Maxillofacial Surgery*, 42 (2004), pp. 133–7; J.M. Hyson, 'Leech therapy: A history', *Journal of the History of Dentistry*, 53 (2005), pp. 25–7.

55. C. Sengoopta, *The most secret quintessence of life: Sex, glands, and hormones, 1850–1950* (Chicago, IL: University of Chicago Press, 2006).

56. https://www.ageuk.org.uk/doncaster/our-services/circles-for-independence-in-later-life and https://www.ageuk.org.uk/services/in-your-area/men-in-sheds, accessed 8 April 2019; F. Bound Alberti, 'Loneliness is a modern illness of the body, not just the mind', *The Guardian*, 1 November 2018: https://www.theguardian.com/commentisfree/2018/nov/01/loneliness-illness-body-mind-epidemic, accessed 8 April 2019.

57. L. Bickerdike et al., 'Social prescribing: Less rhetoric and more reality. A systematic review of the evidence', *British Medical Journal Open*, 7 (2017), e013384.

58. J.L. Hillman, *Clinical perspectives on elderly sexuality* (New York; London: Springer, 2011), introduction.

59. F. Bound Alberti, 'From the big five to emotional clusters: In search of meaning in the history of emotions', submitted to *Emotion Review*, 2019.

60. B. Pease and A. Pease, *The definitive book of body language: The hidden meaning behind people's gestures and expressions* (London: Orion, 2005).

61. W.L. Gardner et al., 'On the outside looking in: Loneliness and social monitoring', *Personality and Social Psychology Bulletin*, 31 (2005), pp. 1549–60.

62. K. Thomas, 'Introduction', in J. Bremmer and H. Roodenburg (eds), *A cultural history of gesture: From antiquity to the present day* (Utrecht: Polity Press, 1991), pp. 1–14, 2.

63. 感谢萨拉·内特尔顿分享她和她同事们的研究，尤其是以下成果： C. Bus, D. Martin, and S. Nettleton, 'Conceptualising "materialities of care": Making visible mundane material culture in health and social care contexts', *Sociology of Health and Illness*, 40 (2018), pp. 243–55。

64. 例如，J. Davidson, M.M. Smith, and L. Bondi (eds), *Emotional*

geographies (Farnham: Ashgate, 2012)。

65. M. MacDonald, *Mystical bedlam: Madness, anxiety and healing in seventeenth-century England* (Cambridge: Cambridge University Press, 1981).

66. F. Bound [Alberti], 'An "uncivill" culture'.

67. F. Murphy, 'Loneliness: A challenge for nurses caring for older people', *Nursing Older People*, 18 (2006), pp. 22-5.

68. M.M.S. Lima and A.P. Vieira, 'Ballroom dance as therapy for the elderly in Brazil', *American Journal of Dance Therapy*, 29 (2007), pp. 129-42.

第九章

1. V. Woolf, *A writer's diary* (London: Hogarth Press, 1954), 10 September 1928.

2. O. Laing, *The lonely city: Adventures in the art of being alone* (London: Canongate, 2017).

3. L. Nocblin, 'Edward Hopper and the imagery of alienation', *Art Journal*, 41 (1981), pp. 136-41.

4. W. Deresiewicz, 'The end of solitude', *The Chronicle of Higher Education*, 55 (2009), 6.

5. F. Kermode, *Romantic image* (London: Routledge, 2002).

6. 见 G. Russell and C. Tuite (eds), *Romantic sociability: Social networks and literary culture in Britain, 1770-1840* (Cambridge: Cambridge University Press, 2006), p. 4。

7. W. Blake, *Jerusalem* (1804), foreword by Geoffrey Keynes (London: William Blake Trust, 1953).

8. R.L. Brett and A.R. Jones (eds), *Wordsworth and Coleridge: Lyrical ballads* (London; New York: Routledge, 2005), introduction.

9. S. Pile, 'Emotions and affect in recent human geography', *Transactions of the Institute of British Geographers*, 35 (2010), pp. 5-20.

10. S. de Vries et al., 'Streetscape greenery and health: Stress, social cohesion and physical activity as mediators', *Social Science & Medicine*, 94 (2013), pp. 26-33.

11. V. Janković, *Confronting the climate: British airs and the making of environmental medicine* (New York: Palgrave Macmillan, 2010).

12. S. McEathron, 'Wordsworth, lyrical ballads, and the problem of peasant

poetry', *Nineteenth Century Literature*, 54 (1999), pp. 1–26.

13. M. Wollstonecraft Shelley, *Frankenstein, or the Modern Prometheus* (1818 edition, Wisehouse Classics Kindle edition).

14. Shelley, *Frankenstein*, p. 59.

15. 有关游荡的女性, 见 A. Keane, *Women writers and the English nation in the 1790s: Romantic belongings* (Cambridge: Cambridge University Press, 2000)。

16. http://the-history-girls.blogspot.com/2017/12/the-heart-of-westminsterabbey-poets.html, accessed 1 June 2018.

17. J.C. Kaufman (ed.), *Creativity and mental illness* (Cambridge: Cambridge University Press, 2014).

18. S. Cain, *Quiet: The power of introverts in a world that can't stop talking* (New York: Crown, 2012).

19. 有关弗吉尼亚·伍尔夫的生平和作品, 见 H. Lee, *Virginia Woolf* (New York: A.A. Knopf, 1997)。

20. Lee, *Virginia Woolf*, pp. 127, 754.

21. A.V. Woolf, *A room of one's own* (Harmondsworth: Penguin, 1973).

22. Woolf, *A writer's diary*, 10 September 1929.

23. Woolf, *A writer's diary*, 10 August 1940.

24. Woolf, *A writer's diary*, 26 September 1920.

25. V. Woolf, *To the lighthouse* (Oxford: Oxford University Press, 2006), p. 101.

26. B. Mijuskovic, 'Loneliness and time-consciousness', *Philosophy Today*, 22 (1978), pp. 276–86.

27. 有关白日梦和暂时性的孤独, 见 R.A. Mar, M.F. Mason, and A. Litvack, 'How daydreaming relates to life satisfaction, loneliness, and social support: The importance of gender and daydream content', *Consciousness and Cognition*, 21 (2012), pp. 401–7。

28. Woolf, *A room of one's own* (London: Penguin, 2000), p. 66.

29. Woolf, *A writer's diary*, 11 October 1929.

30. 谈到"上帝已死", 人们首先想到的是尼采的《查拉图斯特拉如是说》, 尽管这个说法在他之前的作品中已出现过。

31. R.M. Rilke, *Rilke and Andreas-Salomé: A love story in letters*, trans. E. Snow and M. Winkler (New York; London: W.W. Norton, 2008), p. 248.

32. M. Sarton, *Journal of a solitude* (London: The Women's Press, 1994),

p. 23.

33. M. Sarton, *At seventy: A journal* (South Yarmouth, MA: Curley, 1984).

34. Sarton, *Journal of a solitude*, 18 September, p. 6.

35. K. Kuyper and T. Fokkema, 'Loneliness among older lesbian, gay, and bisexual adults: The role of minority stress', *Archives of Sexual Behavior*, 39 (2010), pp. 1171–80.

36. M. Sullivan and J.S. Wodarski, 'Social alienation in gay youth', *Journal of Human Behaviour in the Social Environment*, 5 (2002), pp. 1–17.

37. M. Bucholtz, '"Why be normal?": Language and identity practices in a community of nerd girls', *Language in Society*, 28 (1999), pp. 203–23.

38. J. Alexander, 'Beyond identity: Queer values and community', *International Journal of Sexuality and Gender Studies*, 4 (1999), pp. 293–314.

39. M.-L. Bernadac, *Louise Bourgeois: Destruction of the father reconstruction of the father: Writings and interviews 1923–1997* (London: Violette Editions, 1998), p. 132.

40. K. Ball, 'Who'd fuck an ableist?', *Disability Studies Quarterly*, 15 (2002), pp. 166–72.

41. L. Chittaro, and A. Vianello, 'Evaluation of a mobile mindfulness app distributed through on-line stores: A 4-week study', *International Journal of Human-Computer Studies*, 86 (2016), pp. 63–80; P. O'Morain, *Mindfulness for worriers: Overcome everyday stress and anxiety* (London: Yellow Kite, 2015).

结　语

1. F. Braudel, *On history*, trans. S. Matthews (Chicago, IL; London: University of Chicago Press; Weidenfeld and Nicolson, 1982).

2. R. Rorty, *The linguistic turn: Essays in philosophical method* (Chicago, IL: University of Chicago Press, 1992); N.Z. Davies, *Fiction in the archives: Pardon tales and their tellers in sixteenth-century France* (Stanford, CA: Stanford University Press, 1987); D. Sabean, *Power in the blood: Popular culture and village discourse in early modern Germany* (Cambridge: Cambridge University Press, 1984); R. Darnton, *The great cat massacre and other episodes in French cultural history* (New York: Basic Books, 1999).

3. 有关情感史主要理论的介绍，见 J. Plamper, 'The history of emotions: An interview with William Reddy, Barbara Rosenwein, and Peter Stearns',

History and Theory, 49 (2010), pp. 237–65。

4. P.N. Stearns and C.Z. Stearns, 'Emotionology: Clarifying the history of emotions and emotional standards', *The American Historical Review*, 90 (1985), pp. 813–36; B. Rosenwein, *Emotional communities in the early middle ages* (Ithaca, NY: Cornell University Press, 2006); W.M. Reddy, *The navigation of feeling: A framework for the history of emotions* (Cambridge: Cambridge University Press, 2001).

5. S. Ahmed, *The cultural politics of emotion* (New York: Routledge, 2004), p. 9.

6. https://www.nhs.uk/conditions/cognitive-behavioural-therapy-cbt, accessed 1 June 2018.

7. G.F. Koob, 'The dark side of emotion: The addiction perspective', *European Journal of Pharmacology*, 15 (2015), pp. 73–87.

8. P. Bourdieu, *Outline of a theory of practice*, trans. Richard Nice (Cambridge: Cambridge University Press, 1977), introduction.

9. Bourdieu, *Outline of a theory of practice*, Part 1, The objective limits of objectivism.

10. G. Claeys, 'The "survival of the fittest" and the origins of Social Darwinism', *Journal of the History of Ideas*, 61 (2000), pp. 223–40.

11. R. Wright, *The moral animal: Why we are, the way we are: The new science of evolutionary psychology* (London: Vintage, 2010).

12. R. Dawkins, *The selfish gene* (Oxford: Oxford University Press, 1989); W.R. Goldschmidt, *The bridge to humanity: How affect hunger trumps the selfish gene* (New York: Oxford University Press, 2006).

13. I.T. Berend, *An economic history of twentieth-century Europe: Economic regimes from laissez-faire to globalization* (Cambridge: Cambridge University Press, 2016).

14. 将生物学作为一门学科来建构的女权主义作品提供了一种必要的解脱,即摆脱了科学建构中固有的(针对自然、"他者"、女性和少数族裔的)剥削叙事,并且就更为合作和更为多元化的方法提供了可能性。见 V. Shiva, 'Democratizing biology: Reinventing biology from a feminist, ecological and third world perspective', in L. Birke and R. Hubbard (eds), *Reinventing biology: Respect for life and the creation of knowledge* (Bloomington, IN: Indiana University Press, 1995), pp. 50–73。

15. A. Lovejoy, *The great chain of being: A study of the history of an idea*

(Cambridge, MA: Harvard University Press, 1970).

16. G. Monbiot, 'Neoliberalism is creating loneliness: That's what's wrenching society apart', *The Guardian*, 12 October 2016: https://www.theguardian.com/commentisfree/2016/oct/12/neoliberalism-creatingloneliness-wrenching-society-apart, accessed 1 December 2017.

17. D. Leshem, *The origins of neoliberalism: Modelling the economy from Jesus to Foucault* (Abingdon: Routledge, 2017).

18. B. Skyrms, *Evolution of the social contract* (Cambridge: Cambridge University Press, 2014).

19. Claeys, 'The "survival of the fittest"'.

20. 见 M. Hawkins, *Social Darwinism and European and American thought, 1860–1945: Nature as model and nature as threat* (Cambridge: Cambridge University Press, 1997) 以及下文中的讨论，Claeys, 'The "survival of the fittest"', p. 228。

21. https://venturebeat.com/2018/03/12/tim-berners-lee-we-need-a-legalor-regulatory-framework-to-save-the-web-from-dominant-techplatforms, accessed 1 June 2018.

22. https://www.bbc.co.uk/news/health-45861468, accessed 16 October 2018.

23. V. La Placa, A. McNaught, and A. Knight, 'Discourse on wellbeing in research and practice', *International Journal of Wellbeing*, 7 (2013), pp. 116–25.

24. M. Harris and K.C. Richards, 'The physiological and psychological effects of slow-stroke back massage and hand massage on relaxation in older people', *Journal of Clinical Nursing*, 19 (2010), pp. 917–26.

25. B.S. Cronfalk, P. Strang, B.M. Ternestedt et al., 'The existential experiences of receiving soft tissue massage in palliative home care: An intervention', *Support Care Cancer*, 17 (2009), pp. 1203–11, 1208.

26. https://www.spitz.org.uk, accessed 10 September 2018.

27. N. Osborne, 'How opera can stop war', *The Guardian*, 1 October 2005: https://www.theguardian.com/music/2004/oct/01/classicalmusicandopera2, accessed 16 October 2018.

28. M.M.S. Lima and A.P. Vieriea, 'Ballroom dance as therapy for the elderly in Brazil', *American Journal of Dance Therapy*, 29 (2007), pp. 129–42.

29. J. Troisi and S. Gabriel, 'Chicken soup really is good for the soul: "Comfort food" fulfils the need to belong', *Psychological Science*, 22 (2011),

pp. 747–53.

30. https://menssheds.org.uk, accessed 16 October 2018.

31. I. Siraj-Blatchford, 'Learning in the home and at school: How working class children "succeed against the odds"', *British Educational Research Journal*, 36 (2010), pp. 463–82.

32. B. Rubenking et al., 'Defining new viewing behaviours: What makes and motivates TV binge-watching?', *International Journal of Digital Television*, 9 (2008), pp. 69–85; J. Blankenship and J. Hayes-Conroy, 'The flâneur, the hot-rodder, and the slow food activist: Archetypes of capitalist coasting', *ACME: An International E-Journal for Critical Geographies*, 16 (2017), pp. 185–209.

33. C. Niedzwiedz et al., 'The relationship between wealth and loneliness among older people across Europe: Is social participation protective?', *Preventive Medicine*, 91 (2016), pp. 24–31.

34. J. Pearson, *Painfully rich: J. Paul Getty and his heirs* (London: Macmillan, 1995).

35. Niedzwiedz et al., 'The relationship between wealth and loneliness'.

36. S. Chokkanathan and A.E. Lee, 'Elder mistreatment in urban India: A community based study', *Journal of Elder Abuse & Neglect*, 17 (2006), pp. 45–61.

37. C. J. Davis, 'Contagion as metaphor', *American Literary History*, 14 (2002), pp. 828–36.

38. M. Brown et al., 'Is the cure a wall? Behavioural immune system responses to a disease metaphor for immigration', *Evolutionary Psychological Science*, 17 (2019), pp. 1–14.

39. L. Entlis, 'Scientists are working on a pill for loneliness', *The Guardian*, 26 January 2019: https://www.theguardian.com/us-news/2019/jan/26/pill-for-loneliness-psychology-science-medicine, accessed 1 March 2019.

40. S. Cacioppo et al., 'Loneliness: Clinical import and interventions', *Perspectives on Psychological Science*, 10 (2015), pp. 238–49.

41. F. Bound Alberti, *This mortal coil: The human body in history and culture* (Oxford: Oxford University Press, 2016), chapter 1.

延伸阅读

Allen, R.L. and H. Oshagan, 'The UCLA Loneliness Scale', *Personality and Individual Differences*, 19 (1995), pp. 185–95.

Andersson, L., 'Loneliness research and interventions: A review of the literature', *Aging & Mental Health*, 2 (1998), pp. 264–74, 265.

Barrett, L.F., *How emotions are made: The secret life of the brain* (London: Macmillan, 2017).

Birke, L. and R. Hubbard, *Reinventing biology: Respect for life and the creation of knowledge* (Bloomington, IN: Indiana University Press, 1995).

Bound Alberti, F., *This mortal coil: The human body in history and culture* (Oxford: Oxford University Press, 2016).

Bound Alberti, F., '"This modern epidemic": Loneliness as both an "emotion cluster" and a neglected subject in the history of emotions', *Emotion Review*, 10 (2018), pp. 242–54.

Brittain, K., A. Kingston, K. Davies, J. Collerton, L. Robinson, T. Kirkwood, J. Bond, and C. Jagger, 'An investigation into the patterns of loneliness and loss in the oldest old: Newcastle 85+ study', *Ageing & Society*, 37 (2017), pp. 39–62.

Buse, C., D. Martin, and S. Nettleton, 'Conceptualising "materialities of care": Making visible mundane material culture in health and social care contexts', *Sociology of Health and Illness*, 40 (2018), pp. 243–55, 244.

Cacioppo, J.T., J.H. Fowler, and N.A. Christakis, 'Alone in the crowd: The structure and spread of loneliness in a large social network', *Journal of*

Personality and Social Psychology, 97 (2009), pp. 977–91.

De Jong, Gierveld, 'A review of loneliness: Concept and definitions, determinants and consequences', *Reviews in Clinical Gerontology*, 8 (1998), pp. 73–80.

Durkheim, E., *The elementary forms of the religious life*, translated by K.E. Fields (New York: Free Press, 1996).

Eickhoff, J.C. and M.A. Moreno, ' "Facebook depression?" Social networking site use and depression in older adolescents', *Journal of Adolescent Health*, 52 (2013), pp. 128–30.

Epp, M., ' "The dumpling in my soup was lonely just like me": Food in the memories of Mennonite women refugees', *Women's History Review*, 25 (2016), pp. 365–81.

Forbes, A., 'Caring for older people: Loneliness', *British Medical Journal*, 313 (1996), pp. 352–4.

Goldschmidt, W.R., *The bridge to humanity: How affect hunger trumps the selfish gene* (New York: Oxford University Press, 2006).

Hazan, C. and P. Shaver, 'Romantic love conceptualized as an attachment process', *Journal of Personality and Social Psychology*, 52 (1987), pp. 511–24.

Kar-Purkayastha, I., 'An epidemic of loneliness', *The Lancet*, 376 (2010), pp. 2114–15.

Konstan, D., *The emotions of the ancient Greeks* (Toronto; London: University of Toronto Press, 2006).

Lutz, D., *Relics of death in Victorian literature and culture* (Cambridge: Cambridge University Press, 2015).

Matt, S., *Homesickness: An American history* (Oxford: Oxford University Press, 2011).

Monbiot, G., 'Neoliberalism is creating loneliness: That's what's wrenching society apart', *The Guardian*, 12 October 2016.

Muise, A., E. Christofides, and D. Desmarais, 'More information than you ever wanted: Does Facebook bring out the green-eyed monster of jealousy?', *CyberPsychology & Behavior*, 12 (2009), pp. 441–4.

Plath, S., *The unabridged journals of Sylvia Plath, 1950–1962*, edited by K.V. Kukil (New York: Anchor, 2000).

Plath, S., *Letters of Sylvia Plath, Volume I: 1940–1956*, edited by P.K. Steinberg and K.V. Kukil (London: Faber & Faber, 2017).

Rheingold, H., *Virtual community: Finding connection in a computerised world*

(London: Secker and Warburg, 1994).

Rokach, A., 'Loneliness in cancer and multiple sclerosis patients', *Psychological Reports*, 94 (2004), pp. 637–48.

Rokach, A., 'Private lives in public places: Loneliness of the homeless', *Social Indicators Research*, 72 (2005), pp. 99–114.

Rose, H. and S. Rose, *Alas poor Darwin: Arguments against evolutionary psychology* (New York: Harmony Books, 2000).

Rosenwein, B. and R. Cristiani, *What is the history of emotions?* (Cambridge; Malden, MA: Polity Press, 2018).

Sarton, S., *Journal of a solitude* (New York: Norton, 1973).

Schirmer, W. and D. Michailakis, 'The lost Gemeinschaft: How people working with the elderly explain loneliness', *Journal of Ageing Studies*, 33 (2015), pp. 1–10.

Seeman, M., 'On the meaning of alienation', *American Sociological Review*, 24 (1959), pp. 783–91.

Snell, K.D.M., 'The rise of living alone and loneliness in history', *Social History*, 42 (2017), pp. 2–28.

Stivers, R., *Shades of loneliness: Pathologies of a technological society* (Lanham, MD; Oxford: Rowman & Littlefield, 2004).

Strijk, P.J.M., B. van Meijel, and C.J. Gamel, 'Health and social needs of traumatized refugees and asylum seekers: An exploratory study', *Perspectives in Psychiatric Care*, 47 (2011), pp. 48–55.

Svendsen, L., *A philosophy of loneliness*, translated by K. Pierce (London: Reaktion, 2017).

Vaisey, D., *The diary of Thomas Turner, 1754–1765* (East Hoathly: CTR Publishing, 1994).

Van den Hoonard, D.K., *The widowed self: The older woman's journey through widowhood* (Waterloo, Ont.: Wilfrid Laurier University Press, 2000).

Vlachantoni, A., R. Shaw, R. Willis, M. Evandrou, J. Falkingham, and R. Luff, 'Measuring unmet need for social care amongst older people', *Population Trends*, 145 (2011), pp. 60–76.

Zappavigna, M., *Discourse of Twitter and social media: How we use language to create affiliation on the web* (London: Bloomsbury Academic, 2013).

姓名及名称索引

(以下页码为英文原版页码,即本书边码)

Addison, Joseph 约瑟夫·艾迪生 29-30, 90-91

Ahmed, Sara 萨拉·艾哈迈德 224, 226

Anderson, Benedict 本尼迪克特·安德森 129-131

Anderson, Jane (Plath's friend) 简·安德森(普拉斯的朋友)54-55

Andersson, Lars 拉尔斯·安德松 5

Andreas-Salomé, Lou 露·安德烈亚斯-莎乐美 216-218

Aristophanes 阿里斯托芬 61, 63-65

Aristotle 亚里士多德 8-9

Austen, Katherine 凯瑟琳·奥斯丁 88-89

Baird, Julia 茱莉娅·贝尔德 107-108

Barrett, L. F. L. F. 巴雷特 8

Bauer, Monika 莫妮卡·鲍尔 183-184

BBC 英国广播公司 44-45, 121

Bell, Vanessa 凡妮莎·贝尔 213-215

Berners-Lee, Tim 蒂姆·伯纳斯-李 233-234

Bernicoff, June 琼恩·伯尼考夫 83

Bernicoff, Leon 里昂·伯尼考夫 83

Beuscher, Dr Ruth (Plath's psychiatrist) 鲁斯·博伊舍(普拉斯的心理医生)54

Bigg, John, 'Dinton Hermit' 约翰·比格,"丁顿隐士" 22-24, 23-24

Bilston, Brian 布莱恩·比尔斯顿 163

Blake, William 威廉·布莱克 209-210

Blount, Thomas 托马斯·布朗特 19

Bourdieu, Pierre 皮埃尔·布迪厄 226

Bourgeois, Louise 路易斯·布尔乔亚 220
Brontë, Anne 安妮·勃朗特 33
Brontë, Charlotte 夏洛特·勃朗特 33, 150-151
Brontë, Emily 艾米莉·勃朗特 71
Buchan, William 威廉·布坎 27-28
Burton, Robert 罗伯特·伯顿 26-27
Bush, Kate 凯特·布什 71
Byron, Lord George Gordon 乔治·戈登·拜伦勋爵 74

Cacioppo, John 约翰·卡乔波 38-39, 124-125, 180, 195-196, 239
Cacioppo, Stephanie 斯蒂芬妮·卡乔波 240-241
Center for Refugee and Disaster Response 难民及灾害应对中心 174
Centre Forum, 'Ageing Alone' 中心论坛, "独自变老" 159
Cohen, Eddie (Plath's pen-pal) 艾迪·科恩（普拉斯的笔友）48-49, 53-55
Coleridge, Samuel Taylor 塞缪尔·泰勒·柯勒律治 67-69, 209-210
Coles, Elisha (*English Dictionary*) 以利沙·高斯（《英文词典》）19
Commission for Social Care Inspection 社会照护检查委员会 146-147
Corstjens, Marcel 马塞尔·科斯特廷斯 121-122
Councils with Adult Social Services Responsibilities 成年人社会服务责任委员会 147
Courtier, P.L. P. L. 考蒂尔 22
Cox, Jo (MP, UK) 乔·考克斯（英国议员）2-3
Crouch, Tracey (MP, UK) 特雷西·克劳奇（英国议员）2-3
Cullen, William 威廉·卡伦 27-28

Darwin, Charles 查尔斯·达尔文 32, 66
Davidow, Ann (Plath's friend) 安·达维多夫（普拉斯的朋友）48-50
Dawkins, Richard 理查德·道金斯 228
Defoe, Daniel 丹尼尔·笛福 20-21
Deresiewicz, William 威廉·德莱塞维茨 209
Descartes, René 勒内·笛卡尔 31-32
Dickens, Charles 查尔斯·狄更斯 11, 33-34, 115
Dittmar, Helga 海尔格·迪特玛尔 172
Durkheim, Émile 埃米尔·涂尔干 35-36, 38-39

Ekman, Paul 保罗·埃克曼 7-8

Eliot, George 乔治·艾略特 33

Entlis, Laura 劳拉·安特里斯 240

Fast, Julius 朱利叶斯·法斯特 188-199

Fischer, Claude S. 克劳德·S. 费舍尔 127

Forbes, Anne 安妮·福布斯 201-203

Frakow, Lana F. 拉娜·F. 弗拉克 125

Freud, Sigmund 西格蒙德·弗洛伊德 34-38

Fromm-Reichmann, Frieda 弗里达·弗洛姆-赖克曼 196

Fuller, Thomas 托马斯·富勒 87-88

Gibson, Edmund 埃德蒙·吉布森 93-94

Hardy, I.D. I. D. 哈代 33

Hardy, Thomas 托马斯·哈代 33

Heidegger, Martin 马丁·海德格尔 36

Hobbes, Thomas 托马斯·霍布斯 230-231

Hopper, Edward 爱德华·霍珀 208

Horder, GP John (Plath's friend) 全科医生约翰·霍德（普拉斯的朋友）59

Hughes, Howard 霍华德·休斯 13

Hughes, Ted 泰德·休斯 40，41，55-58

Hulchanski, David 戴维·赫赞斯基 167-168

Jenner, Sir William, 1st Baronet 第一代从男爵威廉·詹纳爵士 105-107

Joachim-Neuport, Hans (Plath's pen-pal) 汉斯·约阿希姆-纽波特（普拉斯的笔友）48-49

Johnson, Samuel (*A Dictionary of the English Language*) 塞缪尔·约翰逊（《英语大词典》）19-21

Jung, Carl Gustav 卡尔·古斯塔夫·荣格 35, 212-213

Kafka, Franz 弗兰兹·卡夫卡 180-181

Kierkegaard, Søren 索伦·克尔凯郭尔 36

Kipling, Rudyard 鲁德亚德·吉卜林 114

Knights of Columbus Adult Education Committee 哥伦布骑士会成人教育委员会 127

Laing, Olivia 奥利维亚·莱恩 7, 31, 208

Larivey, Pierre de 皮埃尔·德·拉里韦 87

Laws, Glenda 格伦达·劳斯 154-155

Leshem, Dotan 多坦·莱谢姆 230-231

Loach, Ken 肯·洛奇 167
Locke, John 约翰·洛克 230-231
Lyly, John 约翰·黎里 66

Madden, Samuel 塞缪尔·马登 166-167
Martin, Daria 达利亚·马丁 180-182
Martineau, Harriet 哈丽雅特·马蒂诺 150-151
Matlock, Judith (Sarton's partner) 朱迪斯·马特洛克（萨藤的伴侣）218-219
McCartney, Paul 保罗·麦卡特尼 1
McDonald, Michael (*Mystical Bedlam*) 迈克尔·麦克唐纳（《神秘的疯人院》）202-203
Men's Sheds Association 男性棚屋协会 236
Mercier, J.B. J. B. 梅西埃 22
Meyer, Stephenie 斯蒂芬妮·梅尔 75, 78-79
Millard, Chris 克里斯·米勒德 52-53
Monbiot, George 乔治·蒙比奥特 230
Moustakas, Clark 克拉克·莫斯塔卡斯 9

National Health Service (NHS) 国民健康服务体系 4, 137, 140-141, 143, 159, 199, 225-226, 235
Nietzsche, Friedrich 弗里德里希·尼采 216-217

Office for National Statistics 英国国家统计局 121, 160
Olivier, Laurence 劳伦斯·奥利维尔 73f
Osborne, Nigel 奈吉尔·奥斯本 236
Oxford English Dictionary《牛津英语词典》19-20, 118, 133, 163, 166-167

Phipps, Charles (royal Treasurer) 查尔斯·菲普斯（财政大臣）105, 112-113
Plath, Frieda 弗里达·普拉斯 40-41
Plath, Otto Emil 奥托·埃米尔·普拉斯 43, 45
Plato 柏拉图 61, 63, 66, 69
Pope, Alexander 亚历山大·蒲柏 29-30, 184-185, 231-232
Power Cobbe, Frances 弗朗西斯·鲍尔·科比 150-151
Princess Louise, Duchess of Argyll 阿盖尔公爵夫人路易斯公主 110-111
Prouty, Olive Higgins 奥利芙·希金斯·普劳蒂 46-47, 53

Reagan, Ronald 罗纳德·里根 230

Reddy, William 威廉·雷迪 29
Richardson, Samuel 塞缪尔·理查森 32-33
Riis, Ole 奥利·里斯 192
Rilke, Rainer Maria 莱纳·玛利亚·里尔克 216-218
Rousseau, Jean-Jacques 让-雅克·卢梭 22, 25, 28, 230-231
Rowe, Nicholas 尼古拉斯·罗尔 94-95
Rubinstein, Robert 罗伯特·鲁宾斯坦 186-187

Sandford, Jeremy 杰里米·桑福德 167
Sarton, Mary 梅·萨藤 218-219
Sartre, Jean-Paul (*No Exit*) 让-保罗·萨特（《禁闭》）36
Schober, Aurelia Frances (Plath's mother) 奥里莉亚·弗朗西斯·肖伯（普拉斯的母亲）43, 45-51, 54, 56-58
Shakespeare, William 威廉·莎士比亚 19, 25, 151-152
Sharpe, Pamela 帕梅拉·夏普 152-153
Shelley, Mary Wollstonecraft 玛丽·沃斯通克拉夫特·雪莱 22, 211-212
Smith, Adam (*An Inquiry into the Nature and Cause of the Wealth of Nations*) 亚当·斯密（《国富论》）231

Snell, Keith 基思·斯内尔 30-31
Spitz Charitable Trust 斯皮茨慈善信托基金 236
Steele, Richard 理查德·斯蒂尔 29-30
Stephen, Julian Thoby (Woolf's brother) 朱利安·索比·斯蒂芬（伍尔夫的哥哥）216
Sterian, Jean-Lorin 让-洛林·斯泰利安 179
Stretch Dowse, Thomas 托马斯·斯特雷奇·道斯 166-167
Strong, Jonathan 乔纳森·斯特朗 174-176

Taylor, Barbara 芭芭拉·泰勒 22, 37-38
Taylor, John 约翰·泰勒 166-167
Thane, Pat 帕特·桑恩 150
Thatcher, Margaret 玛格丽特·撒切尔 3-4, 230
Thomas, Keith 凯斯·托马斯 201
Tomas, Annabel 安娜贝尔·托马斯 172
Tönnies, Ferdinand 斐迪南·滕尼斯 36
Trump, Donald 唐纳德·特朗普 130-131, 239

Umblijs, Andris 安德里斯·安比利基

斯 121-122

United Nations 联合国 168-169

Vaisey, David 戴维·维西 98

van der Hoonaard, Deborah 黛博拉·范德霍纳德 86-87

van Dijck, José 何塞·范迪克 132

Walkerdine, Valerie 瓦莱丽·沃克黛 80

Weber, Max 马克斯·韦伯 36-37

Whittaker-Wood, Fran 弗兰·惠特克-伍德 160

Wiggins, Francis 弗朗西斯·威金斯 166-167

William, Patrick 帕特里克·威廉 180

Wilson, Adrian 阿德里安·威尔逊 55

Woodhead, Linda 琳达·伍德海德 192

Woolf, Virginia 弗吉尼亚·伍尔夫 42-43, 52-53, 205, 206f, 212-218

Wordsworth, William 威廉·华兹华斯 206-207, 209-211

Zemeckis, Robert 罗伯特·泽米吉斯 20-21, 184-185

Zimmerman, J.G. J.G. 齐默尔曼 22

主题索引

abandonment 抛弃 33-34, 211-212, 217-218
 and grief 抛弃与悲痛 113-114
 Plath's sense of 普拉斯的被遗弃感 45-46, 60
 women's, by lovers 被恋人抛弃的女性 25, 73-74
ageing 老龄化 12, 194, 203
 as a burden 作为负担的老龄化 141, 159
 and digital technology 老龄化与数字技术 159-162
 and the epidemic of loneliness 老龄化与孤独流行病 140-141
 in history 历史上的老龄化 149-155
 and material culture 老龄化与物质文化 186-187
 and neoliberalism 老龄化与新自由主义 148-149
 in the UK, and isolation 英国的老龄化与隔绝 142-146
 vulnerability, and unmet needs 脆弱性与未被满足的需求 145-148
 see also elderly people 参见老年人
alienation 异化 31-32, 99, 195-196, 208, 211-212, 215-216, 221-222, 226
 in elderly people 老年人中的异化 140-141
 and existentialism 异化与存在主义 36
 and homelessness 异化与无家可归 170-171
 and lack of identity 异化与认同缺失 51
 modern philosophies of 异化的现代

哲学 35-37

among refugees 难民中的异化 173-174

among subaltern groups 底层群体中的异化 219-220

Anatomy of Melancholy (Burton)《忧郁的解剖》(伯顿) 26-27

anger 愤怒 6-8, 83-84, 177, 191-192

    and body language 愤怒与身体语言 200-201

anxiety 焦虑 4, 14, 83-84, 182-183, 185-186, 194-195, 239-240

    cultural, and technology 文化焦虑与科技 127-128

    and FOMO syndrome 焦虑与"错失恐惧症" 118-119

    and homelessness 焦虑与无家可归 168-169

    and Internet addiction 焦虑与网瘾 122-123

    and loss of beloved 焦虑与丧失所爱 83-84, 104-107

    among refugees 难民中的焦虑 175-176

    seeking comfort in religion 在宗教中寻求安慰 93

    and sleep 焦虑与睡眠 197

    and social media 焦虑与社交媒体 127-129, 234

belonging 归属

    embodied 归属感 177, 179-182, 186-188

    and food 食物与归属 236

    and meanings of 'home' 归属与"家"的意义 13, 163, 165, 172

    Plath's sense of 普拉斯的归属感 48-49, 51, 52

    rituals of 归属仪式 38, 236

    and virtual communities 归属与虚拟社区 119, 123-124, 129-134

body 身体 4-5, 14, 26, 177, 182-183, 193-194, 236

    aesthetic concerns 身体的审美顾虑 152

    hunger and connectedness 饥饿与联结感 180-182, 195-196

    language 身体语言 188-189, 200-204

    massage 按摩 235-236

    and material culture 身体与物质文化 178-180

    self-care 身体的自我照料 197-199

    modifications and religion 身体改造与宗教 192

    and 'social prescribing' 身体与"社交处方" 199, 235

    and temperatures 身体与温度 196-197

335

Body language (Fast)《身体语言》（法斯特）188-189

The Book of Hours (Rilke)《时间之书》（里尔克）216-218

'Book of M' (Austen)《M 之书》（奥斯丁）88-89

The brain and the nerves: their ailments and their exhaustion (Stretch Dowse)《大脑和神经：它们的病痛与疲惫》（斯特雷奇·道斯）166-167

Brexit, political loneliness 脱欧，政治上的孤独 2

Castaway (Zemeckis)《荒岛余生》（泽米吉斯）20-21, 184-185

Cathy Come Home (Sandford and Loach)《凯西回家》（桑福德与洛奇）167

Childe Harold's Pilgrimage (Byron)《恰尔德·哈洛尔德游记》（拜伦）74

childhood loneliness 童年孤独 10-11
    in Dickens 狄更斯作品中的童年孤独 33-34
    embodied 作为身体体验的童年孤独 178-179, 185
    Plath's 普拉斯童年时期的孤独 43-46

class issues 阶层问题 13, 24, 89, 169, 221, 233, 236-238
    Poor Laws《济贫法》153-154, 232

subaltern groups 底层群体 219-220

wealth and ageing 财富与老龄化 152-154

and women, in literature 文学中的阶层及女性问题 25, 72-73

see also homelessness; refugees 参见 无家可归，难民

cognitive behavioural therapy (CBT) 认知行为疗法（CBT）198-199, 225-226

companionship 友谊 20-21, 66, 157-158, 215-216
    constant, as negative 消极的无休无止的友谊 214-215
    deserted, and isolation 被遗弃与被孤立 91-92, 95, 98
    and digital culture 友谊与数字文化 11
    by material objects 物品的陪伴 184-185
    pet therapy 宠物疗法 193
    Plath's need for 普拉斯对友谊的需求 45-48, 50, 54-55
    seeking, and body language 寻求陪伴与身体语言 188-189

consumerism 消费主义 38, 79-80, 230
    and material culture 消费主义与物质文化 99-100, 183-187

contagion *see* epidemic of loneliness 传

336

染病，见孤独流行病

creativity 创造力 14–15, 22–24, 220, 236–237, 241–242

 through nature and spirituality 通过自然和精神性产生的创造力 208–210, 217–218

 and mental illness 创造力与精神疾病 60

 and the need for loneliness 创造力及对孤独的需要 205–208, 210, 212–216, 220–221

'Daddy' (Plath)《爹爹》(普拉斯) 44–45

'Daffodils' (W. Wordsworth)《水仙》(威廉·华兹华斯) 206–207, 210

The Daily Mail《每日邮报》2

dancing 跳舞 192, 203–204, 235–236

death 死亡

 fear of, among the elderly 老年人群对死亡的恐惧 141

 from unrequited love 因单恋而死 73–74

 of loved ones, and isolation 挚爱之人的死及孤独 12, 92, 143

 Plath's 普拉斯之死 42–43, 59

 see also grief; widow(er)hood **参见**悲伤；丧偶

dementia 失智 85–86, 137–140, 189, 236

depression 抑郁 4, 14, 26, 182–183

 among homeless and refugees 无家可归之人和难民中的抑郁 168–169, 175–176

 and materiality of care 抑郁与关怀的物质性 202–203

 medical treatments 抑郁的医学治疗 194–195

 Plath's 普拉斯的抑郁 48–49, 53, 56, 59

 Queen Victoria's 维多利亚女王的抑郁 110–112

 and social media 抑郁与社交媒体 119, 122–124

 temperature metaphors 抑郁的温度隐喻 196

digital culture 数字文化

 belonging, and virtual communities 归属感及虚拟社区 119, 123–124, 129–134

 and elderly people 数字文化与老年人 11, 117, 159–161

 emotional contagion 网络上的情感传染 124

 online dating 线上交友 70, 117

 social engagement 网络上的社交参与 11, 15–16, 120–121, 134–136

 see also social media **参见**社交媒体

337

divorce 离婚 39, 61−62, 81, 234−235
Domestic Medicine (Buchan)《家庭医学》(布坎) 27−28

The Economist《经济学人》1−2
The eighth wonder of the world (Taylor)《世界第八大奇迹》(泰勒) 166−167
elderly people 老年人 1, 12, 84−85, 141−142, 155−157, 199, 232−233
    age-specific disadvantages 年龄的不利因素 174−175
    body language 老年人的身体语言 188−189, 201−202
    community involvement 老年人的社区参与 158−159
    and the 'crone' stereotype 老年人与"丑陋的老太婆"的刻板印象 151−152
    and dementia 老年人与失智 85−86, 137−140, 189, 236
    and digital culture 老年人与数字文化 11, 117, 159−161
    environment, and segregation 老年人的环境及隔离 154−155
    fear of loneliness 老年人对孤独的恐惧 3−4, 140−141, 239−240
    loss of work, retirement 老年人失去工作，退休 157−158
    and material culture 老年人与物质文化 83, 186−189
    pet therapy 针对老年人的宠物疗法 11, 193
    unmet needs 老年人未被满足的需要 145−148
    and widow(er)hood 老年人与寡妇（或鳏夫）身份 116
    see also ageing 参见老龄化
'Eleanor Rigby' (Beatles)《埃莉诺·里格比》(披头士) 1
emotion 情感
    description and approaches 描述及方法 7−8
    and gender 情感与性别 24−25
    and language, through history 历史上的情感和语言 17−18, 224
environment 环境 6, 10−11, 223−224
    emotional impact of nature 自然对情感的影响 210−211
    geographical isolation 地理上的孤立 140
    and identity of refugees 环境与难民身份 172−173
    and material culture 环境与物质文化 51, 190−191
    segregation of the elderly 老年人的隔离 154−155
    shared social spaces 共享的社会空间 158−159

urban alienation 城市的异化 208
epidemic of loneliness 孤独流行病 2, 4–5, 16, 50, 222
 and ageing 孤独流行病与老龄化 140–141
 language of 孤独流行病的语言 239–240
 moral contagion 道德传染 123–125, 224–246
Essay on Man (Pope)《人论》(蒲柏) 184
ethnicity 种族
 insecurity and body image 不安全感与身体形象 197
 and isolation 种族与孤立 13
 and social spaces 种族与社会空间 158–159
evolutionary biology 进化生物学 32, 34–35, 227–278
 and the quest for the soulmate 进化生物学与寻找灵魂伴侣 66
 Social Darwinism 社会达尔文主义 66, 227–278, 231–232
existentialism 存在主义 36, 220, 227

Facebook "脸书" 132–123, 160, 161
 'depression' "抑郁" 122–123
 and emotional contagion 脸书与情感传染 124

FOMO syndrome 错失恐惧症 118–119, 122
 and political engagement 脸书与政治参与 134
 positive use of 脸书的积极用途 127–128
fear 恐惧 3–4, 7–8, 27, 201–202
 of ageing 对变老的恐惧 149–150
 among elderly people 老年人中的恐惧 3–4, 140–141, 156, 239–240
 of losing loved ones 失去所爱之人的恐惧 105–106
 religion as a remedy against 以宗教作为恐惧的解药 93–94
 of technology 对科技的恐惧 127–128
Fear of Missing Out (FOMO) 错失恐惧症 118–119, 122, 124
food 食物 13, 175–176, 179–180
 and connectedness, the hunger artist 食物与联结,饥饿艺术家 180–182
 the hunger of loneliness 孤独的饥饿感 195–197
 and identity 食物与认同 180
 and mourning 食物与哀悼 99–100
 and physical belonging 食物与身体归属 236
 and sociability 食物与社交能力 174–175

Forbes《福布斯》121-122

Frankenstein, or the Modern Prometheus (Shelley)《弗兰肯斯坦，或现代的普罗米修斯》(雪莱) 211-212

gender 性别 13, 29, 39, 99-100, 208, 228, 236

 ageing issues 老龄化问题 151-152, 157-158

 body issues 身体问题 151-152, 197

 and care practices 性别与照料工作 150-151

 conventional roles 传统的性别角色 24-25, 72-74, 100-101

 and homelessness 性别与无家可归 169, 171-172

 language 性别语言 44, 53-54, 81, 125

 subaltern groups 底层群体的性别问题 219-220

 Victorian fiction heroines 维多利亚时代小说中的女主人公 33

Glossographia (Blount)《难词详解》(布朗特) 19

grief 悲伤 86-88, 90, 99-100, 160-161, 234-235

 comfort of companionship 友谊的安慰 111-113

 feeling isolated 感觉被孤立 92-94, 110

 as 'fighting something alone' "一个人抗争着什么" 216

 and material culture 悲伤与物质文化 83-84, 107-109

 and nostalgia 悲伤与怀旧 109, 111-112

 among refugees 难民中的悲伤 172-173, 175-176

The Guardian《卫报》70, 240

health, healthcare 健康，医疗保障 4-5, 26, 230, 238

 and ageing 健康与老龄化 142, 145-148, 150, 152-153, 155-157, 232

 for the elderly 针对老年人的医疗保障 174-175

 and embodiment 健康及表现 179-180

 holistic 健康的整体观念 210-211

 of the homeless 无家可归之人的健康问题 170

 humor balance 体液平衡 26

 impact of nervous debility 神经衰弱对健康的影响 27-28

 massage benefits 按摩对健康的益处 235-236

 for refugees 难民的健康问题 173-176

and 'social prescribing' 健康保障与"社交处方" 199, 235

see also mental health 参见精神健康

hermits 隐士 13, 25, 36

    John Bigg 约翰·比格 22-24, 23-24

home 家 163-164

    definition 家的定义 163

homelessness 无家可归 1, 13, 164-165, 165, 169-172, 221, 233

    concept, over time 历史上无家可归的概念 165-169

    gender issues 无家可归的性别问题 171-172

    of refugees 难民无家可归 173-174

homesickness 思乡 84-85

    and lack of belonging 思乡与缺乏归属感 13

    Plath's 普拉斯的思乡 50

Huffington Post《赫芬顿邮报》160

A Hunger Artist (film, Martin)《饥饿艺术家》(电影,马丁) 180-182

A Hunger Artist (Kafka)《饥饿艺术家》(卡夫卡) 180-181

hypersensitivity 过度敏感 51

INCEL movement "非自愿独身者"运动 81

individual, individualism 个人,个人主义 4, 7, 10, 184, 228, 231-232

    vs. collectivism, cross-cultural 个人主义 vs. 集体主义,跨文化conceptions 概念 15-16

    as destabilized by moral contagion 道德传染打破个人的平衡 124

    and material culture 个人/个人主义与物质文化 173-174, 180, 183-184, 186-188, 192

    psychiatric studies 精神病学研究 34-37

    and the romantic ideal 个人/个人主义与浪漫理想 30, 69-71, 207, 209

    and social media 个人/个人主义与社交媒体 135-136

    in Victorian fiction 维多利亚时代小说中的个人 32-33

Internet 互联网 120-121, 233-234

    addiction 网瘾 122-123

    searching for love 在网络上寻觅爱情 12, 82, 117, 234

    see also digital culture; social media 参见数字文化;社交媒体

introversion 内向 220-221, 236-237

    Plath's 普拉斯的内向 43, 56, 212-213

    psychiatric studies 关于内向的精神病学研究 35

isolation 孤独、孤立 7, 35-36, 143, 178, 234-235
　　death of beloved 所爱之人的去世导致的孤独 92, 94, 98, 111, 113, 116
　　and dementia 孤独与失智 137-140
　　and the elderly 孤独与老年人 143-6, 148-149, 154-158, 160-161
　　among homeless and refugees 无家可归者与难民中的孤独 2-3, 13, 165, 170-173
　　impact of temperature and food 温度及食物对人孤独感的影响 196-197
　　intellectual 孤独与智力 36
　　and new technologies 孤独与新科技 125, 126f
　　and the passage of time 孤独与时间的流逝 215
　　Plath's 普拉斯的孤独 42, 47, 51, 56-60
　　pursuit of 对孤独的追求 207, 216, 220-222
　　and religion/spirituality 孤独与宗教/精神性 19-20, 22-24
　　in Shakespeare 莎士比亚作品中的孤独 19
　　and social media 孤独与社交媒体 38-39, 122, 131-132, 135, 160-161
　　and wealth 孤独与财富 237-238

Japan, digital companionship 日本, 数字化伴侣 11
Journal of Ageing Studies《老龄化研究杂志》186-187

King Lear (Shakespeare)《李尔王》(莎士比亚) 151-152

The Lancet《柳叶刀》2
language 语言
　　definitions of loneliness 孤独的定义 5, 18-20
　　of epidemic of loneliness 孤独流行病的语言 239-240
　　gendered 性别化的语言 44, 53-54, 81, 125
　　in the history of emotions 情感史中的语言 17-18, 224
　　in individualistic vs. collectivist culture 个人主义文化 vs. 集体主义文化中的语言 15
　　in the romantic ideal of soulmate 灵魂伴侣浪漫理想中的语言 67-70
　　of widow(er)hood 丧偶的语言 87
Letter to a Young Lady (Coleridge)《给一位年轻女士的信》(柯勒律治) 67
LGBT community 同性恋、双性恋

342

及跨性别者群体 219-220

To the Lighthouse (Woolf)《到灯塔去》（伍尔夫）215

Localism Act《地方主义法案》170

loneliness 孤独 223

    benefits 孤独的益处 22, 236-237, 241, 242

    definitions and meanings 孤独的定义和含义 5, 18-20

    epidemic of 孤独流行病 224-246, 239-240

    see also oneliness; solitude 参见独自一人；孤立

The Lonely City (Laing)《孤独的城市》（莱恩）31, 208

Loners 孤独者 3

loss, feelings of 失落感 12, 43, 79-80, 226

    and material culture 失落感与物质文化 189-190

    and nostalgia 失落感与怀旧 84-86, 109

    and withdrawal from social networks 失落感及从社交网络中抽离 157-158

    see also death; grief; widow(er)hood 参见死亡；悲痛；丧偶

love 爱 7-8, 17-18, 25, 33, 39, 191-192, 220

    in body language 身体语言中的爱 200

    Plath's yearning for 普拉斯对爱的渴望 42, 45, 47, 54-55, 57-58

    and the soulmate quest 爱与寻找灵魂伴侣 61-70, 79-80, 234

    in *Twilight*《暮光之城》中的爱 75-79

    in *Wuthering Heights*《呼啸山庄》中的爱 71-75

Love, Honour and Obey (Hardy)《爱，荣誉和服从》（哈代）33

The Magic Mirror: A Study of the Double in Two of Dostoyevsky's Novels (Plath)《魔镜：陀思妥耶夫斯基两部小说中的双重人格研究》（普拉斯）55-56

marriage 婚姻 18, 33, 234-235

    conventions surrounding 围绕婚姻的传统 87-88, 90-91

    and material culture 婚姻与物质文化 191-192

    Plath's 普拉斯的婚姻 39, 41-42, 54

    Queen Victoria's happiness about 维多利亚女王对婚姻的幸福感 101-102

    remarriage 再婚 87, 116

    and the romantic ideal 婚姻与浪漫

343

理想 67-69, 81

massages 按摩 235-236

material culture 物质文化 46, 50, 182, 186-187, 234-235

 and consumerism 物质文化与消费主义 99-100, 183-187

 embodment of 物质文化的具身性 178-182

 and the environment 物质文化与环境 51, 190-191

 and grief 物质文化与悲痛 83-84, 107-109, 189-191

 and individualism 物质文化与个人主义 173-174, 180, 183-184, 186-188, 192

 and loss 物质文化与丧失感 189-190

 and marriage 物质文化与婚姻 191-192

 and nostalgia 物质文化与怀旧 84-85

 and old age 物质文化与老年 83, 186-189

 physical appearance, and mental state 身体样貌和精神状态 202-203

 as a substitute for human relationships 作为人际关系替代的物质文化 184-185

medicalization 医疗化 194-195, 240-241

melancholy 忧郁 25-28

 and death of loved ones 所爱之人去世导致的忧郁 92-93

mental health 精神健康 8-9, 28

 ageing issues 老龄化问题 142-145

 and creativity 精神健康与创造力 212-213

 among homeless and refugees 无家可归之人与难民中的精神健康问题 167-172, 174, 176-177

 and isolation 精神健康与孤独 59-60, 140-141, 216

 Plath's 普拉斯的精神健康 10-11, 42, 47, 49, 52

Minister for Loneliness (UK)"孤独部长"(英国) 2-3, 233

'Missing Mother' (Plath)《走失的母亲》(普拉斯) 45-46

mobile phones 手机

 and the FOMO syndrome 手机与错失恐惧症 118-119

 and gender issues 手机与性别问题 125

Monthly Repository (Wiggins)《每月记事》(威金斯) 166-167

moral panic 道德恐慌 2, 224-246, 232-233, 239-240

 of ageing 老龄化的道德恐慌 140-

142, 149, 150

and social media 道德恐慌与社交媒体 123-125

music 音乐 203-204, 236

nature 自然

lack of, and mental health 缺乏与自然的接触及精神健康 210-211

retreat to, and happiness 退隐于自然与幸福 22, 51, 206-207

and spirituality 自然与精神性 209-210

neoliberalism 新自由主义 3-4, 10, 227-228, 233, 238

and the Internet 新自由主义与互联网 233-234

and the social contract 新自由主义与社会契约 230-231

and wellbeing 新自由主义与福利 148-149

neuroticism 神经过敏症 34-35, 56, 212-213, 220-221

New York Times《纽约时报》167-168

nostalgia 怀旧 8, 36

and widow(er)hood 怀旧与丧偶 13, 84-87, 109, 113-114, 116-117, 189-190

obesity 肥胖 4-5, 8-9, 121-122, 197

oblivion 遗忘 52-53, 55-56

Old Age in English History: Past Experiences, Present Issues (Thane)《英国历史上的老年问题：过往经验与现实解决》(桑恩) 150

oneliness 独自一人 16, 36-37, 95, 139, 223

definition and meanings 定义与含义 18-19, 21, 223

and spirituality 独自一人与精神性 22-24

Pamela; or, Virtue Rewarded (Richardson)《帕梅拉》或《美德报偿》(理查森) 32-33

pet therapy 宠物疗法 11, 193-195

Plath, Sylvia 西尔维娅·普拉斯 40-44, 59-60

death 死亡 59

desire to be extroverted 渴望变得外向 56

embeddedness in the physical world 嵌入物质世界 46, 50

friendship with Ann Davidow 与安·达维多夫的友谊 48-50

gendered language 性别化的语言 44

hypersensitivity 过度敏感 51

loneliness as contagion and

homesickness 作为传染病和乡愁的孤独 50

need for companionship 对友情的需要 46–48, 50

relationship with parents 与父母的关系 44–46

self-fashioning 自我塑造 42–43

and self-identity 自我认同 51

suicidal urges 自杀冲动 49, 51–56

yearn to be loved 渴望被爱 57–58

The Pleasures of Solitude (Courtier)《独处之乐》(考蒂尔) 22

poverty 贫穷 13, 89, 153–154, 156–157, 232, 237–238

Queen Victoria 维多利亚女王 101, 103f, 234–235

feelings during husband's illness 在丈夫生病期间的感受 104–107

happiness of marriage 婚姻的幸福 101–102

and material culture 与物质文化 189–191

widow(er)hood and grief 丧偶与悲痛 99–101, 107–115

refugees 难民 13, 163, 165, 172–174, 233

as compared to the elderly 难民与老年人的比较 174–175

embodiment of loneliness 孤独的表现 176–177

emotional states 情感状态 175–176

lack of care for 缺乏照顾 175

religion 宗教 7

biblical accounts of physical isolation《圣经》中关于形单影只的表述 19–20

as a comfort 提供慰藉 92–95

and existential philosophy 与存在主义哲学 216–218

and oneliness 与独自一人 18–19, 22–24

vs. secularity 宗教 vs. 世俗 37–38

social performances and material culture 社会表演与物质文化 192

see also spirituality 参见精神性

'The Rise of the Silver Surfer: How Technology Is Enriching the Lives of the Ageing Population' (Whittaker-Wood)《银发网民的崛起：科技如何丰富老年人的生活》(惠特克-伍德) 160

rituals of belonging 归属仪式 37–38, 227, 229

food 食物 181, 236

widow(er)hood 丧偶 115

Romanticism 浪漫主义 12

346

ideal of the soulmate 灵魂伴侣的理想 61, 67-79

sense of abandonment 被遗弃感 211-212

and spirituality 与精神性 208-209

The Royal Convert (Rowe)《王室的皈依》(罗尔) 94-95

sadness 悲伤 7-8, 19-20, 116, 176

and body language 悲伤与身体语言 200, 202-203

and grief 悲伤与悲痛 88-90, 107, 111

and nostalgia 悲伤与怀旧 85, 172-173

self-esteem 自尊 226

and age-specific disadvantages 自尊与年龄的具体不利因素 174

impact of social media 社交媒体对人的自尊的影响 120-122, 160-161

massage benefits 按摩的益处 235-236

self-fashioning 自我塑造 42-43, 45-46

sensory experiences 感官经验 173-174, 203-204

of the elderly 老年人的感官体验 199

engagement with the physical world 与物质世界的接触 189-192, 203-204

nostalgia and grief 怀旧与悲痛 109

sociability 社交能力

and body language 社交能力与身体语言 200-201

and politeness 社交能力与礼貌 29-30

and solitude 社交能力与孤独 22-24, 209

and the eighteenth-century public sphere 社交能力与18世纪的公共空间 29

social contract 社会契约 134, 227, 230-231

Social Darwinism 社会达尔文主义 66, 227-228, 231-232

social media 社交媒体 11, 233-234

and depression 社交媒体与抑郁 119, 122-124

elderly attitudes 老年人对社交媒体的态度 159-161

FOMO syndrome "错失恐惧症" 118, 122-124

impact of 社交媒体的影响 120-123, 128-129

and isolation 社交媒体与孤独 38-39, 122, 131-132, 135, 160-161

347

and moral panic 社交媒体与道德恐慌 123-125

online dating 网上约会 70, 117

presumed intimacy of online communities 线上社区假定的亲密关系 132-136

A Sociology of Religious Emotion (Riis and Woodhead)《宗教情感社会学》（里斯与伍德海德）192

solitude 独处 19

 and abandonment 独处与被遗弃 211-212

 definition 独处的定义 19, 21

 gender and class issues 独处的性别及阶层问题 24-25

 and health 独处与健康 26-30

 and material culture 独处与物质文化 179

 negative and positive connotations 独处的消极和积极内涵 20-22, 204, 220-221

 and religion 独处与宗教 7, 192

 and sociability 独处与社交能力 22-24

 temporal dimension 时间维度 221-222

 see also loneliness; oneliness 参见孤独；独自一人

Solitude Considered, in Regard to its Influence upon the Mind and the Heart (Zimmerman and Mercier)《有关孤独，及其对头脑和心灵的影响》（齐默尔曼与梅西埃）22

Solitude (Sarton)《独居日记》（萨藤）219

soulmate ideal 灵魂伴侣的理想 66, 234

 in classical Greece 古希腊关于灵魂伴侣的理想 63-65

 commercialization of 灵魂伴侣理想的商品化 70, 79-80

 cultural role, and the threat of lack 灵魂伴侣理想的文化角色及缺少灵魂伴侣的威胁 80-82

 dangers of 灵魂伴侣理想的危险之处 66

 pursuit of individualism 对个人主义的追求 69

 and romantic love 灵魂伴侣的理想及浪漫之爱 61-62, 67-70

 in the *Twilight* series《暮光之城》系列中的灵魂伴侣理想 75-79

 in *Wuthering Heights*《呼啸山庄》中的灵魂伴侣理想 70-79

The Soulmate Secret (Ford)《灵魂伴侣的秘密》（福特）79-80

Spinsterhood 独身 18, 25, 81

spirituality 精神性 206-210

suicide 自杀 79-80
    digital culture, and moral contagion 数字文化, 道德传染 124
    and homelessness 自杀与无家可归 170-172
    Plath's urges and death 普拉斯的自杀冲动和死亡 10-11, 40, 42-44, 49, 51-56, 58-59

Symposium (Plato)《会饮篇》(柏拉图) 61, 63

technology 科技
    and the elderly 科技与老年人 159-162
    provision of companionship 提供陪伴 11, 193
    telephone, and cultural anxieties 电话技术与文化焦虑 127-128
    see also digital culture 参见数字文化

time, temporality 时间, 时间性 116
    passing, and perception of loneliness 时间的流逝与孤独的感知 215
    and solitude as a creative experience 时间及作为创造性体验的孤独 221-222

Trust in God, the best remedy against fears of all kinds: a sermon (Gibson)《信仰上帝: 对抗各类恐惧的佳策》(吉布森) 93-94

Turner, Thomas 托马斯·特纳 89-90, 234-235
    first marriage, expectations 第一次婚姻及期待 90-91
    isolation and need for companionship 孤独与对友谊的需求 91-92, 95
    loss of a child 丧子 90
    oneliness, and social conventions 独自一人与社会惯例 96-99
    seeking comfort in religion 从宗教中寻求安慰 92-95
    wife's death, and use of 'soulmate' 特纳妻子的死, 以及他对"灵魂伴侣"一词的使用 94-95

Twelfth Night (Shakespeare)《第十二夜》(莎士比亚) 25

Twilight series《暮光之城》系列 62, 75, 79

UCLA Loneliness Scale UCLA 孤独量表 5-6

United Kingdom 英国
    ageing demographic 英国的老龄化人口 142-146
    Cox's murder 考克斯被杀害 2-3
    digital provision of companionship 数字化提供的陪伴 11
    epidemic of loneliness 孤独流行病 2
    neoliberalism 新自由主义 3-4

urbanization 城市化 1, 7, 31–32, 165–168

La veuve, 'The Widow' (Larivey)《寡妇》（拉里韦）87
Victorian fiction 维多利亚时代的小说 32–34

Wealth 财富 237–238
    and ageing 财富与老龄化 152–154
'Widow at [or of] Windsor'(Kipling)《温莎的寡妇》(吉卜林) 114
The Widowed Self (van der Hoonaard)《寡居的自我》(范德霍纳德) 86–87
widow(er)hood 寡居或鳏居 12, 25, 86–87, 116–117, 234–235
    among the elderly 老年人中的寡居或鳏居 12, 116–117
    image of the chair 椅子的意象 83–84
    material culture as a comfort 提供慰藉的物质文化 107–109, 114–115
    and nostalgia 寡居或鳏居与怀旧 13, 84–87, 109, 113–114, 116–117, 189–190
    social conventions 社会传统 87–89
    use of the term 词语的使用 87
Woolf, Virginia 弗吉尼亚·伍尔夫 206f
    need for loneliness 对孤独的需要 205, 212–216
    A Writer's Diary《作家日记》205
Wuthering Heights (Brontë)《呼啸山庄》(勃朗特) 61, 70–75

young people 年轻人 11
    imaginative audience behaviour 想象观众的行为 120–121
    millennial loneliness 千禧一代的孤独 121–122
    see also childhood loneliness **参见童年的孤独**